独活

——

有风不动，无风自摇

云中锦

YUN ZHONG JIN

陆春祥 著

GUANGXI NORMAL UNIVERSITY PRESS
广西师范大学出版社
·桂林·

图书在版编目（CIP）数据

云中锦 / 陆春祥著. --桂林：广西师范大学出版
社，2022.5
ISBN 978-7-5598-4886-4

Ⅰ.①云⋯ Ⅱ.①陆⋯ Ⅲ.①随笔－作品集－
中国－当代 Ⅳ.①I267.1

中国版本图书馆 CIP 数据核字（2022）第 056237 号

广西师范大学出版社出版发行

（广西桂林市五里店路 9 号　邮政编码：541004）
网址：http://www.bbtpress.com
出版人：黄轩庄
全国新华书店经销
广西广大印务有限责任公司印刷
（桂林市临桂区秧塘工业园西城大道北侧广西师范大学出版社
集团有限公司创意产业园内　邮政编码：541199）
开本：889 mm × 1 194 mm　1/32
印张：10.875　　　字数：260 千
2022 年 5 月第 1 版　　2022 年 5 月第 1 次印刷
定价：68.00 元

如发现印装质量问题，影响阅读，请与出版社发行部门联系调换。

段成式（803—863）

字柯古，山东邹平人，晚唐著名笔记作家。嗜读书，以闲放自适，尤深于佛书，著有三十卷《酉阳杂俎》传世。

沈　括（1031—1095）

字存中，号梦溪丈人，杭州钱塘人，北宋政治家、博学家。代表作《梦溪笔谈》被誉为中国科学史上的里程碑。

叶梦得（1077—1148）

字少蕴，苏州人，祖籍浙江松阳。因在湖州卞山筑室居住，自号石林居士、石林山人、石林老人，《宋史》第445卷有1800多字的长传，卒赠检校少保。著有笔记《石林燕语》《避暑录话》《岩下放言》等。

洪　迈（1123—1202）

字景庐，号容斋，谥号文敏，南宋饶州鄱阳（今江西鄱阳）人，著有笔记《容斋随笔》74卷、《夷坚志》420卷。

周　密（1232—1298）

字公谨，号草窗、华不注山人、弁阳老人、四水潜夫，祖籍山东济南，自曾祖父随南渡始移居湖州，寓居杭州达40年之久，著有笔记《武林旧事》《齐东野语》《癸辛杂识》及诗词集数十种。

陶宗仪（约1312—约1403）

字九成，号南村，浙江台州路桥人，后长期移居松江，著有笔记《南村辍耕录》《说郛》等。

刘 基（1311—1375）

字伯温，浙江青田人。洞彻性理之学，尤精天文兵法。太祖定天下，帷幄之功为多。封诚意伯。善行草，所著有《郁离子》等集。

李 渔（1611—1680）

初名仙侣，字谪凡，后名渔，号笠翁，浙江兰溪人，明末清初传奇小说家、戏剧家。著有《无声戏》《十二楼》等传奇小说集，《比目鱼》《风筝误》等笠翁十种曲，戏剧理论及生活美学集《闲情偶寄》等，组建李家戏班，创设芥子园书铺。

袁 枚（1716—1798）

杭州人，字子才，号简斋，辞官后隐居南京随园，自号仓山居士、随园老人。著有《随园诗话》《小仓山房文集》《随园食单》等，笔记《子不语》24卷、《续子不语》10卷为其代表作品。

序 云中锦书这样来

朗月高悬。

天幕高挂。

天音高歌。

一场跨时空高峰论坛即将开始。

主题：《云中锦》外抖糗事。

依次上场嘉宾：段成式、沈括、叶梦得、洪迈、周密、刘基、陶宗仪、李渔、袁枚。

特邀主持：段成式。

记录：陆布衣。

现场大屏幕，不断滚动播放《云中锦》的新书封面，及书中各位人物的头像、生活照和笔记代表作，分别是：唐朝段成式之《西阳杂俎》，北宋沈括之《梦溪笔记》，南宋叶梦得之《石林燕语》《避暑录话》，南宋洪迈之《容斋随笔》《夷坚志》，南宋周密之《武林旧事》《齐东野语》《癸辛杂识》，元末陶宗仪之《南村辍耕录》，明初刘基之《郁离子》，明末李渔之《传奇》《闲情偶寄》，清朝袁枚之《子不语》。

歌停，论坛开始。

段成式：自予《酉阳杂俎》后，诸同道皆著有数种笔记，名声卓著，引得作家陆布衣经年关注。柯古今年1218岁，痴长诸位数年，陆布衣笔记新说系列第七部《云中锦》即成，嘱予客串主持，颇为勉强，下面论坛开始。我还是说白话吧。来，小陆，把我等的形象片都停了吧，先播一段孔夫子向老聃学习的短视频，作为本场论坛的引子。

陆布衣插嘴：本视频依据的是《论语》《史记》，韩愈之《师说》，还有我的想象，综合而成。

视频画面旁白——

某天课后，孔子忽然对子贡说，你帮老师去找找老子吧，我有些礼义上的问题想请教他。子贡于是出差，找到了老子。老子笑着对子贡打趣道：你老师想请教我？可以啊，让他跟随我三年，我才能教他。

孔子很虚心，随后拜师。老子见面就对孔丘一顿劈头盖脸的教训：现在有钱的人都装着像没钱的人一样，没有德行的人都装着像有德行的人一样，你，应该尽快去掉骄气和过多的欲望！

老子的眼果然尖啊，我孔丘为了那一点点政治理想，已经游说了70多个国家了，但一点效果也没有，先王的治国之道，都说好，但就是没人采纳！

有一天，老子检查孔丘的作业（这显然是随意抽查）：丘，最近你在读什么书啊？我在读《周易》。孔子还补充了一句：圣人都读这本书的。老子马上教育：圣人读可以，你为什么要读呢？你是谁？你从哪里来？你要到哪里去？这些问题你想清楚了吗？丘一头雾水，不知道，不知道，还是不知道，想破头也想不出来。

这老子学问果然很深啊，深得让孔丘没有招架之力。又一天，孔学生很认真地向老子请教"仁义"，他自己研究和实践了半辈子，但始终没有弄清楚。老子教育他说：仁义在我看来，就是一种蛊惑人心的东西，就像夜里咬得人不能睡觉的蚊虫一样，只能给人增加混乱和烦恼。你看看我们身边：天本来就高，地本来就厚，日月本来就放射光芒，星辰本来就排列有序，烟霞风雪，江山塘岸，花柳苔萍，蜂蝶莺燕，台槛轩窗，舟船壶杖，一切都是自然搭配，你如果修道，那就顺从自然存在的规律，自然就能得道了，你把那些你自己都弄不清楚的仁义到处讲来讲去，有什么用，那不是和敲着鼓去寻找丢失的羊一样可笑吗？说得严重些，你是在破坏自然规律，败坏人的天性啊！

孔丘这一课上得越来越糊涂了。他思忖：我平时研究和实践的那些东西，怎么就和老师的不一样？他说得很有道理啊，我想改变什么呢？人家不是生活得好好的吗？现在不好，以后肯定会好嘛，说不定现在的不好就是为了以后的好，这就是自然规律啊，我干吗要去打破它呢？是呢，为什么同一块土地上会长出不同的水果呢？为什么我们因为自己所没有的东西而感到不幸，却不会因为自己所拥有的东西而感到幸福？

孔丘还有不少的疑惑：老师，我寻了27年的道，怎么仍然没有找到呢？

老子又继续教育道：丘啊，道不是我们能看得见的东西。设想一下，如果道是一种有形的东西，那么人们一定会拿来送礼，你想想看，首先会送给谁呢？君王，亲人，还有各式各样想要送的人，如果道可以一下子说得很清楚，那么我们一定会首先告诉自己的兄弟；如果道可以传给别人，那人们一定会传给自己的子女。为什么这些人都没有得道呢？道理很简单，那就是一个人心中对道没有正确的认识，那么，道就绝对不会来到他的心中。

孔丘三年学成回来，三天没有说话。子贡很奇怪地问老师怎么了。孔子说，我自认为已经很有学问了，如果对方的思想像鱼一样遨游，我一定可以用钓钩来捕捉它，可是老子的思想像龙一样，乘云驾雾，太虚幻境，无影无踪，我实在不知道他到底是人还是神呢！

视频播毕，唐宋元明清，九位大师，包括只有305岁的、最年轻的袁枚，大家一声不吭，全都像孔丘一样陷入了沉思，是呀，说什么呢？除了自身的一些糗事，我们还能说什么呢？

段成式：我也崇拜老子龙一样的思想，我相信大家都如我一样崇敬老聃先生。龙行云天的远大志向，我们用一生去写照，既然人世间的道路不宽阔，那我们就如老子一样，任自己的思想自由驰骋飞翔，诗歌，传奇，都可以装载我们龙一样的思想。

这样吧，我们还是围绕今日之题，聊聊《云中锦》以外的事情。不过呢，关于大家的生平经历及作品创作什么的，陆布衣在书中写得不少了，这就不聊，我们聊书外八卦什么的，只要有趣，气氛活跃。

沈存中，你先说吧。你怕老婆，好多人都知道，这个咱不聊。有人还说你，因嫉妒而检举苏轼写诗讽刺政府，你和苏子瞻是好朋友，今天子瞻没来，你大胆说，到底怎么一回事呢？

沈括起身，清了清沙哑的嗓子，显然，昨晚写研究报告太晚，声音略带些尴尬：事情都过去这么多年了，是该澄清一下。我和子瞻，好朋友倒说不上，我在昭文馆，他在史馆，并不完全是一个单位，我们在一起工作不过三四个月时间，碰上的机会很少，只是熟悉。熙宁七年初，苏子瞻陪同我验收并视察两浙一带的水利工程，我们在润州的宴会上分手，他写诗送我。我随即向神宗皇帝汇报察访工作，自然事无巨细都要讲了，包括他送我的诗，神宗听了很高兴，升我为太常丞，同修起居注，而子瞻则从杭州通判升为知州，而且，任职地让他自己选，他自选密州。柯古兄，如果我汇报不说子瞻勤于王事、监督水利工程政绩显著，我们合作很愉快，我和他怎么会同时都升官呢？那个王铚，在《元祐补录》中说"括至杭与轼论旧，求手录近诗一通，归即签帖以进，云词皆讪怼……其后李定舒亶论轼诗置狱，实本于括云"，于情于理皆不合常规，完全是道听途说，凭空捏造。至于后来子瞻陷入"乌台诗案"，更和我毫无瓜葛，唉，后人不明真相，不断以讹传讹，实在让我有些寒心。

段成式：是呢，也有不少人说我躺在老爹温暖的怀抱里，奇思怪想，是个浪荡青年。哪个写作者不用作品暗藏思想？苏子瞻的事，要怪只能怪那些御史台的御史，无限上纲，瞎联系！不过，你和子瞻的《苏沈良方》流传后世，后人将你俩连在一起，也算一种安慰吧。都过去了，我们都要开开心心的。

接下来，我问小叶，叶少蕴，有人说你是蔡京的门生，和蔡京关系相当不错，也向他推荐了不少人呢，有这回事吗？

叶梦得拱拱手，接过麦，起身：不错，我算是他的门生，我尊他蔡老师，可我那时只有20多岁，有一阵子，我升职比较顺利，也都和蔡老师有关，但我并没有和他沆瀣一气，有时我也极力讽谏和劝阻，我有为人为官的基本信念，自我推荐的人得罪了蔡老师后，他就开始厌恶我，我也被他长期弃置不用。我坦荡得很，蔡老师炙手可热，我没有一味阿附，蔡老师倒大霉，我依然尊称他为老师。我算三朝元老，但并没有倚老卖老，我早早归隐湖州弁山，你们都看到的。

段成式：是的，是的，做人得有自己的原则，坏朋友有时也是一面极好的镜子。下面我要问小洪，洪景庐，你也有一肚子的苦衷，就是你出使金国，本想学你老爹的英勇，结果却被金人弄得灰溜溜，留下了一辈子都挥之不去的阴影，你有什么要辩解的吗？

裹着一身厚衣服的洪迈，轻轻地摇着头（风疾，不由自主），细声细气地答道：再去翻老旧记忆，意思不大，我确实没有老爹那股子赴死的勇气，不过，我为官还是努力勤勉的，我也喜欢写作，我将毕生精力都花在了写作两部大书《容斋随笔》和《夷坚志》上了，看陆布衣之辈这么痴迷，也算欣慰。我的那点糗事，被越描越黑，也是太学生们不断添油加醋的结果。我天生胆小，大热天，我见皇帝都会感觉全身发冷，那次出使金国，连带坏了我老爹的英名，这是我最难受的。

段成式：唉，不说了，不说了，谁也不是完人，你的胆子都用在你一辈子钟情的大著里了。下面我要问小周了，周公谨，你这一生，过得还算潇洒。算起来，你和我还是老乡呢，我们的根都在齐鲁大地，南宋灭亡后，你长久隐居在杭州的癸辛街，是逃避现实吧。

周密：唉，尊敬而亲爱的山东老乡，我的思绪现在依然常常飘荡在南宋临安的大街小巷中，陆布衣非常了解我的内心，国家灭亡，离乱之苦，不堪言，我用写作抵抗遗忘，他《癸辛街旧事》第六节开头有几句话，可以回答您刚才的提问：对周密来说，让他朝夕牵挂的故乡齐地，只是思念而已，但这种思念，抵不上亡国的痛。作为南宋遗民，他除了纵情沉醉山水、思念流泪之外，所能做的，也只有将故国以往的辉煌和荣光，用他的文字记录下来，留给后人，这也算一种光复南宋吧。

段成式：噢，好，我尊重小同乡的感情。时间过得真快，这一晃，500年就过去了。下面我问小刘，刘伯温，人家说你是神人，通天通地，500年出一个，你有这么神吗？另外，你先仕元，后再助力朱元璋，贰臣心结，让你一定难受，你有什么要说的吗？

刘伯温双眼炯炯，神态却有些无奈：我读书虽然比较多——唉，在您面前，我怎么敢说读书呢——但确实是被神化的，神化的过程，想来都有点好笑。黄伯生写《诚意伯刘公行状》，许多都是拍脑袋想想的，自然，朱元璋也是推手，他神化我的用意明显，只想表明他更神。后来，处州的官员，我的后裔、乡人，共同策划，我变得越来越神。几经哄抬，我变得像老子一样神了。回过头来看我的各种神机妙算，我每每夜里都要笑醒三回，不，有时还要多一二回。贰臣，哪个朝代都不喜欢，可贰臣也有好多著名人物呀，管仲起先不是帮助公子纠吗？还一箭射中小白，差点杀了他；您唐朝那个魏徵，他起先不是李建成的重要谋士吗？还多次要太子下手除掉李世民呢。元朝气数已尽，我写《郁离子》已经充分表达了我的思想态度。唉，我后来不被重视，主要还是那放牛娃疑心太重。这是我自己的选择，不怪别人。

段成式：是噢，有道理，小刘的功劳和待遇不成正比，诚意伯的俸禄只有区区的240石，小朱也太小气了。我再问小陶，天台陶九成，你的布衣生活，虽不富裕，却也自足，南村的树叶，弄得似乎很励志。你的《南村辍耕录》，到底是写在什么东西上的呀，我也想知道。

陶宗仪仙风道骨，捋着长长的白须，缓缓起身：人们都说是树叶，陆布衣猜测有可能是桑叶，也有可能是柿叶。我用的还真是柿叶，柿叶无虫蠹，落叶肥大，不过，我只在几片大的柿叶上写了一些字玩玩，后人一传，再传，越来越离谱。不过，我在南村自食其力不假，写作却是在纸上，没有上好的纸，是那种粗糙的毛边纸。

段成式：又300年过去了。接下来我要问小李，李笠翁，我们大多数人比不了你，我们写作是打酱油，有正儿八经的工作和优厚的俸禄，你靠自己的版税生活，你写传奇，做出版，办戏班，真不容易，有人说你是利用编书、组织家庭戏班子到处打秋风，你一定有苦衷，倒倒苦水吧。

此时，陶宗仪对着段成式举手插嘴：段老呀，我也是没有俸禄的，我就是一个农民！

李渔布衣长衫，搔搔头，向段成式拱拱手，又向陶宗仪拱拱手，一脸苦笑：段老，我是有苦衷，大大的。科举之路走不通，我只有靠自己的双手，养活全家，并努力让家人的日子过得好一些。您说，我编书，再将作品集送上，人家感谢一下，送几两碎银，这没什么不妥吧。还有，我的家庭戏班子，演员都是我的爱妾，一个重要原因：我的新戏写完，让她们先演，我要看效果。如果以赚钱为主，谁会让自己喜欢的女人这么抛头露脸呢，巡回演出是让她们长长见识，顺便赚点路费，自然也是好事啦。

段成式：我赞同，用自己的双手实现生活自给。而且，我觉得，正是现实的生活，锻炼了你，你还是个十足的生活家、美学家、设计师，这一点，陆布衣都写到了。说到这里，我要问小袁了，袁子才，我们这些人里，你最小了，小小年纪就博得功名，而你却不愿意做官，和小李造芥子园一样，你造那个什么随园，江南第一名园，名气不小啊。

袁枚身长如鹤，听到主持人点名，迅速站起身接上话头：呵，我确实对做官不感兴趣，我想过自由自在的生活，无拘无束，生活在山水间。那随园，我经营了40多年，花去大半辈子的精力和积蓄，那个地方，让我心安。

段成式：袁子才，我打断你一下，我不关心你的随园，我关心你一件事，人家都说你广收女弟子，还喜欢男色，你有什么可以辩解的？

袁枚转身看看大家，显然有些窘促：关于这个，陆布衣已经对我有过一个专访，我不想多说了，这里，我只简单表达三层意思：一、我先后娶过五个妾，都是因为没有儿子，63岁有了阿迟后，我就停止再娶；二、我收的女弟子，大多数都在我70多岁以后，你说，一个残烛老人，除了欣赏羡慕过过眼瘾外，还能干什么？而且，本人也算知名人士，许多眼睛盯着呢，况且，人家还有老公；三、我的《子不语》中，写到各地不少男同性恋，我只是宽容，如实记录，并不代表我喜欢男色呀。

段成式听罢袁枚的辩解，不断地点头，表示赞同。

唐宋元明清，段成式迅速又挨个点了一遍人头，自言：嗯，大家都发过言了，那我总结陈词吧。

段成式：今天这个高峰论坛，名副其实，我们是在高高的天空之上，聊糗事话人生，说实话，抖完这些，痛快不少，感谢作家陆布衣，是他让我们这些八竿子打不着的古人坐在一起开会，也算奇事奇谈。看，月亮更圆更亮了，清清大地，每时每刻都在发生着故事或者事故。各位看官，你们要想更多地了解我们，请看陆布衣的《云中锦》吧。云彩缭绕，每一朵云彩，都是锦书，都有各自的意境。

段成式起身，声音又提高了八度：本次论坛，诸位畅快言谈，此乃空前绝后之盛会，现在，我宣布，本次论坛胜利闭幕。

然后，段成式笑对着陆布衣说：

小陆，下面最后一段话，你也一定要记上。

我们都成灰烬，灰烬是土，土是神，所以，我们都没有死，我们的文字还活着，我们的精神还活着。

2500多岁的老聃和孔丘，在更高的天空上，各自悠闲地踏着一朵大祥云，全程旁听了这一场奇谈怪论，他们看着眼下这一群活泼泼的魂灵，哈哈大笑，笑声穿破长空，惊得另一些云彩纷纷而来下。

庚子夏月
杭州壹庐

目录

壹

平淮碑

元丰三年（1080）正月十八午后，粗大的雪花漫天飞舞，蔡州（今河南汝南）城的北门，来了两人两骑，年长者显着有些疲态，年轻者看着陌生的地方，却有些新鲜。两人入得城来，匆匆找了家旅店住下。

汴京到蔡州，其实路不远，但这一走就是18天，他俩正月初一就动身出发了，他们的目的地是长江边上离汉阳不远的一个小城——黄州。似乎你也猜出来了，这年长者是苏轼，前几个月的"乌台诗案"差点让他去了黄泉，被贬黄州做团练副使，至少性命无虞，这不，他带着长子苏迈，一起去黄州。

总归是文人，无论心情如何，走到哪，都忘不了他的诗文。唐朝的蔡州，历史上发生过著名的事件，有块著名的石碑，他一直惦记着，必须去看一看，于是，就有了苏轼的这首诗：

淮西功业冠吾唐，吏部文章日月光。

千载断碑人脍炙，不知世有段文昌。

现在，我从宋朝穿越到唐朝，和苏轼一起回到"淮西功业"的场景中去。

唐朝后期，藩镇割据，淮西节度使吴少阳之子吴元济不听朝廷命令妄图自立，元和十二年（817）十月，裴度统一指挥，李愬雪夜入蔡州，生擒吴元济，这震惊了全国，各方节度使随后纷纷向朝廷表示忠心。如此重大胜利成果，一定要刻碑纪念，唐宪宗命同时参加此次战役的行军司马韩愈撰写碑文，韩大师苦思冥想70天，终于写出了雄文，气势磅礴，文采斐然，宪宗十分满意，立即命人抄写数份，分发各立功将帅，并诏令蔡州刻石纪念。这就是苏诗中的"吏部文章"。

不想，事情转眼就发生了变化。蔡州的碑立完后，李愬的部将石孝忠，公然推倒石碑，这什么情况？这是死罪呀，然而，皇帝却不追究，反而又让人重写碑文。原来事出有因，那李愬的夫人，是宪宗姑妈的女儿，表兄妹呀，打蔡州，李愬是头功，而韩文却写裴度指挥得好，李妹妹大为不服，天天告状碑词不实，宪宗头都大了，那就将韩文磨去，再写一块。谁来写呢？翰林学士段文昌。

就这样，平淮西碑的韩文碑变成了段文碑。一碑写两次，也算中国碑文化中的稀奇事了。不过，韩愈的碑文可以磨去，纸上的碑文却永久流传，苏轼说它依然散发着"日月光"。我相信，苏轼父子在读碑时，一定有过讨论，也一定感慨万千，但从诗意看，他们都是拥韩者。

北宋政和元年（1111），汝州来了陈太守，想必他也是拥韩派，这种事估计不用报告中央，又不是本朝的事，他命人磨去段文，重新刻上韩愈的碑文，不过，已经不是韩愈的原文了。

河南省汝南县政府办的王新立先生，帮我传来了汝南县文管所

保存的平淮碑照片，七张图片，均是韩愈的碑文，没有一张段碑图，但无论怎么说，段文昌的平淮西碑也是被载入史册的，只是这样的方式有些尴尬罢了，不过，这实在由不得他。

段文昌的"饭后钟"

段文昌少年贫寒，有时连饭也吃不上，经常到寺庙里混吃斋饭，但他的祖上段志玄，却是初唐名将，为唐王朝立下大功，被封为褒国公，陪葬昭陵，入图凌烟阁，荣耀无限。

五代孙光宪的笔记《北梦琐言》卷三，有《段相踏金莲》，将段文昌这种先苦后甜的生活写得极为生动：

段文昌家住江陵，小时候，段家里很穷，常常担心没有吃的。他家边上有个庙，叫曾口寺，每每听到寺庙吃饭的钟敲响了，就跑去蹭吃。时间长了，庙里的和尚都很讨厌他，就改成饭后敲钟。铛铛铛，寺庙的吃饭钟又敲响了，段文昌连忙向寺庙方向跑去，到了一看，早已收餐。后来，段文昌发达了，做了荆南节度使，他有诗《题曾口寺》，其中有一句为：曾遇阇黎饭后钟。这个"饭后钟"就这么传开了。

段文昌发达后，生活比较奢侈，他专门用金子打了个莲花盆子，洗脸洗脚。有好朋友就专门写信婉转批评这种行为，段笑笑说：人生能有多少年好活啊，我一定要满足平生所留下的遗憾。

段文昌因为穷，吃尽了苦头。"饭后钟"，其实，这里面还带着一种耻辱，寺庙是施舍的地方，除了那些真正的懒汉，谁想要施舍呢？发达后，他仅用诗句说说风凉话而已。我猜测，他在任这个地方的大员时，首先会想到自己穷困的经历，写诗也算是一种诫勉，要好好工作，好好努力，再也不要过那种没饭吃的苦日子了。同时，通过故事的流传，他相信，那些寺庙也会引以为戒，今后要更加善待信众，不要将人看扁。段显然不是糊涂人。用金子打造一个盆子，估计也在他的财力范围内，并不过分。

唐代无名氏的《玉泉子》、唐代李亢的《独异志》里，都有这样一则笔记，生动记载了段文昌的傲气。

段年轻时曾在荆楚漂泊，某日，他在江陵某酒肆吃酒，窗外大雨，饮至半醉，起身走路，道路十分泥泞，段见街边有豪华大宅，宅边有水渠，就脱下脏鞋在渠中洗脚。周围聚了一些人，看他洗脚，段毫不理会，趁着酒气，自言自语：等我当了江陵节度使那一天，一定要把这所宅子买下来！大家听了，只是互相笑笑，他们在笑这个穷书生的大话。不想，后来段文昌果然做了荆南节度使，自然，买下房子那是小事了。

有才能加上有志气，终会冒出地平线。段文昌先是娶了宰相武元衡的女儿为妻，这就为他的仕途打下了扎实的基础，后来又被皇帝欣赏，升迁之路极为顺利：两次镇蜀做剑南西川节度使，荆南节度使、淮南节度使、御史大夫、刑部和兵部尚书这些显赫职位，他都做过，还三朝为相（宪宗、穆宗、文宗），让他一生荣光。

《新唐书·艺文志》还载，段文昌著有文集30卷，诏诰20卷，《食经》50卷，并传于世。《全唐诗》收有他的五首诗。如此说来，称段文昌为著名诗人也不过分，蜀地著名才女薛涛的墓志铭，就是段文昌撰写的。

成都双流区正兴镇，内府河左岸田家寺，有段公读书台遗址，四川崇州也有一处段公读书台，现在叫龙华山读书台，我在那读到了南宋成都通判何耕的一首诗：

> 段公曾此读群书，读破应须万卷余。
> 家礼一传为杂俎，稗官收拾附虞初。

前两句写的是段文昌，博学苦读，破万卷书。后两句写的是段成式，老子优秀，这个儿子也优秀，段成式写出了惊世的名笔记《酉阳杂俎》，稗官、虞初，均是小说的代名词。

段成式，这就正式亮相。

— 叁 —

段成式传奇

老子发达，子女们自然有一个良好的成长环境。段文昌有四子，最出名的当数老二段成式，一朵在唐代历史天空下盛开的鬼菊（应该没有这个种类的菊，我只是形容，喻其色彩灿烂，变化无穷），一位中世纪骁勇的文学骑士，虽和李白、杜甫、韩愈等不在同一层次，但他是中国历史上无出其右的笔记作家。

《旧唐书》将段老二的传列于其父段文昌后：

> 成式字柯古，以荫入官，为秘书省校书郎。研精苦学，秘

阁书籍，披阅皆遍。累迁尚书郎。咸通初，出为江州刺史。解印，寓居襄阳，以闲放自适。家多书史，用以自娱，尤深于佛书，所著《酉阳杂俎》传于时。

这个传不是很完整，但基本经历和成就都有了，他还做过吉州刺史、处州刺史，以太常少卿终。

正史中的文字，还不太看得出段成式的神奇之处，引两段笔记亮亮眼——

段郎中成式，博学精敏，文章冠于一时……牧庐陵日，常游山寺，读一碑文，不识其间两字，谓宾客曰："此碑无用于世矣。成式读之不过，更何用乎？"客有以此两字遍谘字学之众，实无有识者，方验郎中奥古绝伦焉。（唐·刘崇远《金华子杂编·卷上》）

段成式的厉害在于，他的判断，十有八九是正确的：这块碑有两个字没了，猜不出，我以为这块碑没什么用处，真的没有什么用处，不信，你们去查！要是脑子里没有几车书读过，谁敢这样确凿下结论？

成式多禽荒，其父文昌尝患之。复以年长，不加面斥其过，而请从事言之。幕客遂同诣学院，具述丞相之旨，亦唯唯逊谢而已，翌日，复猎于郊原，鹰犬倍多。既而诸从事各送兔一双，其书中征引典故，无一事重叠者。从事辈愕然，多其晓其故实。于是齐诣文昌，各以书示之。文昌方知其子艺文该

赠。山简云：吾年四十，不为家所知。颇亦类此。（宋·李昉《太平广记》卷一百九十七《博物》类引《玉堂闲话》）

显然，段文昌对一天到晚跑来跑去打猎游玩的段老二常常担忧，但儿子毕竟大了，当面骂不是好的教育方法，他就请府中的小官委婉地向成式转达他的意思。小官向他传达父亲的谈话精神，小段很认真地听着并表示感谢。第二天，又去郊外打猎，规模比前一天大一倍多，小段就给那些小官每人一对兔子，并附信一封，信中所引的典故，没有一事是重复的，小官们都很惊讶，他们跑去告诉段宰相，并把信给他看，看过之后，段文昌才知道段老二不一般，游玩只是表象，学识、技艺都广博，和山简很像。山简就是西晋名士山涛的小儿子，山简曾说过：我都40岁了，家中人还不了解我。

上面两段笔记，从数个侧面，给了我们一个模糊而清晰的形象轮廓。模糊是说，几个侧面，还不能完全看出段成式的个性品格；清晰是说，有趣的例子足以证明，段成式是个不一般的人。

时间似乎吞噬了一切细节。

段成式的材料零零碎碎，方南生曾著有《段成式年谱》，现根据《李国文评注〈酉阳杂俎〉》（人民文学出版社2017年7月版）的导言，将段老二的简单年谱排列整理如下，以便读者对他有个大概的认识：

段约生于唐德宗贞元十九年（803），卒于唐懿宗咸通四年（863）。

803—806年（1岁至4岁），随父在成都；

807—820年（5岁至18岁），随父在长安；

821—823年（19岁至21岁），随父在成都；

824—826年（22岁至24岁），随父在长安；

827—829（25岁至27岁），赴浙西李德裕幕，因其父为淮南节度使，驻扬州，遂随父至扬州；

830—831年（28岁至29岁），随父任职转荆州；

832—834年（30岁至32岁），随父任职再转成都；

835年（33岁），父逝，全家回长安；

836年（34岁），服丧；

837年（35岁），服丧期满，以荫补，任职集贤殿；

838—843年（36岁至41岁），在长安任职；

844—846年（42岁至44岁），任职于京洛；

847—852年（45岁至50岁），吉州刺史；

853—854年（51岁至52岁），回京任职；

855—858年（53岁至56岁），处州刺史；

859年（57岁），寓居襄阳；

860年（58岁），江州刺史；

861—862年（59岁至60岁），回京任太常少卿；

863年（61岁），卒于长安。

从段老二的简谱上可以读出，他的人生很轻松，没有大起大落，前半生靠老爹，那样的日子，能想象得出来，要风得风，要雨就雨，拍马的人成群结队，读书作文游历，自己的事情自己做主；后半生也靠老爹，革命事业的接班人，还不时地到地方上去主政，那样的日子，也可以想象，他遵从读书人的规矩，充分发挥自己的学习所长，尽力为老百姓做事情。当然，一生中，写作是他的重点，他将平生所学，以他天马行空的想象，发挥得淋漓尽致。

段成式再传奇

唐宣宗大中九年（855），53岁的段成式，从京城长安调任处州任刺史。此前，他应该已经完成了《酉阳杂俎》的写作。有文学情怀的段成式，做事也挺有思路，他在处州最突出的政绩，就是治理水患，兴修水利。

浙江省的第二大河瓯江，它的上游，有一条支流，唐代以前叫恶溪，源出磐安的大盘山。溪为何会恶？皆因滩多石砺水急，舟楫经常被溪水所吞，李白显然尝过恶溪的厉害，他的《送王屋山人魏万还王屋》长诗，就有这样的句子：

> 缙云川谷难，石门最可观。瀑布挂北斗，莫穷此水端。
> 喷壁洒素雪，空蒙生昼寒。却寻恶溪去，宁惧恶溪恶。
> 咆哮七十滩，水石相喷薄。

《新唐书》卷四十一《地理志五》"处州缙云郡"条下丽水云：

> 武德八年省丽水县入焉，大历十四年更名。有铜，出豫章、孝义二山。东十里有恶溪，多水怪，宣宗时刺史段成式有善政，水怪潜去，民谓之好溪。

其实，不可能是水怪，只能是河道险狭，经常发洪水，淹死人。道光《丽水县志》卷十四就如此记载：唐显庆元年（656）九月，大

风雨溺水7000余人。文明元年（684），大水溺死百余人。神功元年（697），水坏民居700余家。长庆四年（824）七月大水。开成三年（838）水高八丈。

处州来了段成式，恶溪变好溪。

2019年4月，我去缙云，好溪边，夜走仙都风情绿道。缙云宣传部的工作人员讲绿道：缙云的绿道建设，自三年前启动以来，已经有景城绿道22公里，乡村绿道52公里，山地绿道236公里，我们走的这条仙都风情绿道，获评浙江省十大最美绿道。工作人员说，这条溪边绿道一直走，直通缙云县城。晚风拂脸，空气沁人心脾，两边时有锻炼人群急急走过、跑过，他们都在吸氧——缙云的平均负氧离子含量，每立方厘米高达4600个。

现在，我就站在好溪的下游，丽水市北郊的好溪堰旁，观山看景。山叫灵山，位于好溪堰的西北面，山上有灵山寺，山脚堰下有堰头村。从空中俯瞰，好溪堰如一道厚实的闸门，将溪紧紧锁住，两滩中间，还有一个堰头公园，公园里有好溪楼。

好溪堰，和莲都的通济堰同样有名，被誉为"瓯江的都江堰"。

段成式到处州，未满一个月，就随处访问，了解民情，当他得知恶溪乃处州府大患，便立即勘察地形，东郊青林、岩泉、九里畈、关下、凉塘、海潮、奚渡等易涝地带都留下了他勘察的身影，易发洪水的河道他也实地走看。随后，段刺史出台了治理方案，现在看来依然科学：治滩去险，破崖排阻，疏浚水路，这样，船只木排竹排，都畅通安全；筑坝开渠，全力筑建好溪堰，引水灌溉农田。

我现在看到的好溪堰，由拦水堰坝、进水口、稠密的河渠系统组成，拦水坝高6.55米，长225米，导引的溪水分为东和北两支河渠，丽水城东有一片小平原，俗称皇天畈，18个村庄的7000多亩农田，从此变良田。50里长的干流，既可保障良田，又能舟楫通航，洪水再也不能发威，恶溪驯服极了。

徜徉在堰头公园，闲坐好溪楼上，看码头边游船游人的嬉嬉闹闹，看好溪堰坝溪水欢快跳腾下白花花的身影，似乎还看到了段刺史欣慰的笑容。我坐的这楼，宋代风格，不知道建于何时，但有资料说，宋代处州郡守赵善扛曾经重修过，现在的好溪楼，为2015年重建。

从精神到物质，段成式不仅仅将《酉阳杂俎》写成千古奇绝，水利也兴修治理得这么好，丽水百姓千年受益。

伍

"三十六"

接下来，我们来说段成式的朋友圈。

《旧唐书·文苑下》"李商隐"条目下，这样记载：李商隐与太原温庭筠、南郡段成式齐名，时号"三十六"。

为什么叫"三十六"？古人亲兄弟堂兄弟之间都有排行，比如白居易，白二十二。段、温、李三人，均排行十六，所以是三个"十六"，不是总数三十六。

李商隐有名，但和段交往的资料极少。人以群分，以段的出身和学识，朋友圈人数一定不少，至少有几十人都有名，我的桐庐老乡方干，虽然终身没仕，但诗作得好，他和段就有多首诗来往唱和。公元851年夏，段成式在吉州做刺史，方干有《东溪别业寄吉

州段郎中》诗送给这位段友人："凉随莲叶雨，暑避柳条风。岂分长岑寂，明时有至公。"(《全唐诗》卷六)

接下来说一下他的好朋友，也是亲家的温庭筠。

我的《新子不语》书里有一篇叫《坚决将臭脚捧到底》，早先写的文章，里面写到了温作家。这位花间派的开山鼻祖，实在是才高八斗。该温写文章动作快，是又好又快的那种，一点也不亚于曹植、王勃，外号"温八叉"，就是叉八下手，文章就做成了。因为快，于是读书或考试的时候经常为邻座代作文章，就像我们现在一些象棋神童搞的车轮大战，一人可以匹敌好多人。那时候，唐宣宗爱唱《菩萨蛮》，大家都想拍马屁。有一天，丞相令狐绹找到温同学，吩咐他说：小温啊，咱也想去附和附和，你帮我弄一首呗，要质量高点的。还告诫温，千万不能透露，以后少不了他好处的。后来的一个场合，温兄大概是酒喝高了，忘乎所以，或者是炫耀，嘴巴管不住，把这个事情给漏出去了。从此，令狐宰相便疏远了他。想想看，领导让你代写，是看得起你啊，怎么如此不识抬举呢。以现在的眼光看，令狐先生真是大度得很，还没把温同学怎么样，要是他不大度，温不知要吃怎样的苦头呢，弄不好还要送掉性命。

温同学仍然不改他的性格，一直在江湖上混，还常写文章讽刺那些当官的没文化。有一天，碰到了微服私访的唐宣宗，但他有眼不识泰山（也是运气真差）。他很傲慢地追问宣宗：你是长史司马之流的大官？皇帝说不是；温又问：那你是六参簿尉之类的官吗？皇帝又说不是。当然，这样的结果我们是可以想象得出来的，皇帝把温同学贬为方城尉，还在诏书中这样说：读书人应以器德为重，文章为末，你这样的人，品德不可取，文章再好也是弥补不上的。该温空有不羁之才，最后竟流落而死。

段和温，同是名门之后，又都有才，所以，两人交往颇亲。段在闲居襄阳时，长子段安节，曾任吏部郎中，他娶了温庭筠的女儿。

段的年谱上，为什么闲居襄阳只有一年？这引起了我的好奇。

段成式在《酉阳杂俎》的《塑像记》中这样记载：大中十三年秋，予闲居汉上。大中十三年即公元859年，汉上即襄阳，这个地方，现今属于襄阳下面的宜城市，湖北省作协副主席何子英，帮我找了襄阳作协副主席谢伦，谢兄联系到了宜城县政协原副主席王孔庚先生。

我和王孔庚先生有过一次电话交流。

王先生向我解释段成式选择宜城的三个主要原因：一是襄阳原处楚王城附近，自古以来比较繁华；二是段的祖籍本来就是襄阳，襄阳还有他家族的不少亲戚；三是襄阳产美酒，而段喜欢喝酒。段成式原来的别业早已不存，宜城下面的雷河镇，有个段旗营村，由两个大小段姓村庄合并而成，村民都是段姓，他们就是段的后人。段的儿子和温庭筠的女儿在此结婚，这个是很好的证明。

王先生1933年出生，虽然耳朵有点不方便，但思路清晰，言之凿凿，他说，《酉阳杂俎》是一部伟大的书，他是因为书对科学的贡献而关注段成式的，比如段写了很多的动物，连苍蝇蚂蚁蝎子都观察得很细致，外国人盛赞段是"中国的法布尔"，我说我已经写过一本《笔记中的动物》，后记就是《段成式书房的虫虫》；他还和我说了"灰姑娘"叶限，要比外国童话出现还早，我说我在刚刚出版的《袖中锦》里已经写到。

采访接近尾声，王先生大声向我发出邀请：你有空来宜城看看吧，看看他曾经住过的地方，和段姓后人交流交流。同时，他还请求：等你书出来了，给我寄一本吧。我连说好的好的。

陆

段成式书房的虫虫

秋天的长安，午后的暖阳斜洒进书房的窗棂，段成式正聚精会神地攻读诸子百家，若干年来，他给自己制定有严格的阅读计划，日读经典五卷。

数只苍蝇嗡嗡而来，在成式身边环绕。

苍蝇 A 直接触碰他的睫毛，触一下，旋即离开；又触一下，又迅速离开。

苍蝇 B 一直在远处观察 A。哈哈，这个书呆子，真好玩，我也去逗他一下。嗡嗡，它索性停在了成式的眼皮子底下。段作家这几天重读的是《孟子》，B 就在《孟子》的字里行间滚来滚去，作家有点火了，你玩就玩呗，但不能盖住我的字啊，啪，啪！B 显然是有防备的，三心二意的，怎么能打得到我呢？

苍蝇 C、D、E、F、G，直到 X、Y、Z，然后，苍蝇 A1、A2 直到 Y1、Z1，它们振翅飞翔，或单或群，自由穿梭在成式的书房里。

段作家的心绪被扰得有点乱了，挥舞着大蒲扇子，用力击打苍蝇，但是，扇舞蝇飞，忽东忽西，忽南忽北，他的样子有点儿滑稽，这似乎不是人和蝇的战斗场面，倒像是太极拳的练习场景。

唉，唉，正龙拍虎，假的成真。成式拍蝇，真的却假。

苍蝇们的热闹劲，引得书架上书卷里的蟫蝓（yē wēng）们蠢蠢欲动。

蟫蝓，段成式书斋多此虫，盖好窠于书卷也，或在笔管中。祝声可听。有时开卷视之，悉是小蜘蛛，大如蝇虎，旋以泥隔之。

蠮螉，是什么呢，就是细腰蜂。它们喜欢在书卷做窝，也喜欢栖身在笔管中。它们的叫声，有点像祝祷，还挺好听。段作家有时找书，找着找着，听见蠮螉的鸣声，就忍不住打开书卷，哎，怎么都是小蜘蛛呢，立即用泥将它们隔开。

苍蝇和蠮螉们，不仅仅是骚扰者，其实也是观察者，它们很好奇，这位作家怎么对读书写作这么迷恋，《酉阳杂俎》，实在是一部唐朝的百科全书啊。

苍蝇和蠮螉，都出现在《酉阳杂俎》前集卷十七中。

现在，让苍蝇和蠮螉带着我们漫游《酉阳杂俎》的动物世界。

首先观察成式书房门前的"颠当"。

他的书房前面，每当雨后，常见许多颠当窝（就是土蜘蛛窝），有蚯蚓洞那样深。洞里面结成丝网，露出的盖儿与地一样平，像榆钱那般大小。这种蜘蛛，经常仰附在盖上，等到蝇或尺蠖经过时，就翻过盖来捕捉它们。蝇蠖刚被捉进去，盖又马上盖严，伪装得很好，跟土的颜色差不多，严丝合缝，无迹可寻。它的形状像蜘蛛（像墙角趴在蛛网中那样的）。《尔雅》中称它"王蛛蜴"，《鬼谷子》称它"跌母"。儿童游戏时经常唱道："颠当颠当牢守门，蠮螉寇汝无处奔。"土蜘蛛守牢大门，如果细腰蜂来了你就没处逃了。

看来，颠当怕细腰蜂。

段作家阅读累了，写作烦了，常常仔细观察书房前这些颠当，看它如何生存，看它们如何捕捉。

观察的视野，必定要从书房前向田野大地伸展。

先看段作家亲自观察和研究的虫类成果。

（1）天牛虫。天牛虫就是黑甲虫，长安的夏天，这种虫在家里的篱壁间出现，一定会下雨，我观察了七次，每次都应验。

（2）蚁。陕西一带有很多的大黑蚁，很喜欢打斗，人们一般都叫它蚂蚁。其中有一些很笨的小黑蚁，力量很大。还有一种浅黄色的蚂蚁，最有吞食弱者的智慧。我很小的时候，就玩这种蚂蚁游戏，常用酸枣树的刺叉着苍蝇，放在蚂蚁过来的路上，这只蚁见到苍蝇，马上回去报信。有时候，它离开蚂蚁窝一尺或者数寸，原在窝里的蚂蚁，一会儿就像一条绳子似的爬出来，如同有声音召唤它们。它们爬行时，每隔六七尺，就有一只大头蚂蚁隔在中间，整齐得像军队的行列。搬苍蝇时，大头蚂蚁，有的在两侧，有的断后，好像很戒备的样子。

（3）异蜂。有一种奇特的蜂，样子很像蜜蜂，但比蜜蜂要大，飞行起来快而有力。它们喜欢将树叶裁成圆形，卷起来放入树洞或墙壁中做窝。我曾经挖开墙壁寻找异蜂，看见每张卷起来的叶子里，都填满不干净的东西。有人说，这些不干净的东西，将会变成蜜。

呵呵，燕窝也是不干净的吐沫呢。

（4）白蜂窠。我在乡下建了个小别墅，还拥有几亩果园。公元842年，我在长安任职，我发现，有一种如麻子大小的蜂，此蜂，在院子前面的屋檐下把土粘起来做窝，有鸡蛋那样大，颜色纯白可爱。我弟弟却不喜欢这个白窝，就将它弄坏了。那年冬天，弟弟果然手和脚都肿了起来。《南史》上讲，宋明帝讨厌说建康城的白门（西门），金楼子说他儿子结婚那天，风急雪大，帐篷都变白了，大家都认为白不吉利。唉，世俗忌讳白色，大概已经很久了。

段作家这里写白蜂窠，几乎是一篇很完整的杂文呢，由事缘理，入情入理。

（5）避役。堂兄告诉我说，他在南方，常常看见一种虫，叫避役，跟一天中的12个时辰相对应。那虫的形状像蝶螓，爪子长，黑红色的身体，脖子上的鬃是肉质的。夏季炎热的时候，常常在庭院中见到。按习惯的说法，见到它的人往往有称心如意的事。它的脑袋变化很快，会变成十二属的形状。

段堂兄看见的这种虫，会不会是变色龙？很快变化，好多特征都像。

（6）主簿虫。也就是蝎子，段成式是听张希复说的（详见陆春祥《笔记中的动物》中《“万”是一只虫》）。

（7）蚯蚓。这是段作家侄女的奶妈阿史说给他听的。奶妈是荆州人，她小时候见邻居的侄子孔谦，他家篱笆下有条蚯蚓，长一尺五寸，肚子下有像千足虫那样的脚，口里还露出两颗牙齿，爬起来，比一般的蚯蚓要快得多。孔谦很讨厌它，就将蚯蚓弄死了。那一年，孔谦便死了母亲、哥哥和叔父。我认为这都是弄死了那只怪蚯蚓的缘故啊。

层层转述，有鼻子有眼，好像真是那条蚯蚓作的法。

段作家的动物学知识，显然在他的兴趣和爱好中，不断扩大。

蟏蛸们见证，书架上，不断有新动物的生平事迹被陈列进来。

在《虫篇》中，计有：蝉、蝶、蚁、蜘蛛、蜈蚣、壁鱼、蛄蟓、异虫、冷蛇、毒蜂、竹蜜蜂、水蛆、水虫、食胶虫、暾禺、灶马、谢豹、碎车虫、度古、雷蜞、矛、蓝蛇、蚺蛇、蝎、虱、蝗、蠓蛸。

其中，冷蛇，有好玩的故事佐证：

申王得了肉多的毛病，肚子下垂到小腿，每次出行，都要用白帛捆着肚子。到了三伏天，喘气都困难。玄宗皇帝下令，让南方捉两条冷蛇赏赐给申王。蛇长好几尺，全身白色，不咬人，拿着它，冷得像握着冰一样。申王的肚子上有好几道束痕，夏天就把蛇缠在束痕中，就不再觉得热了。

在《鳞介篇》中，计有：龙，井鱼，异鱼，鲤，黄鱼，乌贼，昔鱼，鲛鱼，马头鱼，印鱼，石斑鱼，鲵鱼，鲎鱼，飞鱼，温泉鱼，羊头鱼，螺蚌，蟹，蠨蛑，奔，系臂，蛤蜊，拥剑，寄居，牡蛎，玉桃，数丸，千人捏。

有几种鱼值得一说。

鲤鱼。也叫赤鲩公。它的脊背上有一道鳞，每片鳞上有黑点，大的小的都是36片。根据唐朝的法律，捉到鲤鱼，就应该放掉，更不能吃，而卖鲤鱼的人，会被打60大棍。

呵，唐朝是李家人的天下，真有点霸道，连鲤鱼也不让人吃。

鲎鱼。雌鲎鱼常常背着雄鲎鱼行走。渡海时，它们就互相背在背上，露出水面有一尺多高，像船帆一样，乘风游行。打鱼的人，往往能成双成对抓到这种鱼。

形影不离，夫妻情啊。

奔，一名灛（jì），非鱼非蛟，大如舡，长二三丈，若鲇，有两乳在腹下，雄雌阴阳类人，取其子着岸上，声如婴儿啼，项上有孔，通头，气出吓吓声，必大风，行者以为候。相传懒妇所化，杀一头，得膏三四斛，取之烧灯，照读书纺绩辄暗，照欢乐之处则明。

有意思的是，杀一条这样的鱼，能得到几十斗的油，用这种油点灯，照着看书，照着织布，它的光亮就昏暗；照在开心欢乐的地方，它就明亮。因为它是懒妇变成的，所以连身上的油也这么懒，不愿意干活。

专家说，这种鱼，就是现在的江豚。

在《毛篇》中，他研究了一些大型动物，如狮子，象，虎，马，牛，鹿，犀牛，驼，熊，狼，狸，狒狒，大尾羊。《笔记中的动物》中有《害羞的驼》。

在《羽篇》和《肉攫部》中，他研究了各式鸟类（《笔记中的动物》中的《吐绶鸟》《训胡的恶》等都引用了他的研究成果）。

在《支动》中，他又补充考证了不少各式动物（《笔记中的动物》中的《劳模驴》《大恶穷奇》也化用了他的研究成果）。

蠼螋们常常趴在段作家的文字上不肯离去，它们也在体验段作家的研究和考证工作，相当细致，叹为观止：鸟有4500种，兽有2400种；鱼满360年则为蛟龙，引飞去水；蛇冬见寝室，主兵急。这样的研究结果太让人兴奋了。

段作家还详细研究过动物们的性关系。

他推断，鸡日中不下树，妻妾奸谋。哈哈，中午，鸡从树上不下来，是因为主人家里的妻或者妾有奸情？鸡这么通人性吗？此鸡肯定与妻妾一伙的，站岗放哨呢。

他推断，见蛇交，三年死。因为，据他的观察，蛇常和石斑鱼交配，蛇和蛇的性生活，很难发现，你发现了，估计小命也不长了。什么逻辑？

他观察，八哥交配时，用脚互相勾着，短促地叫着，扇动翅膀像是争斗的样子，往往跌落到地上，被人逮个正着。有人就将八哥勾着的脚拿去做春药，呵，这东西，一吃下去，那功夫真是了得！

蠼螋，苍蝇，颠当，它们都是段成式书房的常客，它们一起见证了《酉阳杂俎》这部伟大著作的诞生过程。但是，写动物的，30卷中只占了4卷，另外26卷，则更加博大精深。

这位公元9世纪的重要作家，父亲是宰相，自己官也做得不小。他家藏书甚多，从小博闻强记，做官后又饱览秘阁书籍。

我推测，段成式的书房，应该是有些规模的，起码有一排排藏得下可以博览的书的书架，有一张可以阅读可以书写、足够大的书桌，还有一张可以随意旋转屁股的靠椅，当然，还有红袖，需要添香的。

段成式书房的小虫虫们是幸福的，虫虫们齐齐地发声：希望您能喜欢我们！

哈哈哈。

柒

酉阳那个杂俎

段成式前面，站着1169岁的古人庄周。

青少年时代，庄子那奇异的脑袋，就时时吸引着小段，他为庄子那些奇思妙谈深深着迷，33章《庄子》，每一章的气息，都将他熏得晕乎乎的。

他自己可能不太清楚，后人眼里，《酉阳杂俎》就有浓郁的《庄子》味道。

《酉阳杂俎》中的那个"酉阳"，有几种不同的解释。一种主要观点认为，"酉阳"是指辰州的大小酉山。南宋的周登於这样说："余闻《方舆纪》云：昔秦人隐学于小酉山石穴中，有所藏书千卷。梁湘东王尤好聚书，故赋曰：'访酉阳之逸典'。"说是秦始皇大肆烧书时，有儒生冒着生命危险，将许多典籍藏到酉山的山洞里。梁武帝萧衍的第七个儿子萧绎，也喜欢读书藏书，他任湘东郡王时，赋有"访酉阳之逸典"之语。而段成式生活的年代，酉阳属于荆州，宜城人都说，段的祖籍是襄阳，自然，段成式对荆州是熟悉的，所以，用"酉阳"来作书名，未尝不可。

读书先读序，在《酉阳杂俎》的序言中，段成式这样说他写作的重要缘由。

　　夫易象"一车"之言，近于怪也；诗人南箕之奥（yù），近乎戏也。固服缝掖者，肆笔之余，及怪及戏，无侵于儒。无若诗书之味大羹，史为折俎，子为醯醢（xī hǎi）也。炙鸮（xiāo）羞鳖，岂容下箸乎？固役而不耻者，抑志怪小说之书也。成式学落词曼，未尝覃（tán）思，无崔骃真龙之叹，有孔璋画虎之讥。饱食之暇，偶录记忆，号《酉阳杂俎》，凡三十篇，为二十卷，不以此间录味也。

这段话，还是有些拗口，不过，意思是明白的，我们分几个层次来理解：第一，写作的缘由。我为什么如此怪怪地写，是有根据的。《周易·睽》里有"载鬼一车"的话，载着一车像鬼一样奇形怪状的人，一定是近于怪诞的；而《诗经》中的"南淇之奥"，说的是，君子之德，有张有弛，不要整天都板着面孔，说说笑话也可以的。那些儒者，在著书立说之余，笔涉怪诞和戏谑，应该不损于儒道。

第二，明确说明本书的性质，是一部野书。我这个书，不像《诗经》《尚书》等经部的书那样味如大羹，不像史部的书那样味如肴蒸，也不像子部的书那样味如肉酱，我这书就如烧烤好的猫头鹰煮烂了的野鳖之类的野味，正经的君子们是不愿意下筷子的。

第三，再次强调本书的性质。我之所以执着地写这样的书，不怕人笑话，是因为这一类志怪之书确实有它自己独特的特点。（言外之意，至于到底有多少特点，要让广大的读者来判断。）

第四，故意谦虚一下，并说明书名及书的结构。本人所学，杂乱无章，表达也没有什么条理，也不曾深入地思考过，我没有崔骃那样的真才实学（崔骃作《四巡颂》，文辞优美，汉章帝大为叹赏），只有像陈琳那样招致画虎类犬的嘲笑（建安七子之一的陈琳，字孔璋，并不擅长辞赋，却经常自称与司马相如同水平，曹植写信嘲笑他此举为"画虎不成还为狗"，而陈琳反而到处宣扬说曹植称赞他的文章）。我只是吃了饭没事干，偶尔抄录一些怪异之事，并将它命名为《酉阳杂俎》，这书总共30篇，我将它们编为20卷（他写作的时候，显然没有想到还有补，后面补有10卷，完整的《酉阳杂俎》共30卷）。

序言的最后一句：不以此间录味也。百思不得其解，按字意解释，应该是，我这本书里，就不记录那些大羹、肴蒸之类的正味了。这也说得通，不过，还不能完全尽意，原句似乎有脱漏，猜不出。

解读完了序，我们可以略为知道，《酉阳杂俎》特立独行，和《庄子》的汪洋恣肆，似乎有得一拼。

去年开始，我重读了《论语》《大学》《中庸》《庄子》，其中《庄子》花了差不多七个月的时间，一篇篇读，现在，凭着我的解读，我将它和《酉阳杂俎》作一个大致的比较。

虽然司马迁的《史记》对《庄子》评价不高："著书十万言，大抵率寓言也。作《渔父》《盗跖》《胠箧》，以诋訾孔子之徒，以明老子之术。《畏累虚》《亢桑子》之属，皆空语，无事实。"但我依然认为，《庄子》是一部不同凡响的天下第一奇书。

庄周显然是思辨高手，无论从文章的内容还是布局，都让人折服。这一点，段成式远远不及。简单说来的原因，两人所处的时代不一样，家庭境遇也完全不一样，段成式前几十年，一直躺在他爹段文昌温暖的怀抱里，潜心读书研究，《南楚新闻》上说，段成式"词学博闻，精通三教，复强记，每披阅文字，虽千万言，一览略无遗漏"。他那些奇思怪想，大多数来自书本，而庄周，曾经做过漆园小吏，住穷街陋巷，织鞋为生，有时甚至饿得面黄肌瘦，要不然，也不会有"涸泽之鱼"的典故了，一个成语就可以读出，庄周一生都在为吃而奔波。然而，物质的匮乏，并不能限制庄周思想的天马行空，生活越不得意，他的脑子越发达，他可以在自己的思绪里解决所有的问题，所以，在诸子百家中，庄周有一片属于自己的独特天空。

从读书看，段成式显然要多于庄周。毕竟相差1000多年，段能看到的典籍自然远远多于庄周，而且，在《酉阳杂俎》中，有不少佛教的东西让人迷糊，只觉得段成式是个"佛"林高手，懂得太多了，天有几重，地有几重，仿佛他都到过，活灵活现的。而庄周那个时代，佛还没有成教，更没有机会传入中国，而道，则成为《庄子》的主角，庄周的思想如游龙，那道，更如游龙，它承接老聃的衣钵，将天和地和人都打通，构建出一个长须飘飘的无为社会。佛和道如何比？没法比，它们似两条铁轨，并行着，永远不会相交，但是，它们一起铺向远方的时候，人们的眼睛望过去，似乎是相交的，虽然那不过是错觉而已。

我先举一则《庄子》中的小例子，窥一窥这条游龙。他写到了一个特别的人，这个人就是《人间世》中的《支离疏》：

> 支离疏者，颐隐于脐，肩高于顶，会撮指天，五管在上，两髀为胁。挫针治繲（xiè），足以糊口；鼓筴（cè）播精，足以食十人。上征武士，则支离攘臂而游于其间；上有大役，则支离以有常疾不受功；上与病者粟，则受三钟与十束薪。夫支离其形者，犹足以养其身，终其天年，又况支离其德者乎！

这个叫支离疏的人，长得如何呢？头缩在肚脐下面，双肩高过头顶，发髻朝着天，五脏都挤在背上，两腿紧靠着肋旁。这显然是个虚构的人物，庄周为了说明他的道，常常虚构人物，那些名字都很夸张，比如叔山无趾（《德充符》中被砍去脚趾的人）、比如闉（yīn）跂（qí）支离无脤（shèn）（《德充符》中一个游说卫灵公的人，跛脚、驼背、无唇），都是"形不全"的人，但他们彰显人的本性与禀赋，依然可以保全自己。

无论什么样的人，他都有权利生存下去。这个支离疏，他靠什么生活呢？替人缝衣洗衣，足以糊口。他又替人簸米筛糠，收入足以养活十人。看，他的优势马上出来了，官府征兵号令紧，而他却大摇大摆在征兵现场闲逛；官府征工，他因为身残疾而不必劳役；而官府救济病患时，他却可以领三钟米和十束柴。

这和庄周倡导的道，有什么联系吗？这个支离疏，并不因为身躯残疾而自暴自弃，他顺其自然，完全不将身体形貌放在心上，只是安分地活着。所以，庄周感叹，像支离疏这样的人尚可以好好地活下去，如果我们能"支离其德"，就是不以德为德，忘记德（不是不要德），那就可以免除世间的相对规范，而容易逍遥自在。

千百年来，人们同样被《酉阳杂俎》的想象力所迷住，我在《笔记中的动物》和《袖中锦》中，已写了不少，现在，我再举一个前集卷一《天咫》中的例子，这一卷中，讲了月亮、星辰、天神的六个奇异传说。下面这个故事，是最后一则：

　　大和年间，郑仁本的表弟，我忘了他的姓名了，曾经和一位王姓秀才游嵩山。他们两人为了追求刺激，不走大路，他们攀缘藤萝，越过山涧，都是险要之处，走着走着，迷路了。天快黑下来，他们还找不着方向，正进退两难时，突然，他们听到树林里一阵阵的鼾声传来。他们循声寻找，劈开荆棘，发现一个白衣人，枕着一个包袱，睡得正香呢。两人就将白衣人叫醒，对他说：我们偶然走到这里，迷路了，您知道大路朝哪边走吗？白衣人抬头看了看，没有答话，又睡着了。两人急了，再喊，又喊，那白衣人才坐起身来，对他们说：你们过来吧。两人于是上前，并问他来自何方。白衣人并没有答腔，只是笑笑：你们知道月亮是由七种宝物合成的吗？月亮的形状像个圆球，月亮上的阴影，是由于日光照在它表面凸起的地方造成的。常常有八万二千人在修凿月亮，我就是其中之一。白衣人说完，解开包袱，里面有斧头和凿子等工具，还有两团玉屑饭。白衣人将玉屑饭送给两人说：你们分吃了这个饭吧，虽然不能够长生不老，但可以一辈子不生病。白衣人说完，站起身来，给两人指了一条小路：只要顺着这条路走，自然会走到大路上。话刚说完，白衣人就不见了。

这个故事，奇异无比，信息量无限。

一个新工种诞生：月亮修补工。中国人的想象力无限，补天这个工种早就诞生了，女娲就是补天的大国工匠。月亮要修补吗？要的，那吴刚和嫦娥在里面住着，还有一只好动的兔子，谁知道他们会折腾出什么呀，月亮必须保持美好的形象，一点也容不得玷污，随时准备修补。

这个还不奇，奇的是，段成式说，这月亮是一个球状物，为什么会有明有暗呢？是因为月亮上凹凸不平，太阳一照射，不就显示出明暗的差别了。

天哪，意大利人伽利略发明第一台天文望远镜，是在1609年，也就是800多年后了。1609年的秋天，伽利略用那台望远镜，观测到了月球的高地和环形山投下的阴影，接着又发现了太阳黑子，此外，还发现了木星的四个最大的卫星。

还有什么"七宝合成"，那就是说，那个时代的人们，已经知道了月亮是由多种物质组成的。

神奇的想象还在继续，在前集卷二的《壶史》中，月亮是可以摘下来使用的：

长庆初年，山人杨隐之在郴州，经常去寻访有道之士。有位唐居士，当地人都称他为百岁老人，杨隐之前去拜见，唐居士就留杨住了下来。到了晚上，唐居士喊他的女儿说：快拿一个下弦月来。他女儿就把一个下弦月贴在墙上，看上去只是一张纸片罢了。唐居士站起身来，恭敬的样子祝祷：今天晚上有客人，请赐给光明。话音刚落，整个房间一下子就亮堂了起来，像是点了蜡烛。

从光电的角度看，这不就是电灯嘛，月亮已经承载了古人（尤其是诗人）的大量情感寄托，但无论怎么拟人，也比不上这个细节的想象力。

《酉阳杂俎》不是科学著作，但那些奇异的篇章里，满含着各种现代科学的萌芽。上面类似月亮的例子，书中还有不少。

总起来说，《酉阳杂俎》的30卷46篇，内容博杂而怪异，称博物志、怪异志什么的，都不为过，绝大多数篇幅都让人大开眼界，后代的笔记作者，十有八九尊其为志怪大神。

捌

尾声

公元863年，唐懿宗咸通四年，这一年的六月，长安街上已经有些燥热，太常寺少卿段成式，走完了他的人生历程。他的一生，并不传奇，传奇的是《酉阳杂俎》，1000多年来，《酉阳杂俎》不朽，段成式也不朽。

这一年闰六月，唐王朝虽已进入晚期，不过，依然没什么大事件发生，我查司马光《资治通鉴》第二百五十卷《唐纪》，有一件事倒是情节曲折惊险，简单情节如下：

昭义（今山西长治）节度使沈询，为政简易，性情恬和，他有个奴仆名叫归秦，不怎么检点，竟与沈长官的侍婢私通，事发，沈长官想杀归秦而没有杀掉。公元863年12月27日，天寒地冻之时，归秦和节度使警卫部队的指挥官密谋勾结，起兵攻打节度使府，沈询被杀。次年正月，皇帝命令京兆尹李蠙为昭义节度使。那李蠙至昭义，杀了归秦，并以归秦的心肝祭奠沈询。

要是段成式还活着，此等好故事，一定会被他精心演绎编入书的。

段成式，永远的唐朝文学骑士。

乙卷——坐标

向 11 世纪的科学坐标致敬。

我努力搭建一座沈括的人生坐标。

壹

天圣九年

1

宋仁宗天圣九年（1031），11 世纪的中国，这是一个平常的年份，简州平泉县（今四川简阳三岔坝附近）知县沈周，添了个儿子，取名沈括，这一年，他已经 54 岁，夫人许氏 46 岁。沈周的长子叫沈披，大女儿此时已经出嫁，小女儿早夭，沈周还因为小女儿的死哭瞎过眼睛，治了一个多月才又复明。沈括的出生，给这一对老夫妇，带来了喜悦，全家人都非常高兴。

沈周为政十分尽心，因政绩斐然，升任封州（今广东封开）知州，他离任时，平泉"县人铭政于石"。后来，沈周又调职苏州通判，任满后升侍御史，这样，沈括就和父母一起进了京城。

小沈括自然在京城开了眼界。但因沈周为官清廉，侍御史又是个从六品的低级官员，不久，就因得罪丞相吕夷简，被调往润州

（今江苏镇江）做知州。一年后，沈周又调泉州知州。

此后，沈周由泉州调开封府判官，又调江南东路按察使，又到明州（今浙江宁波），一路不停地调任。

沈括自出生后数年时间里，父亲频繁调职。我们可以想象得出，一对年过半百的夫妇，带着年幼的孩子，从西到东，从南到北，经常坐车坐船，一路颠簸，生活动荡，辛苦程度可想而知。

幸亏，沈括母亲许氏，生在苏州大户人家，知书识礼，沈括幼儿期的教育，就由母亲悉心完成。稍长大后，沈括被寄养在苏州的舅舅家。

<h2 style="text-align:center">2</h2>

许氏家族为苏州望族，沈括母亲是许家老小，小妹将小儿子寄放到大哥许洞家中，一百个放心。

沈括的大舅舅许洞，咸平三年（1000）进士，平生以文章自负，尤精《左传》，著有《虎钤经》《春秋释幽》《演玄》等诸多作品，而且，他自幼习武，拉弓射箭格斗，样样厉害。许洞文武双全，使沈括有了一个非常好的学习榜样。

从少年时代开始，沈括就对许多事感兴趣。比如，在金陵，他发现了一方石镇肉，看着上面有字刻着，洗干净发现，这是一块"宋《海陵王墓铭》，谢朓撰并书，其字如钟繇"，由此，他就爱上了搜集和研究古董，并一辈子为之。又比如，他因专心练习小楷字，眼睛出了问题。两位医生给他医治，并经常给他讲一些医学常识，这又引发了他对医学的极大兴趣，经常搜集药方，还给人看病，后来写有《灵苑方》和《良方》，成了中国历史上有名的医家之一。

在苏州期间，沈括读书访友，并在苏州乡试中考上了秀才。

3

皇祐元年（1049），72岁的沈周，调明州做知州，成了王安石的顶头上司，王此时在明州下属的鄞县做知县，年仅29岁。

沈周一向开明务实，他看到年轻的手下将一个县治理得相当不错，群众口碑也好，鄞县人民甚至立祠纪念，于是大为赞赏。沈周和王安石的交集，大约只有一年多的时间，但因为志趣相投，两人成了忘年交。

两年后的一个秋日，舒州（今安徽潜山）通判王安石和杭州知州范仲淹，一起到杭州的沈周老家，看望在此养病的沈周。范仲淹小沈周12岁。三人谈时政，聊国事，各抒己见，开心畅快。这时，沈周提出，他百年后的墓志铭，想请王安石撰写。

当年的11月13日，太常少卿分司南京钱塘沈周病逝。

4

按当时的规定，整个丧葬期为27个月，也就是古人说的三年守制。

钱塘故里守丧时期，沈括与友人在交游中，也有不少新发现，值得记述的，就是关于活版印刷的记载，这是这项技术起源于中国的铁证。

《梦溪笔谈》卷十八《技艺》记载：

雕版印刷书籍，唐朝人还没有广泛采用。自冯道（曾被封为瀛王，五代时历任后唐、后晋、后汉、后周四朝宰相）开始，用雕版印刷五经，从此后，典籍都用雕版印刷了。庆历年间，平民毕昇，发明了活字印版。他的做法是，用胶泥刻字，刻的字薄得像铜钱边沿一样，每个字做成一个印，用火烧使其坚硬。

预先设置一块铁板，将松脂、蜡和纸灰之类物品制成的药料覆盖在上面，想要印书的时候，就用一个铁质模子放到铁板上，将字一个个排列好，排满一铁模子就是一版，再拿到火上烤，当药料稍微熔化的时候，就用一个平板按在字面上，于是字印就像磨刀石一样平了。如果只印二三本书，还看不出这种印刷方法的简便，如果印几十本以至成百上千本，那就极为神速。

为了印刷更快捷，常常制作成两块铁板，一块板正在印刷，另一块就已经在排字了，这边第一版刚印刷好，第二版立即换上。两块板交替运用，时间不长就可以将书印完。

每一个字都有好几个印，如"之""也"等字，每字就有20多个印，为同一印版内的重复字做准备。字印不使用的时候，就用纸贴上标签，每一个韵部的字都放在同一个标签下，用木盒把字藏起来。如果有事先没有准备的奇字怪字异体字，就立即刻制，用草火烧，马上就可以做好。

为什么不用木材做字印？因为木材的纹路有疏有密，一沾上水就会变得高低不平，而且和药料粘在一起，印刷后取不下来。用泥土烧制的字印，用过之后，再用火烧让药料熔化，然后用手一拂，那些字印就会自己掉下来，一点也不会弄脏。

毕昇死后，他的印书馆被转让。根据《宋史》判断，毕昇的字印被沈括的堂侄沈文通得到，文通曾经做过开封府知府，他的后人将其带回杭州，因此，沈括在守丧期间，有机会仔细观察和研究毕昇的活版印刷设备，否则，不可能记述得这么详细。

20世纪90年代初，各地都兴办县报，我也将当时的《桐庐宣传》改成了《桐庐报》，起初每半月一期，稿子编好，版画完，就到印刷厂，看着排字工人，将一篇篇文章的铅字根据字号拣出，然后加上线条，再组成一个整版，每个标题都要算过长短，每篇文章都要精细计算，纵然如此，还要经常改动，看着排字工人那个麻烦劲，我在给通讯员讲课时，总是要求写短点，再写短点。

电脑出现以前，我们的印刷技术，比毕昇的活字印刷高明不到哪里去。

5

从皇祐三年（1051）的十一月开始，经皇祐四年（1052）、五年（1053），27个月后，沈括和兄长沈披，结束了守丧期。

沈披辞别母亲和沈括，继续去朝廷供职，而根据宋朝的荫庇规定，沈括也将出任海州沭阳县的主簿。

如上言，沈括自幼年起，就随父亲一起，到各上任地居住生活，他有更多的机会接触当时的社会，了解下层百姓的生活。另外，父亲的亲民思想和行为，一直影响着沈括的思想意识。而且，沈括自小受母亲许氏的教育，又接受儒家正统孟子的思想熏陶，对"仁政"一类的学说备极推崇。

所有这一切，都对从幼儿到少年到青年的沈括，影响如烙铁般深刻。

接下来，23岁的沈括，就要独闯宋朝官场的江湖了。

贰

至和元年

1

娶妻、生子、父逝，使得底子本来就不厚的家庭经济出了问题，沈括急需挣钱养家。公元1054年，沈括开始出仕。他的第一个官职，就是去海州沭阳县做主簿。

主簿是个什么官员？品级上应该属从九品，县令的助手，是县里面最苦最累的低等官员。沈括在他的《长兴集》卷十九中，对这个职位有生动的描写：

> 仕之最贱且劳，无若为主簿，沂、海、淮、沭地环数百里，苟兽蹄鸟迹之所及，主簿之职皆在焉。然既已出身为吏，不得复若平时之高视阔步，择可为而后为，固宜少善其职矣；所职如是，皆善固不能也。欲其粗善，必稍删其多岐，专心致意，毕力于其事而后可也。

也真够苦的，方圆几百里，只要是兽蹄鸟迹所到的地方，都有主簿的工作职责。后面他还写道，那些往来吊问、岁时祭祀、公私百役等杂事琐事碎事，十有八九也要主簿兼着。主簿常常忙得忽上忽下、忽南忽北，心里懵懵懂懂，昏天黑地，连风雨霜雪的暗亮暖寒，也完全不知道。一句话，吃喝拉撒睡，什么事情都要管。

苦是苦了点，但沈括并没有抱怨，他有自己的抱负，要趁着年轻，将自己的所学用到实践上，力求能为国家替百姓做出一点成绩。

此时，沭阳县令因为贪婪，横征暴敛，造成了大的民怨，被上级免职，海州太守就让沈括来收拾乱局。沈括实行了一系列的安抚政策，一下子赢得了百姓的拥戴。随后，他就将目标定在了最大的民生事件上。

《宋史》卷三百三十一列传九十，这样记载了沈括在沭阳的最大功绩：

> 括字存中，以父任为沭阳主簿。县依沭水，乃职方氏所书"浸曰沂、沭"者，故迹漫为汙泽，括新其二坊，疏水为百渠九堰，以播节原委，得上田七千顷。

沭水是沭阳县境内的主要河流，常与沂水合称。沈主簿到达沭阳时，该河已年久失修，河道淤塞，沭河两岸，每逢洪水，百姓常常遭殃，形成了一望无际的沼泽。沈括的施工方案是，新修筑两道大堤，分多段疏导河身，并筑起数个低矮的河堰，河两岸的大片沼泽地就变成了七千顷良田。沭河的科学整治，既保持了河床的流量，又使沿河的农田得到了有效的灌溉。

可以想见，这个不小的工程，对刚出道的低级官员沈括来说，是一个多大的考验啊。从工程的设计，到施工的组织，再到现场出现具体问题的解决，这一切，都显示了沈括各种知识和能力的积累，更重要的是执行力和决定魄力的初显，如果只做一个太平官，因循守旧，他就不会自找苦吃，如前述，主簿的工作已经是相当杂乱了。

当上级政府对沈括的沭阳治水予以高度肯定时，沈括的职位也得到了升迁，一年多后，他被提拔为东海县代理县令。

2

东海县并不是今天的东海县，它离沭阳只有百余里地，坐落在现今的连云港市南郊。和沭阳一样，东海县境内也是河网密布，但它临着东海。

沈括初到东海，就急着到各地走访民众，了解县情。有一天，他登上朐山东望大海，心潮起伏：这宽广无垠的大海啊，是多么的壮观，我也要向大海学习，学习它博大的胸怀，不断探索和学习，海纳百川！

同时，也因为他的知识面宽广，在考古等方面，不断有新发现。《梦溪笔谈》卷四《辩证二》这样记载他对古墓的研究：

> 东海县西北有两座古墓，当地方志称它们为"黄儿墓"，墓上有一块石碑，字迹模糊，无法辨认，没人知道黄儿是谁。石延年做海州通判时，有一次在巡视途中看见了这墓，就说"汉代有二疏，疏广、疏受，东海人，这一定就是他们的墓"，随行人员就称它们为"二疏墓"，还在边上刻了石碑，后人又将这碑文收入了地方志。

根据我的考证，疏广，是东海兰陵人，兰陵今天属沂州的承县，今天的东海县乃汉代的赣榆，属于琅琊郡，不是古代的东海县。承县以东四十里有疏广墓，向东二里又有疏受墓，石延年不查考地志，只见今天称这里为东海县，就认为那两座墓是"二疏墓"，这是极其错误的。

黄儿墓的北面又有"孝女冢"，庙的外观颇为雄伟，是属于官府祭祀的那种庙宇。孝女也是东海人，我判断，汉代的赣榆既然不属于东海县的旧地，那么，孝女冢庙怕也是后人根据今天的县名附会建造出来的。

沈括感叹，地名中像上面出现的错误比比皆是，他刚刚在沭阳做主簿时，也发现了当地的地方志许多差错，后代人不知道缘由，以为传承下来的方志是真实的。他因此告诫后人，天下的地理类图书，并不完全是可信的。

沈括的兴趣是多样的，他的大舅许洞能文能武，他也对军事感兴趣，这也为后来他出任军事要职打下了基础。

《梦溪笔谈》卷十九《器用》中，就记载了他对一种弩机的观察研究：

东海有一户人家挖地，挖出了一把弩机，它的望山（帮助瞄准的标尺）很长，望山的侧面是小矩，小矩上像尺一样刻有分、寸等刻度。

这把弩机如何操作呢？

用眼睛注视箭尖，用望山的刻度来校正它，调整它位置的高下，这个原理，正好是数学中的勾股定理。汉陈王刘宠善于用弩射箭，十发十中，而且射中的都是同一个地方。他的方法是"天覆地载，参连为奇。三微三小，三微为经，三小为纬，要在机牙"。这些话很难懂，大概"天覆地载"说的是射箭前时前后手的姿势；"参连为奇"，说的是用刻度对准箭头，用箭头对准目标，三点连一线；三经三纬，是画在箭靶上的三根垂直线和三根水平线，用来标明目标的上下左右。这里面用的还是勾股定理。

沈括并不是纸上谈兵，随后，他亲自画三根经线，三根纬线，用箭头对准射它们，十支箭能中七八支。这个新发现，他有些小得意：如果在弩机上设置刻度，射出的准确度一定会精准许多。

"勾三股四弦五"的勾股定理，为公元前11世纪的周朝数学家商高所发明，它在随后的各个朝代都被广泛运用，距沈括生活的年代已经2000多年了，沈括具有扎实的科学功底，自然，他一研究，就明白了。

东海县代理县令的工作和生活，是平静和安稳的，时光也如飞箭，携着年轻的沈县令阔步向前。

3

嘉祐六年（1061），沈括正式调任宁国县令。*

宋代基层官员的考核相当及时，跨地调动也很频繁。东海县原属淮南东路的海州境内，宁国县则属江南东路的宣州（今安徽宣城）

---

* 有两说：一说沈括任宁国县令；另一说是沈括的哥哥沈披任宁国县令，沈括协助其兄修圩。本书采用第一种说法。

境内，两地相距千里。沈括的这次调动，从代理到正式任职，应该是业绩优秀的升职。

在宁国任上，值得一说的是，他全面参与了治理万春圩工程。

圩，是江南一带低洼地区周围筑起的水堤。万春圩，原来叫秦家圩，在芜湖，因被洪水冲塌后，一直荒废，80年来，不少人提出要恢复秦家圩田，但一直有争议。沈括做宁国县令后，江南东路的总负责人——转运使张颛，开了州县会议，专门研究恢复秦家圩问题。会后，他特地派沈括前往现场，考察地形，制订可行性计划。

具有丰富水利知识的沈括，经过仔细踏勘，很快就将自然地势绘成地图，并针对反对派的谬论，提出了著名的"圩田五说"而使工程迅速实施。

这项工程所得到的回报有多大呢？宣州下属八个县分工，调动了14000余劳动力，以工代赈（政府付工钱、粮食让饥民来劳动），发出"官粟三万斛、钱四万"，用了80多天时间，得田1270顷，不仅兼具蓄水、排泄功能，还得这么多上好良田，一年就可以收粟36000斛，钱50余万。

宋仁宗一高兴，赐名"万春"，万春圩，场景多么令人欣喜呀，春回大地，圩田两岸，青葱油绿，万紫千红。

工程完毕后的第四年，长江下游的江、浙、汉、沔间遭遇特大水灾，江南东路的大小1000多圩，惨遭淹没，只有万春圩挺立无恙。

官场是个迷魂阵，理论上，如此业绩，一定会再有嘉奖，可是，宁国任满后，沈括却平调到宛丘（今河南淮阳）做县令。

叁

嘉祐八年

1

嘉祐七年（1062），沈括在宛丘县令职上，没有干满三年，决定辞职。辞职的原因，倒不是心情不好，嫌官小，而是要去考进士。

自隋代开始的科举制度，告诉了人们一个不争的事实：无论你多么有才学，如果没有进士出身这块金字招牌，仍然得不到朝廷和社会的重视。这一点，所有的读书人都清楚，沈括心里自然也十分清楚。

沈括回到了苏州，他是从那里考上的秀才，学籍在那。当年秋天，朝廷举办发解试活动，即秀才考举人，沈括轻松夺得苏州第一名——解元。

嘉祐八年（1063）三月二十二日，朝廷大考结果公布，沈括毫无悬念高居榜上。

其间有趣的是，沈括以生动的笔法，写到了那些举子考前考后的各种状态。

《梦溪笔谈》卷二十二，《谬误谲诈附》记载了他的观察和思考：

> 京师中以算卦为生的那些人，在科举考试中替举人占卜考试成败最赚钱。这些人都有自己独特的赚钱门道。有的算卦人，凡是来问者，一律回答：必定考上。举人们都喜欢听吉利话，纷纷前去占卜。有的算卦人则狡猾一些，凡是有人来问，

他一律回答：考不上。考不上的人常常占十分之六七，这些人会认为他算卦的技术高明且敢于直言，越传越远，赚的钱也特别多。有的算卦人因此而著名，并且终身获利。

算卦是迷信，但暗藏着数学概率原理。有许多算卦，都披着这样的外衣，因此也就屡屡兴旺了。

2

沈括及第后，出任扬州司理参军。

这个官位的职责是负责司法官司的调查审问。扬州是进京物资的集中转运地，业务繁忙，差错和争执不可避免。沈括到任后，短短一年时间，历史积案大幅度减少，淮南东路转运司得到了朝廷的好评。

其间，沈括充分运用自己的数学知识，发现了"隙积术"和"会圆术"，这是他重要的数学发现，解决了工作中的不少难题。

在司理参军任上，沈括注重调查研究，他甚至留意行船过程中的风患问题，他搜集到的避风术，对行船安全极为有用，极大地提高了安全性。

《梦溪笔谈》卷二十五《杂志二·江湖不遇风术》这样记载：

江湖间行船，最怕大风。冬天的风来得慢，行船一般有时间防备，盛夏的风，转眼间就来到了眼前，船只往往突然遭难。我曾听说江国的商人有一避风良法可以免遭突然而来的风灾：一般说来，夏天的风常常在下午刮起，想要行船的船家，凌晨拂晓时分观察，星月如果洁白，整个天空看上去非常清晰，这就可以放心开船，到了中午十一点前，就停止行船。这样，船家一般就不会碰到风暴。

像这样随手记载的，好多都是沈括对日常生活和工作留心得来的，往往有用。宋神宗就对沈括这种预测天气的本事极为重视，有次上朝，一个大晴天，天久不雨，神宗就问沈括什么时候会下雨，沈答明天，次日果然大雨（卷七《象数一》）。旧日川滇一带小村镇的客栈门上，都贴着这样的对联：未晚先投宿，鸡鸣早看天。这对联里的道理，几乎就来自沈括的看天习惯。

3

扬州司理参军的顶头上司，是淮南东路转运使，长官张蒭（chú），他比沈括大18岁，非常赏识才华横溢的沈括，也因为沈括的业绩突出，就有心将自己的第三个女儿嫁给沈括。

此时，沈括已经三十四五岁，前妻去世，还留下一个儿子，沈家虽是钱塘官宦人家出身，但他家几乎全靠薪俸生活，对于这样一桩好事，沈括自然求之不得。按年纪推算，张家小姐此时应该十六七岁，这就是一对老夫少妻，加上张的背景，沈括自然是百般恩宠了。

此后的事实表明，沈括对老丈人及张家也算尽忠尽孝。

张蒭的墓志铭由沈括撰写，而且，连张蒭父亲张牧的墓志铭也由沈括撰写了。不仅如此，沈括还利用自己的考证水平，将张牧的父亲张皓在宋真宗时签订澶渊之盟立下的功劳都给挖掘了出来。其时，宋辽在澶渊对峙，张皓作为使节去见辽太后萧氏，他窥探到辽军大部队将要偷袭宋军北寨的消息，待完成使命后，迅速赶至宋军北寨报信，辽军偷袭，宋军杀了对方一个措手不及，连辽军主帅也被射死。这样，辽国被迫与宋讲和，但张皓的功劳没有被提及。

沈括不仅宠张家三小姐，还极怕这个少夫人。关于沈括怕老婆，历代都有不少有趣的记载，这里仅举明代笔记作家谢肇淛的《五杂组》卷八《人部四》的描写，怕老婆的沈括，特别让人同情。

谢作家写道：

> 沈存中常被夏楚，血肉狼藉，威福倒置，于是极矣。

看看字面，经常被"夏楚"。夏楚应该是一种借代，荆条之类的东西吧，抽下去，条条见肉，厉害得很，血肉狼藉，沈括是毫无招架之力啊。

最让人唏嘘的，是这样一次事件：有一天，沈括正在写作中，不知怎么就得罪了张氏，张一把揪住沈的大把白胡子，沈退避躲让，拉扯中，沈的大把白胡子，生生被连根拔下，沈满脸带血，惨不忍睹。沈的儿女们见状，相互抱头痛哭。

这次事件，带来的直接后果是，沈括只要听到老婆张的声音，忍不住就会发抖打战。

让人迷糊的是，张氏后来早死，沈却如丧考妣：没有了老婆张，让我沈老汉怎么活下去啊！他屡屡觉得活着没意思，竟然还去跳了一回江。

沈括如此怕老婆，真是让人百思不得其解。

其实，在沈括心里，一定是有解的。老夫少妻，宠爱忍让？张

氏抑或是《梦溪笔谈》写作真正的动力，巨大的动力？没有了张氏，他的巨著就不可能完成？假如是这样，那么，这样的悍妻终究还会让沈括留恋挂怀。

存中，这一段特殊的感情，就存在心中吧。

4

按惯例，沈括娶这个新妇，要回家向老母亲许氏先汇报，并做好迎娶的各项准备工作。

喜事在身也不忘奇闻异事的搜集与记录，这期间，《梦溪笔谈》卷二十《神奇》中就记载了中国科学史上比较著名的一次陨石事件：

> 治平元年（1064），在常州，某天近中午的时候，天空中突然传来雷鸣般的巨响，有一颗像月亮那样大的星，出现在了天空的东南方。一会儿又响一声，星转移到了西南。紧接着轰隆一声，星就坠落在宜兴县姓许的百姓园子中。远近的人们都看到了，火光照亮了整个天空，许家园子的篱笆都烧掉了。
>
> 待火光熄灭，人们发现，地上有一个杯子大小的洞，非常深，向下探视，大星在里面闪闪发光。过了很久，那些光才逐渐暗淡下去，但还是很烫，不能接近。又过了很久，人们挖开那个小洞，挖了足有三尺多深，发现了一块圆形的石头，仍然有余热，如拳头大小，一端略尖，颜色看上去像铁，重量也和铁一样。
>
> 常州知州郑伸得到了这颗大星，将其送到了镇江的金山寺，至今仍然珍藏在匣子里，游人来此可以观看。

宜兴离苏州极近，这许氏难道是沈括母亲家的亲戚？沈括母亲此时恰好住在那里？极有可能，正因此，现场描写栩栩如生。

5

因沈括工作业绩的优秀，也因了他老丈人的保荐，治平三年（1066），沈括进了京城的昭文馆做校书。

昭文馆是皇家图书馆，校书就是校对，那里是国家藏书最多的地方。编校的职务清闲，称"馆阁雅士"，就是将典籍中的错讹或缺失的字改正或补充。对沈括这样喜欢读书的人来说，是梦寐以求的好差事，一下子掉进了书堆中，可以阅读大量平时看不到的好书，他在昭文馆里又有许多发现。

除了正常工作，沈括还钻研象数，研究天文学。昭文馆的长官和他的一段对话，从另一个侧面反映了沈括在天文学上的成就。

长官问：天上有二十八星宿，间距各不相等，多的达32度，少的只有1度，它们的分布如此不均，这是什么道理呢？

沈括答：天空中的星辰分布，本来就无所谓"度"，只是人们为了研究及制订历法时的计算需要，才根据太阳的运行轨道黄道，将天体分成365度多。二十八星宿在天空中的分布本来就不均匀，当然谈不上度的均匀了。

长官再问：日月的形状，是像弹丸似的圆球体呢，还是像团扇似的平面圆形呢？

沈括答：日月皆为圆球体，这可以用月亮的圆缺来证明。月亮好像一个银球，本身不发光，当太阳照射它时，它才会发出反光。月初时，太阳从月亮的侧面照射，因而出现新月如钩；月中时，太阳从正面照射，因而满月如轮。可以再做一个简单的实验：找一个弹丸，用粉将它的一半涂白，这时，你侧面看它，涂粉的地方就好像一把钩；从正面观察，涂粉的地方恰好像圆轮。由此可知，日月就是圆球形状。

长官又问：那日食和月食又是怎样发生的呢？

对这个问题，沈括更加胸有成竹：太阳运行的黄道和月亮运行的白道，两道之间有一个夹角，就如两个圆环相叠会稍微有一点偏差。如果日月处于同一个圈内，而又在黄道和白道的交点附近，那就会互相掩遮，形成亏蚀；两圈处在交点上，那就是全食；偏离交点，根据其偏离的远近，就会形成不同的日食和月食。

长官一连三问，沈括对答如流。

长官为什么这么重视日月食？当时人们的观念是，天上的日和月象征着人间的帝和后，如果有日蚀，皇帝要避殿，如果月蚀，皇后要规避。否则，会遭天谴。因此，预报日月蚀，是朝廷天文机构长官的重要职责。

沈括兴趣广泛，爱好多样，关心政治，今后在相当长的一段时间里，他要深度介入到一场著名的政治运动中去了，那就是王安石变法。

肆

熙宁三年

1

王安石变法，又称"熙宁变法"，其实可以追溯到范仲淹变法。

赵匡胤黄袍加身，他对那些拥戴他的武将极不放心，"杯酒释兵权"后，宋王朝出台的许多政策，都和文人文化有关，但无论怎么治理，由专制制度造成的一系列问题依然越来越严峻，范仲淹进行了小小的"庆历新政"改革，但面对强大的保守体制，随即宣告失败。

王安石来了。他起初在鄞县县令任上，就进行过多项改革，且取得了巨大成绩。因此，一旦有机会，代表中下层地主阶级的部分官僚，就试图通过改革的办法，解除农民的若干困苦，适当限制大地主，缓和阶级矛盾，以此改变国家积贫积弱现状。

沈括从父亲到他自己，过的都是自食其力的生活。孩童和少年时期，一直跟随着做官的父亲游历南北，年轻时又做过几任地方的低职官吏，因此，他对现实社会的深刻危机、百姓的贫苦生活，都有比较详细的了解。同时，他接受的是传统的儒家教育，在他心中，认为只要通过改革，减轻赋税，兴修水利，打压兼并，富国强兵，人民就会富裕，国家就会强盛。

如前述，王安石给沈括的父亲沈周写过墓志铭，王对小他十岁的沈括也非常有好感，他们都受宋神宗的信任，可以说，他们是意气相投的。王安石开始变法时，沈括正在钱塘老家守母丧，待丧制结束，沈括回京，王安石的变法运动正如火如荼开展。

有人统计王安石变法阵营的主要干将有30人，而将沈括排为第15。

那么，沈括在王安石变法中，都做了哪些重要的事呢？

2

沈括所做的事，并不是什么惊天动地的大事，其实都是平常的实在事。

沈括将司天监的工作理顺之后，朝廷又派给他一件临时性的技术工作——"检正中书刑房公事"，测量汴渠下游的地形，这实际是一项赈灾疏浚工程，也就是说百姓可以用劳动来获取粮食。

汴河水利建设，是农田水利法的重点项目。

沈括此次的主要任务有三项，用专款在南京府（今河南商丘）、宿州（今江苏宿迁）、亳州（今安徽亳州）、泗州（今江苏盱眙）等，招募民众前来疏浚汴河；另外，就是查清官家私家在汴河沿岸的田地和可以修筑闸门放水淤田的地点；第三就是做好开凿汴洛运河的准备工作。

江南历来都是产粮区，北宋政府每年要将约600万石的粮食从江南运到北方。那时候的交通主要靠水路，汴渠就是一条人工运河，是北宋京城的交通大动脉，它自汴京西部的黄河取水口（汴口），向东偏南，流到泗州入淮河为止。

对兴修水利这样的事，沈括是强项，从治理沭河到宁国治水，他不仅有头脑，也有相当的实践经验，这也许就是朝廷派他测汴河的重要原因吧，派这样专业的人士，放心。

已经20多年没有疏浚的汴河，严重淤塞，河床抬高，形成了一个罕见的怪现象，站在汴堤上看两岸的民居，好像看深谷里的房子一样。而且，汴河的航运能力大大下降，每年只有200多天的时间可以通航。

测量的地段，从汴京的上善门开始，一直到泗州的淮口为止。总共测量了840里130步，这是汴河最紧要的地段。为避免差错，沈括创造出一种新的测量方法，即分层筑堰测量，先将梯形堤堰筑好，再引水灌注，然后测量各级水面，将各个水平面的高度相加，它的总和就是"地势高下之实"。这既是平面测量，也是地形测量，这种地面高下的测量，在沈括以前，世界历史上从来没有过。这样测量，他得出结论，汴河下游的沿岸地势，京城附近，要比泗州高出19丈4尺8寸6分。

因为汴河的科学测量，为后面的汴洛运河的修建，提供了重要的数据。

元丰二年（1079），汴河终于修成，波流平缓，两堤平直，汴河的通航速度翻倍，而且四季都可通航，昼夜不绝。

后代学者指出，沈括领衔测量汴河，是我国古代水利工程和测量史上前所未有的创举，他取得的成就远比外国人早得多，俄国直到1696年才开始顿河地形的测量，西欧则从18世纪初才开始准高度的测量。

3

测量汴河的第二年，宋神宗又派沈括到浙江去察访。

事情的起因是这样的：熙宁五年（1072），两浙路和两淮一样，发生了重大灾情。这年的11月，於潜（今浙江临安于潜）县令郑薲上书朝廷，提出按古人治理水患的方法来修筑围堤，朝廷采纳他的建议，将他提为司农寺丞，并派前往两浙兴修水利。郑薲在苏州筑圩围田，触动了在苏州有大量田产的副宰相吕惠卿的利益，吕找了个"兴役扰民"的借口，使郑免了官，并宣布停修浙江的水利工程。

沈括此次前去，一是因为浙江是他老家，情况熟悉，二是因为他以往在水利建设上的重大成就。

沈括从开封出发，经江苏到达浙江，一路行一路工作。

在常州和润州（今江苏镇江），他请求朝廷拨出一批贷款，"以工代赈"，招募饥民兴修水利；在苏州和秀州（今浙江嘉兴），他部署疏浚了湖泾滨，还组织百姓围圩造田；在温州、台州、明州（今浙江宁波），发动百姓在海边合力围堰，以围裹保护东部近海耕种的土地。

王安石变法中有一个重要的"方田均税法"，就是通过丈量土地、核对人口来确定土地的归属情况，这样，谁多占谁兼并，谁隐瞒谁逃税，一清二楚。沈括发现多占逃税现象普遍，立即派官吏到各州清查，这一下，大大增加了国税的收入。另外，通过调查，他也发现，浙江百姓每年上缴的绢帛已经数额巨大，且还在增加，已经难以承受，于是上书，免掉了每年增加的12万匹绢帛。

沈括的许多科学成就，都是在旅途中发现的。这一次，他在温州，就顺带考察了雁荡山的成因。

去过雁荡山的人都为那里陡峭而连绵的岩石巨峰所惊叹，那么，雁荡诸峰究竟是怎么形成的呢？沈括认为，都是由"水凿"而成，从而对流水侵蚀地形作出了科学的解释。这一地学理论，比英国人郝登1788年提出的流水侵蚀作用的学说，早约700年。沈括观察雁荡诸峰，"从上观，适与地平"，这个观察也相当准确，这种现象，现代地貌学上称古夷平面，它标志着一个地区的地貌发育阶段。此观点，西方一直到近代才有人提出。

沈括花了大半年的时间，从浙西到浙东，差不多走了个遍。他从实际出发，附带还做了一件事：向朝廷提议，将浙江分为东西两路。

他观察到的情况是：浙江的温州、台州等地，自从熙宁四年（1071）以后，上级主官没有去巡视过，导致各州县政务松弛，没人管事。因为长官只驻在浙西，坐船往来，极不方便，百姓有冤也无处申诉，应该分开管理。

朝廷一调查，果然如沈括所说，立即将两浙分为东西两路。这个新的划分，到南宋便固定了下来。

4

熙宁七年（1074）的八月，沈括再次出京，担任河北西路察访使。

沈括担任这个职务的前提是，因北宋在河东增筑堡垒，引起契丹统治者的不满，他们乘机要挟，辽宋的边界有了新纠纷。沈括的使命，就是视察和整顿边防，以备发生冲突时，北宋政府有足够的准备。

辽军的强项是骑兵，数百数千强骑，便可长驱直入。沈括想到的第一个办法是，挖掘陂塘，做成军事屏障。根据地形，有许多利用旧塘泊修建，恢复或者扩充。

以下三处，就非常成功。

保州（今河北保定）、顺安（今高阳东）军以西的陂塘，在沈括到来以前的30年，就是个湖泊，但后来逐渐废堙，不仅没有水，还成了通途。沈括建议将其修复，修成后的湖泊，就成了这一带几十里地方的天然障碍。

深州（今河北深州市）北面，有个徐村淀，原来也都是大片水面，但沈括看到的是成片的大陆。沈括认为，徐村淀的干涸，使深州以北失去了掩护，辽军一来就可以直接逼近州城。沈括建议，决开徐河、鲍河，引水注入淀内。两年后，这里就成了横贯50里的陂塘。

定州（今河北定州市）城北有个大池，沈括到此察看了地形，为了防止来自北方的攻势，就将大池的面积扩大到城西。

有人对塘泊的军事价值表示怀疑：辽军如果决塘，把塘水放掉，很快就可以越过障碍，防御功能就会失效。沈括这样驳斥：横50里的水泊，用决堤的办法将水排干，没有一个月时间根本办不到。那些湖水流到哪里去呢？如果决堤，十有八九要流入辽国境内，一下会达几百里。湖水过后带去的淤泥，走路骑马都极不方便，如此，正好可以困住辽军，不会给我们造成困难。

又有人认为筑湖或恢复湖泊，侵夺了良田，影响了国家的税收。沈括继续驳斥：陂塘所占地面，都不是上好良田；即使有些地方有少量比较好的熟田，政府为了国防需要也可以适当补贴；还有，塘周围的农田，因为有了湖水的淤淀，旱涝保收，都成了良田；另外，大片水面，可以养鱼蟹虾等，有大量的水产收入。

沈括做事常常遇到反对方，但他考虑缜密，一般都能战胜对手，不是因为他口才好文才好，而确实是他依据了科学的方法。

北宋政府虽有宏图大志，但因长期未能收回十六州，造成华北平原无险可守。在宋辽边境，北宋政府的防御措施主要有如沈括利用池塘，还有利用河流，筑起"水长城"，阻挡辽兵。

我在河北廊坊市永清县，看到了宋代的"地下长城"，就是古战道，在地底下构建一个规模宏大的防御工事，覆盖面积达300平方千米。古战道场面惊人，分布点广，结构复杂，布局严密，有翻眼、掩体、闸门等军用设施，也有气孔、灯台、土炕等生活设施。

从古战道映射出的一个影像就是，在北宋和辽的长期对峙中，北宋各级政府，都在想尽一切办法作有效的抵御，沈括就是一个杰出的代表。

5

两浙察访回京，宋神宗找沈括谈话，聊到了两件事，一件是登记民车，一件是四川禁盐。这两件事，在神宗心里搁好久了，他徘徊，他犹豫，甚至很痛苦，他想听听沈括的意见。

因为辽宋边境形势比较紧张，朝廷认为，对付辽军那些闪电般的马队，必须用兵车才能抵挡，因此，宋神宗就命令宦官，将百姓的车辆都登记在册，以备战时征用。但是，宦官们的工作方法有问题，他们夸大和渲染了战争形势，更有乘机敲诈勒索胡作非为的，弄得百姓人心惶惶。朝中许多大臣都向皇帝建议停止执行这一命令，但神宗仍然坚持他的主张，他只是认为下官和百姓不理解他的意图。

然而，反对的声音越来越多，神宗也有点不自信了，问问沈括吧。

沈括早就听说这件事了，早想提意见，只苦于没机会，这下好了，皇帝主动征求，他得把观点明亮地摆一摆，只是要巧妙。

皇帝问：爱卿呀，你听说过登记民车这个事吗？

沈括：听说过的。

皇帝：那么，你的意见呢？

沈括反问：我不太清楚，陛下您登记民车是干吗用的呢？

皇帝一惊：呀，这个你都不知道啊，契丹擅长骑兵，只有战车才能抵挡他们！

沈括顺着皇帝答：是呀，万一敌人来袭，百姓什么都不能保全，更不要说一辆车了，何况，陛下只是登记而已，并不是征用呢。

皇帝太高兴了：就是呀，我完全是替国家和百姓着想，可是，他们怎么一点也不理解呢？

沈括慢悠悠地将皇帝引入套：战车的好处，古书上都清楚明白记载着的，冲锋时战斗力特别强，势如猛虎，驻扎时车车相连，牢不可破。但我还有点不清楚的是，古人所用的兵车，叫轻车，用五匹骏马拉着飞跑，快速灵活。我们现在的民车，叫太平车，与战车完全不同，全用牛拉，行进速度极慢，一天走不了30里，如果遇上雨雪，行路更加困难，这种车子上不了战场。

皇帝一听，抚掌大笑：哎呀，沈爱卿，你的话很有道理，怎么没人从你这个角度讲给我听呢？看来没有必要去登记民车了嘛。

皇帝放下了心头的一件重要事，顺嘴又问了盐禁的事。

皇帝：市易司为了广拓财源，建议在四川实行盐禁，将盛产井盐的私商盐井全部关闭，再从盛产池盐的解州（今山西运城、闻喜一带）运盐到四川，垄断盐利，我已经批准了他们的方案。你看看，这件事，是不是可以做呢？

沈括答：市易司的主观愿望是不错，增加财政收入，我们大家都有责任，但是，四川忠、万、戎、泸等州，那一带的小盐井多如牛毛，如果实行盐禁，必然到处设关卡，派人层层管理，我可以断定，花在这上面的成本，远比卖池盐得到的钱多得多，这有点得不偿失啊！

皇帝若有所思：太对了，不划算。

第二天，宋神宗下令，民车登记停止，四川禁盐取消。

7

这里有必要再简单梳理一下王安石和沈括的关系。

变法初期，王安石一直对沈括表示欣赏，沈括也确实在各个岗位上为新法的不断推广和实施作出了重大的贡献。但从沈括自河北回京，王安石对沈括的态度就大不如以前，他在宋神宗面前竟然说沈括出使河北，暗中破坏新法，甚至，他还说了很重要的坏话：沈括内怀奸利之心，是一个反复的小人。

原因出在哪里呢？

新党内部也相当复杂，派别林立，排挤沈括的人也非常多，其中最厉害的当数新党领袖之一的吕惠卿。连宋神宗都认为，吕惠卿事事攻击沈括，就是妒忌沈的才能。吕最后自然不得好死，但王安石一直没有看穿吕的真面目，在王安石罢相期间，吕惠卿执政，虽然还是实行新法，但吕惠卿有他自己的利益集团和个人的小算盘，因此，新党内部那些忠实执行新政的人，就成了吕惠卿的政敌，而吕惠卿诬蔑沈括，王安石居然不辨是非，完全上了吕的当。

沈括是无辜的，不过，沈括对这件事处之泰然：别人怎么说随他说，我只管做好自己的事就行了。在沈括所有的著作中，都没有表示过对王安石的不满，反而从心底表示对王的敬重。

伍

元丰三年

1

熙宁十年（1077）三月，沈括三司职务被罢免，被派往宣州（今安徽宣城）做知州。

罢免的原因，主要是新役法执行中，他认为有些问题，于是给宰相合议上奏免除下户的役钱，不想，反对派蔡确以此为借口，上书诬蔑沈括结党营私、牟取私利、越职处事，等等，罗织的罪名一大摞，此时，王安石也已罢相，宋神宗也就不辨是非，将沈括贬了。

沈括在宣州待了三年。16年前，他曾在宣州的下属县宁国做县令，再次到宣州，他觉得有点恍惚。他依然百思不得其解，自己工作尽心尽力，却落得如此境遇，实在是有点想不通，加上近年来工作的劳累，一下子，沈括病倒了。

我在读《苏沈良方》时发现，有两条记载，和他在宣州有关："时予守宣城，亦大病逾年"；"崔丞相灸劳法……余取诸本参校，成此一书，比古方极为委曲，依此治人，未尝不验，往往一灸而愈。予在宣城，久病虚赢，用此而愈"。在宁国"十松亭"，沈括故地重游，真是百感交集：

> 欢然相对默终日，意得那须言强多。
>
> 我身未得从心老，嗟尔系此成蹉跎。

也就是说，沈括此时的心、身皆受重伤。幸亏，他懂得一些医学，可以为自己疗伤。如上，他用崔丞相灸骨蒸法，他还用"白雪丸"——将天南星、乌头、白附子、半夏、滑石、石膏、龙脑、麝香八种药和而为丸，像绿豆一样大小，每次服30粒，用姜蜡茶或者薄荷茶伴着喝下。这丸吃下后，"良久间，如塞去重裘，豁然清爽，顿觉夷畅，食后服为佳"（《苏沈良方》卷第五《白雪丸》）。

在宣州知州这样的岗位上，沈括轻松而又悠闲。这里，记载一件他在宣州任上做的比较著名的事，他极力推荐当地的茶叶。

宣州属江南丘陵地带，地势平缓，气候温和，雨量充沛，非常适宜种茶。沈知州就指导当地农民大量种茶，很快形成规模。他还要求州县官府组织茶叶外销，《梦溪笔谈》卷二十四，记载了他对茶芽的认识，并有他为推荐茶叶而写的《尝茶诗》。

沈括下面这样叙述：

古人将茶芽称作"雀舌""麦颗"，是说它非常细嫩。现为茶中珍品，它的品质优良，种植它的土壤又肥沃，所以新芽一长出来就有一寸多，细得像针一样。我以为，只有芽长的才是上品，像那些"雀舌"之类，都是极下等的材质，只是北方人不了解，误作为茶芽上品，我山居时曾写有《茶论》，其中的《尝茶诗》这样写：

谁把嫩香名雀舌？定知北客未曾尝。

不知灵草天然异，一夜风吹一寸长。

2

元丰三年（1080）五月，沈括改知延州（今陕西延安），六月，接替吕惠卿做鄜延路经略安抚使。

在宋和西夏交界的陕西，朝廷将其分为四路，均设置帅府，四路中，鄜延最为重要，西夏南来的必经之路，朝廷在此驻防重兵，熙宁八年，西北有四十二将，其中鄜延就有九位。经略安抚使，不仅仅是军事首长，也兼着要管老百姓，职权相当重大。

我们再简单回溯一下宋和西夏的关系。

在宋人眼里，西夏自太祖李继迁开始，就变得不好对付，而他的孙子李元昊更是凶猛无比。元昊正式称帝后，西夏的地盘，从最初的五个州，扩张到地方万里，军队50多万。自1040年起，宋夏之间，就发生了三次大战，西夏军队常常将宋军打得落花流水，而且，西夏军队所到之处，常常是烧光抢光，宋朝苦不堪言。1043年，宋和西夏达成协议，每年给它大量财物，作为岁币。

西夏和辽一样，让宋朝头疼，长期以来，三足鼎立，互有征战。

3

宋朝的机会终于来了。

李元昊的继位者谅祚，政治和军事及其他手段，均不及元昊，加上连年征战，西夏内部矛盾重重，力量开始削弱。谅祚死后，继位的是幼皇帝秉常，他年方七岁，权力都落在母亲梁氏及她的亲戚手中。此时的西夏统治阶级内部，有亲宋和反宋两派，两派斗争，亲宋派失败，亲宋将军被杀，小皇帝也被囚禁，接连不断、剧烈的内斗给了宋人机会。

沈括到延州前，特地去见了宋神宗，一来表示感谢重新重用自己，二来也想听听皇帝对西夏问题的最新指示。沈括尽管仕途不顺，依然将国家的事放在第一位，他知道神宗的心事，西北问题要早日解决，而且，出使辽国取得的经验让他充满自信：我一样可以对付西夏。就宋神宗来说，让沈括去对付西夏，也不是随随便便的安排，他是理想的人才，经验丰富，文武兼备。

《梦溪笔谈》卷一，沈括自己说了这一段的一些经历：

> 我担任鄜延经略使的时候，新建了一处叫"五司厅"的机构。延州的正厅是都督厅，治理延州事务。五司厅治理鄜延路的军事，就如唐代的使院。五司，是指经略、安抚、总管、节度、观察五处机构。按唐代的制度，方镇都设有节度使、观察使、处置使。现在节度使的职务多归于总管司；观察使的职务归于安抚司，处置使的职务归于经略司。幕府中的节度、观察、支使、掌书记、推官、判官现在都只是治理州事而已。

也就是说，沈括这个总管，要协调处理好很多人很多事，他懂军事，知道要有所作为，必须和这里的各位将领团结起来，同时也要将百姓发动起来，才能形成军民共同备战的局面。

他从京师各地征用民夫和车辆，调运大量战略物资到陕西，将当地百姓组织起来练习武艺，组织各类骑术、射箭比赛，选拔优秀苗子，遇到武艺超群的，请他们喝酒，奖励他们财物。不长的时间里，延州就形成了习武保边的风气，老百姓都将会射箭当作一种荣耀，争先恐后比赛。一年多的时间，沈括就挑选了1000多勇士补充到军队，大大增强了军队的战斗力。

另外，沈括也和他的副手，鄜延经略安抚副使种谔，经常秘密商量出兵事宜。种谔是位经验丰富的将军，名将之后，在边境多年为将，和此前的吕惠卿关系处理得并不好，时有冲突，沈括却事事征求种谔意见，种将军好的意见建议他都执行，因为延州对于八百里秦川而言，太重要了。

沈括用了不长的时间，就将一切治理得有声有色，为即将到来的伐夏打下了胜利的基础。

4

冬季到了，一个大雪天，沈括巡视驻扎在延河两岸的军队，他有了新发现，当地百姓，在延河水洼里捞取一种暗绿色的油脂物，《梦溪笔谈》卷二十四，记载了这种叫"石油"的新发现：

> 鄜延境内有石油，旧说所谓"高奴县出产脂水"，说的就是它。这东西产在水边，从沙石与泉水相混杂的地方缓缓流出，当地人用鸡毛将它沾起来，再采集到陶罐里。石油的样子很像纯漆，点着了像麻秆，只是烟很浓，帷幕都被浓烟熏黑了。我怀疑这种烟灰有利用价值，就试着让人扫起来造墨，造出来的墨，黑亮得像漆过一样，远比松墨好用，于是就成规模生产了一批，墨上都刻着"延川石液"字样。我相信，这种墨，以后必定会大行于世，我就是最早开始的制作人。我观察，石油的储量很大，它从地底下生出，无穷无尽，不像松木那样会枯

竭。现在，齐鲁一带的松林已经没有了，用松的范围都扩大到太行、京西、江南一带，就连那里的松山都大半光秃秃。用松烟造墨的人，大概还不知道用石油烟尘的好处吧。我曾戏作一首《延州诗》：二郎山下雪纷纷，旋卓穹庐学塞人。化尽素衣冬未老，石烟多似洛阳尘。

石油倒不是沈括最先发现的，但这个名词是沈括首先提出。唐代笔记作家段成式的《酉阳杂俎》卷十就记载：高奴县石脂水，水腻浮水上如漆，采以膏车及燃灯极明。

从上面沈括的描述中，可以看出，沈括的定义形象又科学，且用石烟制墨，这开辟了石油的新用途，他的预言也相当准确，此物现在大行于世，且取之不尽。当今，虽然电动汽车大有市场，但石油依然是主要燃料。

5

元丰四年（1081）六月，西夏政权发生内乱，宋神宗下令，发20万大军，分五路（环庆路、泾原路、熙河路、鄜延路、河东路），全力杀向西夏。

如此大规模的作战，如果没有大兵团的有效配合，对于擅长骑射的西夏人来说，很难彻底取胜。事实果真如此，北宋军队，在此次大作战中，虽然也取得了不少小胜利，但总体上是失败而归，唯有沈括领导的鄜延路，取得了胜利，得到了朝廷的嘉奖。

沈括取得胜利，绝不是偶然，是他深入战区，精心布局，发动军民，将一个细节一个细节完美完成而取得的，他绝不打无准备之仗，许多措施都得到神宗的充分支持。有人统计，沈括在陕西任职的16个月内，神宗给他的私人信札，就达273件之多。有时军情紧急，来不及上报，神宗又给他相机处置的权力，甚至低等官职的任命都由他说了算。

6

沈括的政治生命，终结在永乐城的弃守上。

元丰五年（1082）八月，宋廷派钦差大臣徐禧督阵。此前，沈括经过仔细考察，认为在夏州西南北坡上筑一座乌延城，便于驻屯兵马，稳操胜券。不想，徐禧嫉妒沈括的功绩，坚决反对修乌延城，一意孤行地修了永乐城。

经过四个月的全力修筑，陕西榆林龙镇马湖峪村的大庙梁山上，矗立起了一座孤零零的永乐城，不过，仅隔了四天，西夏主力打过来了，经过12天的苦战，四面受敌的城堡陷落，宋朝阵亡官兵12500多人，损失军马7000匹。

事后，宋廷追究责任，将罪过全都算在建永乐城上，认为根本就是多此一举，平地筑起一个城，摆着让西夏人来打。另外，沈括虽不是主要建设者，但他也参加了计议，且沈括是鄜延路的最高统帅，这个锅必须他来背。

永乐城陷落后的第十天，沈括被贬为均州（今湖北均县）团练副使，但要生活在随州（今湖北随州），就是说，空的职务挂在均州，人生活在随州。这一年，沈括52岁。

从23岁开始步入政坛，他已经在宦海中浮沉30年了。

元丰八年（1085），这一年的4月1日，宋神宗驾崩，新皇帝哲宗继位，照例大赦天下，55岁的沈括情况有所好转，徙秀州团练副使，本州安置，不得签书公事。朝廷这样安排，就是让沈括别太劳心劳力了，什么事也别管，给他一份生活费而已。可他闲不下来，依然在为先前没有完成的《天下州县图》而绞尽脑汁，如果有了这样一份完全地图，那皇帝指挥起来，就会方便许多。

不到脉搏停息，沈括不会停下手中的笔，他一直工作到生命的终点。

陆

己亥年的拜望

1

己亥年（2019）六月的一个中午，我去拜望沈括的梦溪园。

镇江润州区，梦溪园巷，江苏大学梦溪校区对面，就是梦溪园，准确地应该这样称：镇江博物馆梦溪园沈括纪念室。

梦溪园像个小四合院，院里右边砖墙的正中，有幅圆形的砖雕画，一张写字台，台前有竹有花，台边蜡烛似乎正闪着光芒，沈括在写字，应该是在写书，梦溪园里，写他的《梦溪笔谈》。

30岁的一个深夜，沈括做了个美梦：润州的某处，小溪潺潺，花树掩映，鸟语花香。这样的地方，正适合他写作和修身养性。令人称奇的是，此美景曾经三番两次光临沈括的梦境：年三十时，尝梦至一处，登小山，花木如覆锦，山之下有水，澄澈极目，而乔木翳其上，梦中乐之，将谋居焉。自尔岁一再梦，或三四梦，至其处，习之如生平之游（沈括《自志》）。数年后，他托人用三万钱购置了一方废园，元丰八年（1085），开始营建他心目中的梦溪园。

现在，因为他进献《天下州县图》，朝廷又允许他随便哪里都可以居住，终于可以安心地坐在自己的园子里，过自己想过的生活，脑子里那些经年的积累，忽地都要迸发出来，这些东西，驳杂得很，涉及自然科学和人文科学的几十个种类。我在梦溪园里看到了《梦溪笔谈》的分类表，自然科学大类下，有数学、天文历法、气象、地质、地理、物理、化学、建筑、水利、生物、农学、医药、工程技术等189条；人文科学大类下，有经学、文学、艺术、法律、军事、宗教、风俗、经济、史学、考古、语言文字学、音乐、舆服、典籍、博戏、杂闻、轶事、礼仪、职官、科举翰林等420条。难怪英国科学家李约瑟要赞《梦溪笔谈》为11世纪的科学坐标。

我眼前的这个梦溪园，只有1000多平方米，进得院来，百来平方米空地，有一些假山和几丛竹子几棵松树几株桂花，有两个小展馆，一个展示沈括的生平沿革，有一块"梦溪"古碑石，碑不大，长67.9厘米，宽26.9厘米，厚12.3厘米，上款为"皇宋乙丑"，居中"梦溪"二字，落款为"中元日建"。陪同讲解的，是纪念室的主任陆为中，他说，这块石碑，是梦溪园的幸存遗物，元丰八年（1085），就是皇宋乙丑年，中元日，农历七月十五，也就是说，这块由沈括本人所题的石碑，十分明确地帮我们还原了当时的场景，在沈括生命倒计时的最后八年里，这里，是他安身立命的理想之所。另一个小馆，是《梦溪笔谈》庞杂内容的解析，门楣上有钱伟长题词的"学坛巨擘"，馆中有一些书中记录的科学成果图示，比如活字印刷流程，浮漏模型，治理汴河模型，立体地形模型，日食和月食图示，推断海陆变迁图示，弩机的研究图示，等等。无论古今，宋以后的科学家们，多多少少都读过沈括这部大书，称沈括为科学家，名副其实。

这千余平方的院子，看着自然不过瘾，陆为中指着周边一些空地说，那边，这边，梦溪园边上的五六千方建筑，都已经拆除，原来的梦溪园，应该有十来亩地，沈括去世后，归葬钱塘故里，他的家属仍留居润州，但梦溪园逐渐荒芜，南宋嘉定年间，郡守赵善湘曾为之修缮（我也看到过辛弃疾任镇江知府时曾主持修缮过的说法），后为伍姓人士占据，元代转属严氏，多年来为严氏宗祠，1985年，沈括逝世890周年，镇江市政府在梦溪园原址上整修了现在这个纪念室。陆为中说，现在的馆很小，周边那些地，不知道什么时候能复原建设呢。

我知道，要完整恢复沈括的梦溪园，难度不小，我看梦溪园的复原图，有不少建筑，比如岸老堂、壳轩、萧萧堂、深斋、苍峡亭、远亭。其中岸老堂筑在百花堆上，是全家的住屋，壳轩是沈括的卧室和书房，萧萧堂是会客之所，这些建设虽都是竹篱茅舍，但都非常和谐。当然，还有不可缺少的梦溪，这条小溪，就流经园内。还原后的梦溪园，应该符合沈括的梦境，小桥流水，花木葱郁。沈括的好友仲殊和尚来此作客，曾有《沈内翰宅百花堆》词为记："南徐好，溪上百花堆。宴罢歌声随水去，梦回春色入门来，芳草遍池台。"陆为中指着梦溪园巷说，这条马路，以前就是溪，前几年考古时，挖到了遗址，还挖出了石案。

我在梦溪广场边伫立，看沈括。那其实不是一个广场，而是一个大圆盘，中间一个大花坛，车辆来来往往穿梭，瘦削的沈括，整天站在那里，他右手捏着书，左手拢着长袖，目视远方，他是在思考《梦溪笔谈》的续篇吗？他是在遥望故乡钱塘吗？

2

去拜望沈括墓的前一天晚上，我去小区花店，订了一束花，九枝高秆秋菊，六枝白，三枝黄，我告诉店主，明天要去看一位988岁的老人，店主好奇，我说《梦溪笔谈》你总是知道的，那位叫沈括的先生。她一听，特别认真，仔细剪，然后，用了数枝细小的满天星衬托，还用橡皮泥作底座，说可以浇水保鲜，外面用黑纸包起来，再束上带———一束很庄重的花。

杭州城北南庄兜高速收费站出城，南京方向，第一个口子仁和下来，穿过街道，沿着山脚一直行，就到了杭州市公安局安康医院，沈括墓就在医院里面的北面，问了保安，问了工作人员，很快就找到了墓，这里紧靠食堂、电工房、锅炉房，总有滋滋热气冒出，沈括应该不冷清。

宋绍圣二年（1095），65岁的沈括，走完了他的生命历程，归葬至出生的地方——故里钱塘。据《钱塘县志》和《杭县志稿》等文献记载，沈括的墓位于安溪乡的太平山下。1983年，余杭县文物普查，在太平山南麓发现了沈括的墓，墓穴由砖砌而成，内有北宋青瓷花碗及熙宁、元丰、元祐年间的铜钱币，墓穴南30米有两尊石仲翁，但头部已经毁坏，另有墓道和墓碑头。2001年10月，余杭区政府重修了现在的沈括墓。

此刻，己亥年冬月，一个阳光灿烂的上午，我站在了太平山的南麓，如今这里属于杭州市余杭区良渚街道，背后的太平山，不是太高，但绿色平缓延展，阳光洒满成片的田地，视野通透。

我没有看到沈括为什么会选择这一片地的资料，也许太平山，地形好，名字寓意好，但无论是他自己生前或是他儿子们的选择，他们都不会想到这里曾经的繁荣，良渚，几里远的地方，早在5000年前就是一个高度发达的文明古国了。

沈括墓前的墓道两边，有四只神兽卧着，两只羊，两匹马，墓前台阶下，是两个高大的断头石仲翁——仲翁其实是翁仲，古代帝王或大臣墓前的石雕人物，他的墓碑上这样写着：宋故龙图阁直学士沈括之墓。墓用青砖砌成圆形包，大概三四个平方的样子，墓顶长着茂盛的杂草，我将鲜花献上去时，墓前尚有一些瘪了的水果和残香，心中默念"沈存中沈存中沈存中先生"，脱帽鞠躬三个，再蹲下拔去碑前的几根杂草。写沈括的这些日子里，他的影子似乎一直在跟着我，我必须来祭拜一下，到他的墓前，献一束花，向这位伟人表达我的敬意。

924年前，沈括下葬时，这片山脚，一定热闹过，锣鼓声和诵经声交织，他的亲朋好友以及送行的家乡人民，都以自己的方式向这位智慧的老人致敬。

博学家沈括，历史上似乎找不到第二个人，他的时间坐标，一直延续到今天，以后也将伸展下去。

我抬头，长久仰望蓝天，我在想，此时，天际外，茫茫的星空，经纬坐标中，那一颗叫"沈括"的小行星，说不定正穿过我的头顶呢。

丙卷——山中

壹

家世

叶梦得的家世，至少要提到这三个层面的人和事。

其一，叶助。叶梦得的父亲叶助，是熙宁三年（1070）陆佃榜的进士。大宋王朝在这一年发生了许多重要的事：王安石变法如火如荼，立保甲法，行免役法；宋和辽和夏之间的纷争不断加剧；这一年的正月初九，科考进行，陆佃和叶助都是三百来人考生中的佼佼者。说起陆佃，这位北宋后期的名臣，名声极大，他不仅有著名的孙子陆游，而且自己向王安石求学的经历也具有传奇意义。某天，当穿着草鞋、背着铺盖、精疲力竭的青年陆佃站在文学巨头王安石面前时，王大师感动至极，一个好学的青年人，几个月的努力，跑了数千里的路，而且途中遭遇山洪差点淹死，这实在太感动了，他决心将平生所学，都教给这位好学的陆佃。叶助也是一位优秀人才，初为陆州建德尉，后又官拱州，又为达州司理参军，死后因优秀的儿子而追赠太傅，也算荣耀了。

其二，外祖晁端友。叶梦得这位外祖父也很了不起。25岁中进士，做过多地知县，后任朝廷著作佐郎，擅长文辞，喜欢写诗，他与苏轼、黄庭坚都是好朋友，他曾经与苏轼一起同游三年，苏还为他的诗集写序（《东坡全集》卷三十四《晁君成诗集序》），序中对人对文有如此的赞美："清厚静深，如其为人。而每篇辄出新意奇语，宜为人所共爱。"晁端友去世后，黄庭坚为其撰写了墓志铭。还值得说另一个人，就是晁端友的儿子晁补之，也就是叶梦得的舅舅，他是苏门四学士之一，而这位舅舅，一直是叶梦得的偶像。

其三，曾叔祖叶清臣。叶梦得这个祖先非常了得，宋仁宗天圣二年（1024），以榜眼名动天下，累官至翰林学士，《宋史》第295卷中，有长长的《叶清臣传》，摘录几句如下："清臣天资爽迈，遇事敢行，奏对无所屈。""数上书论天下事，陈九议、十要、五利，皆当世可行者。"说起叶清臣的骨气，叶梦得也深以为豪：风节凛然，范文正诸公见推重。

浙江松阳的卯山，我前几年写《霓裳的种子》时去爬过，唐代著名的道士叶法善曾在那里建有道观。研究者认为，卯山是江南叶氏的发源地，卯山叶氏，在宋代就有进士70多位，宰相五人，叶梦得的祖先因任职自松阳迁往苏州，严格说来，叶梦得的祖籍在处州松阳县。

在这样的大家庭里生活，儒家文化一直浸润着少年叶梦得，他从小就有强烈的仕进心和建功立业的思想。左进士，右进士，前进士，后进士，绍圣四年（1097），21岁的叶梦得，自己也成了进士。这个年龄，在宋人中算是相当年轻的了，苏轼中进士也是20岁左右。

政和二年（1112），叶梦得父亲叶助去世，政和四年（1114），叶梦得葬其父于湖州乌程（今浙江湖州）的卞山之麓。此前，叶梦得的曾叔祖叶清臣也葬在此。

贰

许昌唱和

总起来说，叶梦得的官做得还算顺风顺水，他的为官生涯，大致说来有两个阶段，一个是19年的地方为官经历，一个是8年左右的中央政府为官经历。

自中进士后，他初授丹徒尉，后做婺州（今浙江金华）教授，接着知汝州、知蔡州、知颍昌、知杭州、任江东安抚史等。这里说一说他在知颍昌（今河南许昌）时的"许昌唱和"。

政和七年（1117），叶梦得知颍昌，这个位置上，他待了差不多四年时间，在许昌的政绩，有目共睹，疏理修浚西湖，赈济灾民，百姓都赞不绝口。文人自然还有雅兴，元代陆友仁的笔记《研北杂志》卷上，对"许昌唱和"的事，记得极为详细：

> 叶梦得少蕴镇许昌日，通判府事韩缙公表，少师持国之孙也，与其季父宗质彬叔，皆清修简远，持国之风烈犹在。其伯父，丞相庄敏公玉汝之子，宗武文若年八十余致仕，耆老笃厚，历历能论前朝事。王文恪公乐道之子实仲弓，浮沉久不仕，超然不婴世故，慕嵇叔夜、陶渊明为人。曾鲁公之孙诚存之，议论英发，贯穿古今。苏翰林二子迨仲豫过叔党，文采皆有家法。过为属邑郾城令，岑穰彦休已病，羸然不胜衣，穷今考古，意气不衰。许亢宗干誉，冲淡靖深，无交当世之志，皆会一府。其舅氏晁将之无斁（yi），自金乡来，过说之。以道居新郑，杜门不出，遥请入社，时相从于西湖之上，辄终日忘归，酒酣赋

诗，唱酬迭作，至屡返不已。一时冠盖人物之盛如此。(《许昌唱和集》)

这则笔记可以读出，许昌诗社的成员有数十人之多，比如叶梦得、韩缙、韩宗质、王寔、曾诚、苏迨、苏过、岑穰、许充宗、晁将之、晁说之等。

这些文人雅士，清廉正直，明白畅通，老实忠厚，超脱世俗，有嵇康和陶渊明的风度，虽长久不混官场，但学问都各有所长，贯穿古今，还文采丰满，特别是苏家两兄弟。

有人将叶梦得的文学和苏东坡的文学放在一起比较研究，还找出叶和苏的种种传承关系，如前述，叶的舅舅是苏门四学士之一，而许昌唱和中，主要成员苏家就有好几位，苏迨，苏过，皆苏轼的儿子。晁说之的文才，苏轼也极赞。

苏迨，苏轼次子，也是进士中的佼佼者，师从张载、二程，授朝汉大夫。苏过，苏轼三子，和我们杭州很有缘，熙宁五年(1072)，苏轼正任杭州通判，小苏欢天喜地降生于西子湖畔。苏家三兄弟中，他随侍苏轼时间最长，文学成就也最高，人称小东坡。叶梦得在许昌任职的时候，苏轼刚去世，小苏随他叔叔苏辙一起在许昌任职和闲居，叶梦得搞诗社活动，苏过恰好是下属县郾城（今河南漯河市郾城区）的县令。

这些诗会能邀得苏家两兄弟参加，自然是荣耀事，但叶梦得和苏家，显然没有直接的关系，是他舅舅晁将之牵的线，无忧无虑的乐天派晁将之，从金乡过来，苏过很开心，老远跑到许昌，参加诗会，喝酒作诗，你作我和，泛舟湖上，往往忘记了回家的时间。

诗社唱和的具体细节，我没有查到更多的资料，但我阅读的笔记中，古代文化人在这样的活动中潇洒随性的程度，却多有显示。最著名的唱和，当数永和九年，暮春之初，会稽山阴之兰亭的那场曲水流觞了。群贤毕至，少长咸集，列坐其次，一觞一咏，他们是喝酒吗？是，也不是，他们喝出了"不知老之将至"，他们喝出了诸多人生感慨。叶梦得的许昌唱和，杯酒烛光中同样映出了千古诗话。

叁

谦

明人董斯张的《吴兴备志》卷二十八，引了宋人王楙（mào）《野客丛书附录》里的一条笔记，叶梦得的形象呼之欲出：

> 石林每夜必延诸子女儿妇列坐说《春秋》，听者不悦翁，曰：又请说《春秋》邪！

叶梦得是个大书虫。同时代的王明清在《挥麈后录》、周密在《齐东野语》里，都说他家藏书超十万卷。他自己却说只有三万余卷，而且，丧乱以来，所亡几半。书居然能治他的病。这个有趣的故事说的是，他自小就有哮喘病，每当病发作时，睡不好，吃不香，完全靠人照顾。有一次，他随做官的父亲去上饶玩，从鹅湖回家，半夜里哮喘病发作，但随身行李中恰恰没有药，只有一册《易经》，于是他随手翻阅数十页，不知不觉就不喘了。从此后，每当哮喘发

丙卷——山中

作，他就翻《易经》，马上平息，翻书胜过用药，他从此迷恋上了《易经》，一直到终老。

晚年的叶梦得，最喜欢干的事是什么呢？就是吃完晚饭，稍事小息，给子孙们讲《春秋》。他有满肚子的学问呀，平时研究写作，这不过瘾，经书中那么多做人做事的道理，首先要让自己的子孙们学习才好。可是，并不是人人都有兴趣的，这下，有人不高兴了，一次不高兴，二次不高兴；一人不高兴，二人不高兴。好在，这老头还好说话，不是严厉的老师，发发牢骚，并不会打屁股。因此，我们读到这样的牢骚，反而觉得十分可爱，这样的家庭环境，真是让人羡慕。

据《宋史·艺文志》记载，宋儒治经，以《春秋》为最，而叶梦得写有五部《春秋》类著作，比如《春秋传》20卷，《春秋考》16卷，《春秋谳》23卷，是宋人治经的佼佼者。他的《春秋谳》，体例新颖，一经推出，即成为关注的热点。宋人朱弁《曲洧旧闻》卷十，写到了其中有趣的对话（宋人徐度的笔记《南窗纪谈》也有）：

> 石林公尝问予兄惇济曰："……既为《春秋》书，其别有四：其解释旨义曰《传》；其订证事实曰《考》；其掊击三《传》曰《谳》；其编排凡例曰《例》。"又问曰："吾之为此名，前古之所未有也？"惇济曰："已尝有之。"石林曰："何也？"曰："吴程秉逮事郑玄，著书三万余言，曰《周易摘》《尚书驳》《论语弼》，得无近是乎？"石林大笑。

这一段叶梦得与文友的对话，调皮诙谐，我相信他的真实性，我甚至认为是朱弁引徐度的，虽然朱弁年长于徐，也是朱熹的叔父，但因为徐度曾长久地跟随叶梦得学习。写书者自信满满，他断言，这样的写法，前无古者。自然，叶梦得的判断是对的，朋友也是见多识广，但他的回答，只是说，叶这种"谳"的体例，和程秉写的三部书有点相似。

三国时期，吴国的儒学家程秉，字德枢，起初跟随郑玄学习，经学造诣极深，他后来到吴国做太子孙登的老师，他的《周易摘》《尚书驳》《论语弼》，也算一种创新，但这三本书早已失传，只留下了名目，我们从名目上可以判断出书的大致内容，但《周易摘》并不是摘抄周易，而是指摘批评；《尚书驳》，应该是驳正《尚书》；《论语弼》，弼，辅佐，改正，辅弼《论语》。而叶梦得的"谳"，应该是"判明"，"捃击"，抨击、打击的意思，但综合他的各项研究，可以理解成"精细判别"之意。

按常理，叶梦得如此长年累月地写《春秋》、教《春秋》，他的后人中肯定会有这方面的人才出现，果然，他的女婿章冲受叶影响，对《左传》非常有研究，研究成果《春秋左氏传事类始末》，对后世影响也比较大。

无一日不读书，终身学习，"惟《六经》不可一日去手"，即便晚年眼睛看不到，仍然"日取所喜观者数十卷，命门生从旁读之，不觉至日仄"（《避暑录话》卷上），这样的读书老人，天天给子孙讲《春秋》，实在可爱之极。

肆

山中

1

说叶梦得的山中，必须先说他的"燕语"和"录话"，"燕语"是《石林燕语》，"录话"是《避暑录话》，我认识叶梦得，从读他的笔记《石林燕语》和《避暑录话》开始。

先说《石林燕语》。

据叶梦得原序中的记录，我们可知这样一些信息：从宣和五年（1123）开始，他居住在卞山之石林谷，这里离城市有点远，到处都是高大的石头，这样的地方，适合回忆和写作。他写的东西，大多是以前的旧闻，或者古今嘉言善行，从朝中贵人到田野百姓，还有那些滑稽搞笑的事情，都有涉及。缙云避乱回来，到处奔波，有许多朋友都不在了，他也老了。他将平日里写下的东西，集成十卷，命名为《石林燕语》，文章先后随意排序，也不整齐，反正，这些都是他写下的。我随选两条，以飨读者。

《石林燕语》卷五，被领导关注批示，也不一定是什么好事：

> 大臣及近戚有疾，恩礼厚者多宣医。及薨，例遣内侍监护葬事，谓之"敕葬"。国医未必皆高手，既被旨，须求面投药为功，病者不敢辞，偶病药不相当，往往又为害。"敕葬"，丧家无所预，一听于监护官，不复更计费，惟其所欲，至罄家资有不能办者。故谚云："宣医纳命，敕葬破家。"近年"敕葬"

多上章乞免，朝廷知其意，无不从者。

理解这则笔记，首先要感受到的是皇帝送温暖，宋朝重要官员还有那些重要亲戚，生老病死，朝廷都关心着呢。生病了，派医生来给你看病；去世了，派官员来你家打理。然而，宫廷医生是一个庞大的群体，水平不一，也有混饭吃的。著名医生要保证皇上的健康，一般不会随便派出。更重要的是病人的病状，每一个病人都是独特的个体，即便生了和皇帝同样的病，用了同样的药，也不见得能医好。而且，那些宫廷医生，奉着皇帝的命令，心情好得不得了，医术似乎一下子长了许多，只管开方，不问价格，大把大把的银两花出去，病家也不能嘟哝一个字，我们这是为了你尽快好起来，再说了，宫廷里就是这样看病的。医不好，那是你的命，我们尽力了。皇帝一看，人没了，还是继续关心吧，再派些人去，一定要将丧事办得风光些，配得上他的功绩和名声。宫里来的官员，办起事来，程序和规矩特别多，也和那些医生一样，只管办事，不问价格，大把大把的银两花出去，丧家也不能说一个不字，我们这是执行皇帝的命令，一定要将丧事办妥办好。民间流传的谚语，其实是一种精确的描写和总结：皇帝派来的医生要你命，皇帝诏令办丧事要破你家。朝廷未必不知道这样的事，所以，近年来，一听到皇帝派人办丧事，立即上表，感谢龙恩：还是不麻烦朝廷了，我们自个儿家里料理一下就行！

《石林燕语》卷十，刻画了一个不拘生活小节、随意、活脱脱的王安石：

王荆公性不善缘饰，经岁不洗沐，衣服虽敝，亦不浣濯。

与吴冲卿同为群牧判官，韩持国在馆中，三数人尤厚善，无日不过从。因相约：每一两月，即相率洗沐。定力院家，各更出新衣，为荆公番，号"拆洗"。王介甫云：出浴见新衣辄服之，亦不问所从来也。曾子先持母丧过金陵，公往吊之。登舟，顾所服红带。适一虞候挟笏在旁，公顾之，即解易其皂带入吊。既出，复易之而去。

估计，这个时候的王安石，还没有结婚，没有人管着他的生活，长时间不洗澡，衣服穿破了也不洗。幸好，还有两个好朋友。好朋友们面对邋遢的王安石，没有表现出嫌弃，而是帮助他搞好个人卫生：不喜欢洗澡，那我们一两个月去一次澡堂吧，这你必须去。好的好的，我一定去，王安石挠挠头尴尬地笑着答应了。一两个月不洗澡的人，到了澡堂，上下左右都要全面打理一下，就如久雨或寒冬出了暖阳，人们都会拆拆洗洗一样，必须大弄一翻。王安石吃菜只顾眼前这一碗，并不是嗜好，而是举手即可，方便，大脑可以一刻不停地想着其他事，这洗完澡，也一样，不管三七二十一，套上衣裤就走，至于这衣物怎么来的，他不管。就连去吊唁朋友的母亲，他也没有注意外表，到了一看，不对呀，腰上系着红腰带呢！这似乎不行，和现场的氛围不对，再转眼一看，正好，边上一官员，腰上系一条黑腰带，这位王大人，也不问对方同意不同意，立即将那官的腰带解下，黑腰带往自己身上一系，就进去磕头烧香了。祭奠完出来，再将黑腰带往那官员腰上一系，头也不回就离开了。

2

再说《避暑录话》。

为什么叫这个书名？应该和避暑有关，叶梦得在自序中也讲得非常清楚：绍兴五年（1135）五月，因酷暑难熬，几十年来都没有这么热过啊，不能安其室，于是每日早起，一仆背着竹榻，择泉石深旷、竹松幽茂处，偃仰终日，叶栋、叶模两个儿子和门生徐度带着书陪着。大家猜着了，他们乘凉不会这么干坐着，叶梦得和儿子学生们会谈各种各样的事，前朝事，书中事，人间事，说来说去，一天就过去了。三人都对叶爸爸叶老师说：我们听了您这么多有趣的故事，一定要将它记下来。叶栋就承担起这个任务，挑挑选选，这就有了《避暑录话》。我仍然随选两条，以飨读者。

《避暑录话》卷一，讲到了苏轼为医书作序，其实有误导病人之处：

> 子瞻在黄州，蕲州医庞安常亦善医伤寒，得仲景意。蜀人巢谷出《圣散子方》，初不见于世间医书，自言得之于异人。凡伤寒不问证候如何，一以是治之，无不愈。子瞻奇之，为作序，比之孙思邈《三建散》，虽安常不敢非也。乃附其所著《伤寒论》中，天下信以为然。疾之毫厘不可差，无甚于伤寒，用药一失其度则立死者皆是，安有不问证候而可用者乎？宣和后此药盛行于京师，太学诸生信之尤笃，杀人无数。今医者悟，始废不用。巢谷本任侠好奇，从陕西将韩存宝出入兵间，不得志，客黄州，子瞻以故与之游，子瞻以谷奇侠而取其方，天下以子瞻文章而信其方。事本不相因，而趋名者，又至于忘性命

而试其药，人之惑，盖有至是也。

这件事发生在黄州。有个四川人巢谷，是苏轼老乡，他俩关系应该很铁，巢谷不知从什么地方弄到一个医方，专治伤寒病，也是奇事，不管什么样的伤寒，按这个医方抓药，全都医好了，巢谷将此方转送苏轼，还约定，不能送给别人，以江水为盟。苏轼也懂一些药方，有好些病自己能医治，他看到这本书方，就为它写了序，还将它和药王孙思邈相比，并附在孙的《伤寒论》后面，将它赠给蕲州名医庞安常。庞是伤寒专家，他看了苏轼这样做，也不敢提出异议，于是，天下都以为那个医方是神方了。其实，一个简单而普通的道理是，疾病千差万别，如伤寒这样的病，用药稍微一个不小心，立马就会死人，哪里有不问症状而随便用药的呢?! 一个残酷的事实是，宣和年后，这个方子在京城盛行，很多太学生相信它并用了，结果死了不少人。现在，人们都知道这件事，废弃了这个方子。苏轼为巢谷的行侠仗义感动，并推荐他的药方，想让天下更多的病人得到医治，于是天下人都因为相信苏轼的文章而相信了他推荐的药方。文章和药方，其实是两件完全不相同的事情，人们真是糊里糊涂，在拿自己的性命开玩笑。

名人因为社会效应，必然受公共规则的约束，如现今，那些奔着银子去代言各种各样广告的名人，如事涉大众的健康，就不能不谨慎了。宋代那些吃了苏轼推荐的伤寒方而死了人的家属如果起诉他的话，苏轼也要吃不了兜着走呀!

3

《避暑录话》卷三，讲到了治眼方法，调皮而有深意：

张湛授范宁目痛方云："损读书一，减思虑二，专内视三，简外视四，旦晚起五，夜早眠六。凡此六物熬以神火，下以气篩（shāi），蕴于胸中七日，然后纳诸方。修之一时，近能数其目睫，远视尺棰之余。长服不已，洞见墙壁之外，非但明目，亦可延年。"此虽戏言，然治目实无逾此六者，吾目昏已四年，自去年尤甚，而今夏复加之赤眚（shěng）。此六物讫不能兼用，故虽杂服他药，几月犹未平。因省平生所用目力，当数十倍他人，安得不敝？

这个治眼方子，和我20年前写"实验文体"专栏中的《本草纲目新方五帖》很像，试举一帖《戒贪果》：

主诉：无论黄金、白金、现金都想揣进口袋，"绝"字去丝更喜欢。

望闻问切：表情自然，活动正常，语言流利，只是心病日久，由心及脾，心脾气虚，心脏呈梨形，且心形渐歪，呈绛紫色。眼睛微斜，偶有葛朗台、泼留希金之目光。

方药戒贪果成分：心当归20克，知足草20克，清贫壳20克，慈仁10克，法律英30克。

用法：每日一丸，连服三年。用去杂质之纯净水送服，佐以"忆苦思甜汤"漱口。

我当时完全是读了一本中药方子后的自创，并没有看到叶梦得引的方，思路竟然和千余年前的方子暗合，仍然有点小高兴，去疾病以外寻找病因，这一条思想原则，永远不会过时，眼睛需要休养，就如叶梦得自己所言，读了这么多的书，用眼十倍于他人，眼睛受得了吗？

　　上面两则虽都是药方，但前一则只是表面，底子里说的却是名人社会效应和责任问题，后一则表面上也是一则药方，但本质上是一种告诫。这就是叶梦得的笔记比一般的笔记作者高明的地方，借事说理，言此意彼。

伍

酿酒师

　　无酒不诗，无酒不书，无酒不显文人坦露的真情怀。

　　何以解忧，唯有杜康。天子呼来不上船，对影成三人，人生得意须尽欢。明月几时有，把酒问青天。昨夜松边醉倒，以手推松。这些醉翁之意，不在酒也在酒。叶梦得对酒也有着极大的兴趣，喜欢喝酒，也学苏轼，自己酿酒。在山中酿酒，那就是在天地间做手工。

　　《避暑录话》卷一，显示了叶梦得酿酒的高水平：

　　　　《洛阳伽蓝记》载河东人刘白堕善酿酒，虽盛暑曝之日中，经旬不坏。今玉友之佳者亦如是也。吾在蔡州，每岁夏以其法造寄京师亲旧，陆走七程不少变。又尝以饷范德孺于许昌，德孺爱之，藏其一壶忘饮，明年夏复见发，视如新者。

不知道叶梦得从何处觅得刘白堕的方子，此方应该有名，不少人都会酿，关键是烈日下放个十来天也不会坏。叶梦得如法炮制。古人酿酒一般都在夏天，南北朝殷芸的《殷芸小说》卷七有羊琇冬月酿酒，就显得十分奢侈：羊琇家冬天酿酒，让人抱着瓮，一直焐着。一个人抱久了，又换人继续焐着，直到酒酿成。这样酿成的酒，和夏天酿成的一样美味。而到了明清，冬酿酒已经很普遍，清代顾禄的《清嘉录》中已有这样的记载：

> 乡田人家，以草药酿酒，谓之冬酿酒。有"秋露白""杜茅柴""靠壁清""竹叶清"诸名。十月造者，名"十月白"。以白面造曲，用泉水浸白米酿成者，名"三白酒"。

我妈夏天也经常做酒，我们叫甜米酒，天热的时候，一天就可以吃。在高度白酒出现以前，中国古人喝的酒，应该都是这种低度数的酒，喝了18碗还能打老虎，但最大问题是，不易保存。

而叶梦得这个酒方，显然比刘白堕有了进步：陆走七程不少变。这个"程"，没有具体的数量，泛指驿站邮亭或其他停顿止宿地点为起讫的一段路，可以从早走到晚，也可以一连走好几天，总之是可以存放不少天。而范德孺忘记了藏起来的那壶酒，算是创造了中国古酒保存史上的一个奇迹：第二年夏天才想起来（或者发现），这壶酒竟然像刚刚酿出的一样。

我续接一个场景：又一个闷日，叶梦得和儿子学生们又在山林深处的泉边闲聊，东一段，西一段，古一段，今一段，讲完这则酿酒时，叶梦得随手接过仆人递过来的酒，小小地抿了一口，并没有咽下去，让酒在咽喉里回旋激荡，慢慢咽下，然后长吐一口气，那淡淡的酒香，瞬间从嘴间弥漫出来，泉水淙淙，清风徐来，黄鸟偶尔一声锐鸣。看着大家都抢着争酒喝，叶梦得笑了：再说再说，我们接着说酿酒的故事。

也就是说，叶梦得酿酒的水平，不是一两天就学成的，他多方比较学习，《避暑录话》卷一这样说他对酿酒的认识过程：

> 苏子瞻在黄州作蜜酒不甚佳，饮者辄暴下。蜜水腐败者尔。尝一试之，后不复作。在惠州作桂酒，尝问其二子迈、过云，亦一试之而止，大抵气味似屠苏酒。二子语及，亦自抚掌大笑。二方未必不佳，但公性不耐事，不能尽如其节度。姑为好事借以为诗，故世喜其名，要之，酒非曲糵（niè），何可以他物为之？若不类酒，孰若以蜜渍木瓜楂橙等为之，自可口不必似酒也。

苏轼是性情中人，未必会在一件生活琐事上浪费过多时间，那些"东坡肉"之类的，都是偶得，酿酒也一样，他异想天开，在黄州酿蜜酒，在惠州酿桂酒，不好喝吗？那就算了，他可不管蜂蜜水容易坏，桂花酒度数高，为这个事，叶梦得在许昌的时候，还请教过苏迈和苏过，三人说起苏轼的酿酒历史，都大笑，大文豪酿的不过是果子酒罢了，且质量和口感相当一般。也是，没有若干次的实验，不会有好的酒酿出，这是基本道理。

古人酿酒，不要说没有方子，即便有方子，也不一定酿得好。

和叶梦得同时代的杨亿，他写有笔记《杨文公谈苑》，里面有一则《缙云酝匠》，就告诫我们酿酒不仅仅是方子：

缙云酿酒专卖署，有个酿酒师傅，水平极高，他酿的酒，喝过的人无不赞美。管理专署的负责人，要求师傅将方子写下来，交给他建安的亲家去酿。那边酒酿出来，味道一点也不好。长官就将师傅喊来责问，师傅说：方子我早写给您了，然而酿酒，是有很多讲究的，天气的温炎寒凉，水放多少，如何搅拌，效果都会不一样，这些东西我都讲不出，只按照我的感觉做。我家里有两个儿子，他们酿的酒也没有我的好喝。

亲朋好友来到卞山的石林别墅，夜宴的时候，叶梦得拿出自己酿的酒，而且是品质上好的美酒，主宾都非常兴奋。三杯两盏浓酒，实在快意人生。

陆

三个叶梦得

四川的蒋蓝兄帮我找来了叶梦得研究专家潘殊闲博士的电话。己亥腊月初九上午，我采访了潘博士，他现在是西华大学教授、图书馆馆长。匆匆交流了一下，潘博士说正在开会，晚上联系。若干年前，潘的博士论文就是《叶梦得研究》，后来出版成书，我对他的"三个叶梦得"非常感兴趣。

循着他的线索，另外两个叶梦得，我一个一个细找。

宁海叶梦得。潘博士找到的材料是：《大清一统志》卷二百五十

丙卷——山中

"吉安府二"有其小传，知其为淳祐时期人。

宁波的宁海，我找找方便。结果，找到了叶梦鼎，没有叶梦得，我不知道是不是还有叶梦得，或者，叶梦鼎另外的名字叫叶梦得。

我了解到的叶梦鼎，倒是大大有名。叶梦鼎，字镇之，宁海东仓（今胡陈乡）人。他出生在西岙（今长街镇），生父为陈待聘，七岁时往舅父家为子，改为叶姓。他是太学里的学霸，成绩特别优秀，是个"释褐状元"（连考两次优等，直接授官）。嘉熙元年（1237），被授予信州军事推官（从八品），自此，他开始了漫长的为官生涯，景定二年（1261），官至兵部尚书，兼吏部尚书，景定五年，任参知政事，也就是说，这个叶梦鼎，是个宰相级的朝中重臣，他清正廉洁，是官员的楷模。

潘博士晚上给我发来短信：陆主席，我回来查了一下，乾隆《大清一统志》卷二百五十，确实记载有"叶梦鼎，宁海人，淳祐中提举江西常平兼知吉州节制"。

查叶梦鼎为官20多年的履历，他曾在信州、袁州、吉州、赣州、建宁府、隆兴府等州府担任地方官，也曾在太学、秘书省、兵部、国子监、吏部、集英殿等多个部门担任官员。那也就是说，叶梦鼎还有一个名字就叫叶梦得，"鼎"和"得"，江南人发音不准，然后，编志的人就这么写上去了，我猜测的。

贵溪叶梦得。潘博士的研究结论是：字肖翁，又字石林，号是斋，曾在家乡建石林书院，时人也称其为叶石林、石林先生，《江西通志》《象山全集》《同治广信府志》有其事略。

这个叶梦得和苏州叶梦得，名字相同，号也相同，又都是宋人，后人就会叶冠叶戴了，反正都是叶梦得。

我原来杭州日报的同事徐娟慧是贵溪人，我请她帮忙找贵溪叶梦得，有趣的是，她找到了贵溪叶梦得的后人。贵溪市宣传部社科联的叶航先生，恰巧他也写作，出版过散文集，是江西省作协会员，民盟贵溪市总支副主委，近年来，他致力陆九渊的研究。

我喜欢这样的枝蔓横生，这样的采访会有故事。

叶航先生给我发来清同治版《贵溪县志》上有关叶梦得的记载：

> 叶梦得，字石林，号是斋。学于傅琴山，嘉泰壬戌进士，官阶所至未详。陆象山年谱：梦得，淳祐庚戌任抚州守，更创三陆先生祠堂，包文肃公为记，谓"今郡守、国之秘书叶公"，则尝为秘书丞监者，故以秘书称之也。曾创建石林书院。

叶梦得的生卒年不详，但有几个信息还是明确的，有名有号：公元1202年宁宗朝的进士，做过秘书丞，理宗淳祐十年（1250）知抚州，在这个职位上，他做了一件重要的事，就是修建三陆先生祠堂，为什么要修？因为他是傅琴山的学生，而傅是陆九渊的高足，所以，陆九渊年谱里记载再传弟子叶梦得的事情再正常不过了。

陆九渊，世称陆象山，是贵溪边上的金溪人，南宋著名哲学家，心学开山之祖。陆九渊六兄弟，九思、九叙、九皋、九韶、九龄、九渊，都很有名，号称"陆氏六杰"，老三陆九皋，举进士，授修职郎，文行俱佳。他率诸弟讲学，老四、老五、老六，人们并称"三陆之学"。

叶梦得做了老师家乡的长官，修一个祠堂，名正言顺，他还亲自写了记，评价甚高：

> 山川炳灵，儒英并出，美适钟于一门，教可垂于百世。若

金溪三陆先生之祠于学宫者，其风化之所系欤。三先生学问宏深，智识超卓，以斯道而任诸身，以先知而觉乎世，其生也，海宇仰而宗之；其没也，都邑尸而祝之；朝廷又从而褒之，非偶然也。

我问叶航，他是叶梦得的第几代孙，叶航说，贵溪叶氏族谱，都没有保存下来，他自己也不清楚。

同名同姓的人多，但又同号，还是少见。贵溪叶梦得虽然生卒年不详，但他一定知道另外那个大名鼎鼎的苏州叶梦得，是他爹先取的名吗？还是他自己因崇拜松阳叶苏州叶后改的？还有宁海叶梦鼎（得）之谜，很想搞清楚，但这些也不重要，世上没有相同的两片树叶，三个叶梦得，他们都独立有性格。

柒

叶家山顶

叶家山顶是一个自然村，也是一座山的山顶，山顶住着大部分的叶姓人。

2019年10月19日夜晚，绍兴柯桥区夏履镇双叶村礼堂，寒气挡不住村民看戏的热情，我们裹紧衣服，看完六则绍兴戏，镇委朱国庆书记和我说，从这山脚上叶家山顶民宿，20分钟就到了，你们去感受一下山里的宁静。双叶村村委叶家孝，手里捏着电筒，带着我和江子、蒋蓝、小仲一起，开始往山上走。

夜色深深，灯光昏暗，一抬头，石阶路似乎一直向天上铺去，这路好陡呀，两边都是粗大的竹子，一米外都看不清楚。不会有狼窜出来吧，大家一边喘气，一边玩笑。叶村委宽我们的心，没有狼，野猪倒不少，就这一段是陡坡，上去就好了。幸好，还有路灯，寂静的夜晚，几个人聊着天走着山路，实在难得。

微汗赶走了刚刚看戏时的凉意，带着好奇，我们摸进了村。到了村最上头的住宿点——小叶师傅民宿。主人家的狗，以十二分的热情迎接我们，它跑到蒋蓝的脚下，不断摇着头摆着尾。蒋蓝说，他家养狗，狗喜欢养狗的人。我觉得甚有道理，动物有时比人还要精明。

跑了一天，有些累了，大家各自上楼休息。我一想上山来的目的，又转身下楼，找小叶师傅聊天。我是冲着叶家山顶叶姓后人来的，他们是我写的宋代著名笔记作家叶梦得的后人。

夜更静，小狗注意力很集中地趴在主人的脚边，我和小叶师傅细聊。

叶家山顶村，这时，我才知道全名，我一直以为是叶家山村，没想到还有一个"顶"字。果然是顶了，这里海拔接近500米，是绍兴、诸暨、萧山三县市区的交界处，四周高，中间低，低的地方就是村庄。让人惊奇的是，虽处高山，这里却水源充足，难怪，我们进村，看到路边一个个的水塘。据资料，这里原来还大量造纸，鹿鸣纸，有诗意吧，源出《诗经》里头的"呦呦鹿鸣"，那成片的毛竹就是上好的原料。小叶说，以前，这里也叫"龙山"，传说"古越龙山"就始于此，春秋时代，越王勾践曾驻军于此。现在山上还有个茅蓬庵基，就是越王的兵营和练兵场。

"你知道你的祖先叶梦得吗？""知道一点点。"小叶憨厚而老实，实话实说。这村有150多户村民，基本姓叶，小叶师傅全名叫叶重凯，1976年生，有两个孩子。女儿已经读大学，本省的湖州师范学院；儿子13岁，在山下的夏履镇读书。小叶说，据他们家谱记载，南宋年间，他们的始祖叶基，率家族从天台隐居于此，按照辈分排，他是叶基的第26世孙。叶基探花出身，曾任南颍太守，因战乱不止，年老体弱，故辞官来山阴龙山隐居，从此，龙山就叫叶村，山顶，指的是全村。我看过资料，叶基是叶梦得的第五世孙，如此算起来，叶重凯就是叶梦得的第31世孙了。而带我们上山的叶村委，则比他长两辈。

我们一起沉浸在小叶的回忆里。小时候，他在叶家山顶村读小学，村中有完小，一至六年级的复式班，50多个学生，四位老师，初中，他去了山下的镇中学，高中毕业于钱清中学。现在，他在夏履无纺布上海办事处工作，双休日回家。谈起眼前这个民宿，小叶说，这是旧房子改造而成的，装修花了不少钱，主要是材料贵，所有东西都要从山下运上来，你们进村，闻到驴子尿的气味吧，我们村运东西，上下全靠驴子，沙子要三毛钱一斤。民宿现有六个房间，生意还不错，客源大多来自网上，装修虽然不豪华，但客人喜欢山野的清静，平时他也不怎么管理，都是客人自助。

我和小叶说了叶梦得的笔记《石林燕语》《避暑录话》，说了叶梦得的词学成就，还说了叶梦得和苏东坡后人的关系，小叶只是笑笑点点头，表示出来的只有敬佩和崇拜，他说，要让孩子们像先辈一样好好读书。

连续几晚都是半夜醒来，这一夜，在叶家山顶，我一觉睡到清晨六点。

第二日上午，苏沧桑、南妮她们从山下上来会合时，我们已经在叶村委的带领下，从叶家山顶的最高峰下来了，在山顶茶丛中，我们看到了绍兴的香炉峰，看到了钱塘江，清晨的微风，和煦的太阳，一时心旷神怡。

叶家山顶自然还有很多地方可去，平和寺，百步寺，茅蓬庵，它们都在诉说着深厚的历史；骑马石，猪头石，元宝石，鸡笼石，官来坑，仙人洞，每一块奇石和古迹都有着让人心动的神话传说。

在叶家祠堂喝了高山茶，叶村委带我们去看一位99岁的老太太，老太太神清气爽，看着我们，很热情："嬉客（绍兴土话：客人）来了，坐，喝水。"我们给她照相，脸上略有几块老年斑、皱纹却不多的老太太笑得像院子里的秋菊花一样灿烂："我活得太久了！"

我们笑过之后，若有所思，在这叶家山顶，大地和天空如此真实，心胸宽阔而洁静无瑕，老太太的心更安详，老太太就是一面人生的镜子呀。

回杭州后，小叶师傅请我给他的民宿写一幅字，我写了"半隐"两个大字送他，小字为"山静似太古，日长如小年"。是的，这一夜的叶家山顶，千山不响，一叶动闻，村庄里蕴含着这个世界的极度真诚。

叶梦得生有六子（也有说五子），他的子孙中，除了叶家山顶村的叶基，不少都有名，不仔细展开了。有人不完全统计，叶梦得后代出过40多位进士，70多位举人，200多位秀才。清代的叶廷琯，也是叶梦得的子孙，是个印学专家，但科举并不如意，只考了个廪贡生。他著有《吹网录》《鸥陂渔话》等笔记，两本书我都买了，不过，还没细读。

捌

寻找石林精舍

1

我到白雀村委会时，湖州文学院的院长沈文泉已经在那里等我了。他叫了当地的文化学者老孟，还有白雀村的老书记老毕，他们知道一点叶梦得的历史，有他们一起带路，总不会漫无目标地乱跑。

白雀村原来是个乡，历史悠久，4000年前，"防风氏"在德清二都防风山建都，白雀就是当年"防风国"的辖区。白雀乡以"白雀禅寺"得名，该寺又叫"法华寺"，梁晋通二年（521）敕置法华寺，传说，寺庙诵经声传出，有白雀旋绕，作听法状，所以又叫白雀禅寺。

这白雀村和卞山，都相当有名，秦汉以来，项羽，太史慈，吴太子孙和，孙权之孙乌程侯孙皓，颜真卿，苏东坡，叶梦得，周密，谢肇淛等，这些名人都和它们有关系，这里原来就是乌程县，苏东坡做过湖州知州，叶梦得在卞山建石林别业，也叫石林精舍。我就是为了石林精舍来的，我想看看，他当年的隐居地，还留下了什么。

南宋周密，虽是山东人，但到他这一代时，已经在湖州居住了四代，他的《癸辛杂识》前集《吴兴园圃》，对湖州的名园都有详细描绘，其中叶梦得的故居，他这样写：

> 叶氏石林　左丞叶少蕴之故居，在卞山之阳，万石环之，

故名，且以自号。正堂曰兼山，傍曰石林精舍，有承诏、求志、从好等堂，及净乐庵、爱日轩、跻云轩、碧琳池，又有岩居、真意、知止等亭。其邻有朱氏怡云庵、涵空桥、玉涧，故公复以玉涧名书（即《玉涧杂书》）。大抵北山一径，产杨梅，盛夏之际，十余里间，朱实离离，不减闽中荔枝也。此园在霅（湖州别名）最古，今皆没于蔓草，影响不复存矣。

叶梦得喜欢石头，到了痴迷，否则不会自号石林。范成大说他"尽力剔山骨，森然发露若林，而开径于石间"（范成大《骖鸾录》）。按现在的环保观点，这似乎有点过分了，扒开泥土，露出石头，林草局会直接警告你破坏森林，但叶梦得不管，他要的是万石环绕，石头的铮铮骨气，他要领导天下的石头。怪石，奇峰，流泉，深潭，老木，嘉草，新花，他统统都要。

我知道，叶梦得去世前一年的那场大火，石林精舍毁于一旦，几乎所有人都扼腕，但它在文学史上一直生动地复活着。乾道八年（1172），范成大赴广西，路过卞山，他在当地朋友薛士隆的陪同下参观了叶梦得旧居，准确地说，应该是没于杂草丛中的遗址了。看完遗址，范成大自然颇有感慨："方公著书释经于堂上，四方学士闻风仰之，如璇玑景星。语石林所在，又如仙都道山，欲至不可得。盖棺未几，而其家已不能有，委而弃之灌莽丛薄间。游子相与徘徊，叹息之不能去。"（《骖鸾录》）我呢，只是想看看它的地方，看叶梦得经营了30多年的避身之所，还有没有什么印迹在，以解我惦记。

2

我们的车往湖州城北开去，一直开到弁山脚下，这山的背面，就是太湖。

老毕从手拎提袋里，拿出一把柴刀。前几天，沈文泉已经联系过街道，我们请住在卞山脚下的老毕带路。老毕高个，他说已经73岁了，20世纪70年代中期退伍，一直在白雀村住着，弁山，他从小就钻进钻出。

车在山脚停着，边上有块红色牌子显示，这里是军事管制区，难怪没人。我们这几个人闯进来，等下哨兵会不会来呀？大家一路嬉笑着。

刚踏进那些崎岖的山道，我就在想一个问题：叶梦得为什么要找这么高的地方隐居呢？石林精舍真的在上面吗？日常生活怎么办？

山道甚小，两边杂草挤着，走了几分钟，却见清晰的石台阶，这些台阶不那么规整，但显然是条古道，老毕说，这古道已经千年了，往这走可以通到长兴，以前古人应该都是走这条道来往的。道两边的杂树，长得很粗壮，青冈树居多，还有一两百年的大樟树，那些藤蔓，时时会缠住你。老毕显然是有准备的，他手中的柴刀不断发挥着作用，一会，他就砍了好几根杂树枝，给我们当拐杖用，一群人拄着杖，真有点像苏东坡他们在走山路，竹杖芒鞋。

差不多到了第一个山顶，有四间屋子藏在树林中，两间屋顶已经开了天窗，我们一间一间看过去，老毕说，这里以前是林场工作人员住的地方，最里面的一间，还有锅灶。房子前面，杂树生花，藤蔓缠绕，那株玉兰树，长得极健壮，叶片肥厚，颜色青葱，显然，它独自在此亭亭玉立已经几十年，没有人欣赏，它也静静开放，独活。

山冈的中间，有一个标志牌，上面写着"2019湖州南太湖卞山越野挑战赛"，还有一些小指示旗挂在树枝上，这里是越野跑的好地方，平时基本没人来。我们沿着山冈前进，一片冬青树林里，我们坐下休息，12月的天，已经有些冷了，我们都穿着棉袄，将棉袄脱下，放在石头上，等会沿原路返回。

老毕在脱棉袄，阳光穿过树林，碎碎而下，我笑着和沈文泉说，王维《鹿柴》诗意境出来了，返景入深林，复照青苔上。卞山的阳光，照在脱棉袄的老毕身上，当然，也照在我们身上。老毕从袋里拿出几只小金橘给我们，说，吃吧，我已经洗过了。

3

在第一个高压铁塔下面，我们第二次坐下来休息，再脱线衫，老毕又从袋里拿出一个橘子给我。暖暖的阳光，冷冷的橘子，吃到肚子里，舒服得如夏日里吃雪糕一样。老毕指着上面的高压铁塔说，那个铁塔往下一点，就是石林精舍。我笑笑，心里的疑问，越来越重。如果精舍真的在那里，山这么高，一定还有别的什么路可走，叶梦得的那些朋友，来看他一次都不容易呀，还有，水怎么办？人可以隐居起来，但总要喝水的呀。

第二个铁塔往下，走了不多一会，我们在一片平地上停下来了，老毕说，整个山上，就这一片最开阔，这里应该就是你们说的石林精舍。

和我们一起上山的老孟，他说，他八九岁的时候上来过，他比老毕还年长一岁，他说这里，他们一直叫大洋滩。这一片地，倒是开阔，边角算起来，差不多上千平方，杂树和藤蔓，已经将平地围绕得紧紧的。我在一排大石头旁边蹲下，这是原来的墙基吗？看着也不是太像，墙基倒了，那些石头总还在的吧。不过，地上倒长着不少草，那些老旧墙基内常有的那种草。

前面我已经写过，叶梦得在《避暑录话》和《石林燕语》中，有不少段落是记载晚年的隐居生活的，夏天太热的时候，他常常和他的儿子、和学生一起，坐在山泉边，听水声，读书，说书。

这水怎么解决？

老毕说，这往下一点，就有山泉呀。

沈文泉和我同样有疑问，见我们不断否定，老毕和老孟说，这山的下面，有不少老墙基，以前也有人住过的。老孟说，明年开春季节，他会再去找找看，如果有新发现，他和我说。

这老孟，叫孟生根，1946年生，虽只有初中学历，但他对文化一直爱好，尤其是对家乡热爱，数十年来，一直勤于搜集家乡的人文资料，到目前，已经写了好几本书，出版和主编了《白雀民间故事》《白雀旅游景点传说》《白雀地异记叙》等。我相信老孟的寻找能力和眼力。

4

沈文泉发给我几张叶清臣墓碑的照片。清臣墓是湖州市文物保护单位，它就在卞山脚下，细竹和杂树掩映，碑前积满了落下的竹叶，但我没看到叶梦得的墓，当地人讲，叶梦得的墓地和曾叔祖叶清臣的墓地，应该都在差不多的地方。

精舍无言，迹踪难寻，唯叶梦得的思想流传。

玖

尾声

浙江台州三门县的沙柳镇，旧称石林，这里原来是叶梦得五子叶橹后人的聚集地，叶氏后裔为纪念其祖叶梦得，就将村名也叫作"石林"，代代传承，塘岸头村叶氏宗谱就叫《石林叶氏宗谱》，前店村有古庙，庙名"石林六保前宫庙"。

浙江金华兰溪市马涧镇东叶村，《石林家训》是该村重要文化遗产。《石林家训》仿《颜氏家训》，是叶梦得避乱缙云时作，包含着丰富的伦理思想和治生学说，对叶氏后人及后世，影响都较大。

浙江松阳县的叶平，叶梦得第33世孙，做过县文化局局长、司法局局长，现在是世界叶氏联谊总会的常务副会长，是叶梦得长子叶栋这一支的。他说，松阳有叶梦得后人8000多，叶梦得儿子中至少有四个（栋、桯、模、橹），在浙江南部数县中有几万后人，松阳城郊豹坞山有叶梦得墓，桐溪村有丞相府，我问：叶梦得墓不是在湖州卞山吗？他说也有可能是衣冠冢。祖籍松阳，他又在此避乱过，任何可能性都存在。

山中人已远逝，石林先生永在，他留下的精神财富，诗词和家训，特别是几部笔记，成了人们追踪崇仰的最好明证。

补记：

2020年6月25日，沈文泉兄发来他最新寻找的结果，这一回，他应该是找着了石林精舍的准确位置，我将他寻访的简单过程录于下：

我和徐勇（湖州知名文化学者）从弁山大道北侧的幻住寺（上次我和陆老师也曾到过这地方）进去，沿着一条崎岖小道进入白雀林场，然后弃车步行进山。徐勇指点给我看小玲珑洞的位置，因为无法靠近洞口，只能远远眺望。我们站立的地方，前些年修了一个带尖顶的四方木亭子，亭子里有一块刻着《项羽点兵图》的石碑。

　　看过小玲珑洞，我们再出林场，从幻住寺门前重新驶上弁山大道，西行数公里，在一个水潭边停下来。徐勇先手指西北方向白雀法华寺的白雀塔，然后指着眼前的水潭和对面的小山头说，这里就是原来大玲珑洞和石林精舍的位置，前些年被白雀石矿破坏掉了，这个水潭就是矿坑注水后形成的，石林精舍的位置就在水潭水面的区域内。

　　对照清同治十一年（1872）刊刻的《湖州府志》里的《弁山图》，与徐勇的指点，完全可以互证，石林精舍遗址就在这个无名水潭的位置。

　　"文革"初期，这里是吴兴县红卫兵农场，主要开采石矿，农场后改名白雀石矿，1985年后，为保护弁山风景区及其山体植被，白雀石矿转入地下开采。2008年6月，该矿因建设南太湖旅游度假区而关闭。显然，我们眼前的这个大水潭就是当年地下开采留下的矿坑。

　　从文泉发我的几张现场照片看，石林水潭及周边的环境已经得到了很好的修复和美化，俨然像个公园。他和我感叹，如果能在石林水潭边上重建石林精舍，挖掘和利用好叶梦得、叶清臣等名人资源，湖州的词文化资源，还有藏书文化资源，那么，这方山水就会重新灵动起来。

　　嗯，我也认为很有必要。

丁卷——洪篇

宋之苏武

1

说洪迈，一定要先说他爹——英雄的洪皓。

1088年11月28日，洪皓出生在饶州的乐平县洪岩镇，当洪老爹还是洪少年的时候，便因横溢的才华受人瞩目。北宋政和五年（1115），青年洪皓和秦桧同榜高中进士。看遍自古以来的传奇，才子配佳人是基本模式。洪才子尚未登第，许多权贵家族的佳人已将目光锁定了他，宰相王黼要将妹妹嫁给他；登第后，节度使朱缅又要将女儿嫁给他，还许诺倒贴许多钱财。洪才子一概婉拒：各位长官，我也想娶呀，可是，我家贫，我的性格又直爽，我们根本门不当户不对，嫁我要吃苦受累的！这些结党营私、卖官鬻爵、溜须拍马的主儿内心深知，是嫌弃他们名声，这小子居然不同意，看我们以后怎么收拾你！

洪皓统统不管，他凭自己的良心立身处世，宁海县的主簿，不也是个为民服务的岗位吗！关键是，宁海太穷，事又杂又多，好几任县令都自动辞职，这一大堆乱事就落到洪主簿头上了。洪皓深知百姓的疾苦，改革税收，整顿吏治，尽量让百姓的日子过得好一点。

宣和六年（1124），洪主簿调任秀州司禄，这年秋收之季，多地遭严重水灾，颗粒无收，秀州十万灾民流离失所，洪司禄一到，就积极救灾，他推出三条措施：将辖区内所有粮食登记在案，统一调拨；在米店门口竖旗，价格公开，防止抬高米价；无能力自救的灾民，政府统一救助。一时间，百姓人心稍稍稳定。不想，更大的考验接踵而来：粮食越来越少，冬季已临，如何熬过寒冷的冬天到开春自救？恰好，此时，浙东发四万斛纲米（皇粮），途经秀州城下，洪皓立即向郡守请命：截留纲米，救济灾民！国家战略物资，谁有这么大胆？洪皓有！"民仰哺，当至麦秋。今腊犹未尽，中道而止，则如勿救。宁以一身易十万人命！"（《宋史·洪皓传》）接下来，应该是一场你死我活的唇枪舌剑，自古为民请命者都需要不怕死的勇气，最终，洪皓说服了那些官员，或许，洪皓已经写下保证书，由他一个人担责；或许，也有凭良心做事的官员支持他，总之，纲米到了灾民手中。

紧接着，朝廷就派大员来调查此事，幸好，来了一位正直的廉访使，他深入灾民现场，看到的是井然的秩序，衣食无忧的灾民，廉访使问郡守：平江（苏州）那些地方，到处都是灾民，你们这儿没有，为什么呢？郡守就将洪司禄如何救灾的事汇报了一遍，廉访使大赞：不错不错，洪皓违反政策的错误和救助灾民的功劳相抵，但我还是要为他请功！洪皓一听这样的调查结果，高兴坏了，于是，他向廉访使提出了更大胆的要求：您能免我的罪，我已经幸运了，怎么敢要求奖赏呢？不过，现在灾民依然有难，要安全渡过灾难，还需要两万石粮食，现在我请求您帮助我们！廉访使为洪皓的无私感动，立即上奏朝廷，粮食如数调拨，终于，秀州的十万灾民安全过冬。

老百姓都有一套敬仰官员的独特方法，洪皓后来出行，秀州百姓见到他，都用手放到额头上，敬称他为"洪佛子"，如佛心，活人命，这应该是百姓对洪皓的最高道德奖赏。

2

接下来，就要说到开篇的小标题上去了。

惊魂未定的赵构，召见洪皓交谈后，一下子对他信心百倍，这样的人才，如果派去和金国人打交道，一定会使我方有利，于是洪皓在一天之内，连升五级，他以徽猷阁待制、假礼部尚书的头衔，出使金国。

这显然不是敲锣打鼓张灯结彩的光荣出使。战火正浓，金军铁骑横扫，南宋军队节节败退，路途上的艰难不是常人能够想象的。洪皓抱着必死的壮烈决心，终于到达太原，但金国对先后到来的南宋使节根本不当回事，不仅没有礼遇，反而百般侮辱，金国要求洪皓去伪齐政府任职，洪皓坚决拒绝，于是被流放到冷山（今黑龙江五常市东南），此地晚春四月才长草，胡天八月即飞雪。这里也是金国宗室陈王悟室的管辖地，对这样一个不听话的汉人使节，悟室就如当年的匈奴对待苏武一样，两年内不给一粒粮食，也不供应换季的衣物，随你生死。

不知道洪皓是如何挺过来的，要是拍成影视剧，那一定有这样的场景：密林中，一个衣不蔽体的汉子，拄着棍子，在雪地中深一脚浅一脚地艰难行走，他在寻找野物，突然，窜出一只野兔，汉子奋力追捕，几经扑腾，终于捉到了兔子。特写镜头：汉子兴奋，脸上泛着红光。洪皓就这样，用坚毅和勇气，日复一日地苟延着自己的性命，他虽处边地，却心中有光，他坚信，他一定能够回到南宋。

下面这个传奇，可以充分读出洪皓的人生追求：

> 皓留金时，以教授自给。无纸则取桦叶写《论语》、《大学》、《中庸》、《孟子》传之，时谓桦叶四书。（丁传靖《宋人轶事汇编》卷十六）

历史上的被囚禁者，有诸种积极和消极的表现，洪皓积极应对，保存生命，并像竹子一样，遇地生长。他要充分运用他的学识，融入这片土地。史传，洪皓留金的15年间，写下了数千首诗。不仅如此，他还积极传播汉儒文化，没有条件，创造条件也要上，那些桦树叶，满山满地都是，都是书写的好材料，而那些经典，一直刻印在他的脑海中，随时可以提取。

对于用树叶写字，我在写陶宗仪的时候也碰到过。陶在南村隐居，积叶成书，可能有过这样的举动，但传奇成分过多。这里的"桦叶四书"也一样，桦叶显然不太可能，经处理过的桦皮，则完全可以，那我们就权当是"桦皮四书"吧。有读者马上反问：这也不可能，因为"四书"的概念出自朱熹，绍熙四年（1193），朱熹在漳州知州任上，编定了《四书章句集注》，此后才有了"四书"的概念，洪皓出使金国是建炎三年（1129），而次年朱熹才出生。我说有可能，但不是"桦皮四书"，可能是"桦皮《论语》"或者"桦皮《孟子》"，或者是其他经典，只是"四书"的影响太大，于是人们就习惯传说。洪皓在金国滞留期间，教金人学文化，悟室后来请他教自己的八个儿子，他和金国百姓还有很多交往，这都有史可证，也有他自己的诗为证，不容怀疑。洪皓的笔记《松漠纪闻》，我读过，也写过，那些金国杂事，涉及自然地理、历史沿革、经济社会、风土人情、礼仪制度、政治制度以及物产等诸多方面，是现在不可多得的研究金朝的历史资料。

洪皓手中，始终握着南宋使节的节符，寸步不离身；洪皓心中，念念不忘恢复中原的大业，因此，他尽自己的所能，还做了许多让旁人看起来不可能的事情：写了上万字的金朝政治军事情报，多次将情报藏在破棉絮中，传递到南宋；四处打听徽、钦二帝的消息，送去胡桃、粟、麦糠、梨等食品，暗示金国一定会被打败（胡逃），国家社稷（粟），有康王继承（麦糠、梨）；徽宗病死五国城，洪皓公开祭奠，放声痛哭；他还救助了不少被俘高官的家属。

忠义之洪皓，一旦回归，南宋王朝和人民，都以极大的热情迎接他，"宋之苏武"随即诞生，这个称号，赞许与自豪都溢于言表。

3

按理说，英雄洪皓，应该有大的舞台、好的归宿。可是，事实并没有，洪皓有的只是死后的荣耀。

洪皓最大的不幸，是和秦桧同榜。赵构显然要重用他，太后也亲自接见，但他犯了大忌，太锋芒毕露，要是没有秦宰相这个同学，就算他性格耿直，什么话都要说，但也许不会一路被贬，甚至68岁就病死在回程的路上。

幸好，洪皓去世的第二日，秦桧也追着他的脚步而去，赵构为良心所驱，迅速为洪皓平反，恢复职务，封魏国公，谥号忠宣。

这样的荣耀，只写在洪皓的墓碑上。

贰

探花洪迈

洪皓优秀的儿子们，老大洪适、老二洪遵、老三洪迈，和他自己，并称"四洪"，也有称"三洪"，人们将他们和北宋的"三苏"相比，一种莫大的尊重和赞许。

从洪英雄的简历中，我们可以读出这样的信息：他的儿子们，基本凭着自己的聪明和能力，野蛮生长，进而拼搏出自己的一片天地。

洪迈或许生在他的老家鄱阳，七岁的时候，洪老爹就毅然出使金国，想想看，他们这些儿子是如何生活和学习的。那个时候，洪迈一家，都居住在秀州，秀州兵士叛变，掳掠无一家免，但经过洪迈家门口时，那些兵都说，这是"洪佛子"的家，不能进去。该小洪初出娘胎，感染风寒，落下了风疾，就是头会不由自主地摆动。老爹的博学和好读，自然也影响了儿子们，"（迈）幼读书日数千言，一过目辄不忘，博极载籍，虽稗官虞初，释老傍行，靡不涉猎"（《宋史·洪迈传》）。我的《字字锦》中，写到了70岁的洪迈的一段回忆：他十岁时，从老家往杭州，经过衢州的白沙渡，见岸上酒店的破墙壁上，有《油污衣》诗，60年不忘记：一点清油污白衣，斑斑驳驳使人疑。纵饶洗遍千江水，争似当初不污时。是呀，这诗虽然是大白话，可包含的哲理却无限深刻，而洪迈十岁时就能读出诗中精华，足见他的不一般。

洪迈长成少年，16岁时，母亲去世。父亲远在天边，母亲又去世，一个家庭的天就这样塌掉了。但，越是苦难，越考验和磨炼人，洪迈兄弟在母亲的墓旁结庐，一边守孝，一边苦读，绍兴十二年（1142），洪家三兄弟到临安参加考试，虽然没有轰动全国，但至少也是轰动一时：老二洪遵一举夺得状元，老大洪适考得第三名探花，不过，小有遗憾，最有文学天赋的老三洪迈，居然落第！

不知道青年洪是如何熬过那个时刻的，幸好，第二年，老爹回来了。对洪皓来说，以英雄的姿态胜利回归，两个儿子又给他挣足了面子，心情可谓一时大好。老爹深知这个老三的天赋，他一点也不担心，当初给他取名迈，就是希望他走得更快更远。父亲对洪迈的异常信任，点点滴滴的关心，让洪迈在短暂的失落后，迅速调整好心态，以备再战。绍兴十五年（1145）春天，杭州以满城的春意迎接各地的考生，当洪迈再一次踏进考场的时候，内心特别沉稳，他暂时忘却了所有人的期待，发挥正常，果然，他和大哥洪适一样，没有辜负众人的期望，一举中得探花。

春风得意马蹄疾，一日看尽长安花。对大多数士人来说，发榜登第那一刻的荣耀和喜悦，一直会伴随终身，洪迈同样如此，40多年后，当他在写那部大笔记《夷坚志》的时候，这种情景依然跃然纸上：

绍兴十五年三月十五日，予在临安试词科第三场毕，出院时尚早，同试者何善伯明、徐搏升甫相率游市。时族叔邦直应贤、乡人许良佐舜举省试罢，相与同行。因至抱剑街，伯明素与倡孙小九来往，遂拉访其家，置酒于小楼。夜月如昼，临栏望月，两烛结花，粲然若连珠，孙固黠慧解事，乃白坐中曰："今夕桂魄皎洁，烛花呈祥，五君皆较艺兰省，其为登名高第，可证不疑。愿各赋一词纪实，且为他日一段佳话。"遂取吴笺

五幅置于桌。升甫、应贤、舜举皆谢不能，伯明俊爽敏捷，即操笔作《浣溪沙》一阕曰："草草杯盘访玉人，灯花呈喜坐添春。邀郎觅句要奇新。黛浅波娇情脉脉，云轻柳弱意真真。从今风月属闲人。"众传观叹赏，独惜其末句失意。予续成《临江仙》曰："绮席留欢欢正洽，高楼佳气重重。钗头小篆烛花红。直须将喜事，来报主人公。桂月十分春正半，广寒宫殿葱葱。姮娥相对曲栏东。云梯知不远，平步蹑东风。"孙满酌一觥相劝曰："学士必高中，此瑞殆为君也。"已而，予果奏名赐第，余四人皆不偶。(《夷坚志·支景》卷第八《小楼烛花词》)

洪迈的才华，在不经意的游戏间也得到了充分的显露，两首词，粗一比较，高下立判，连那倡女孙小九都明白得很：直须将喜事，来报主人公；云梯知不远，平步蹑东风。文如其人，词中的气魄，预示了洪迈日后的巨大成就。

叁

《南乡子》中的"村牛"

然而，南宋政坛上并没有立刻就升起一颗超亮的明星，因为洪迈和他父亲的命运紧紧相连。

登第后的洪迈，立即被授予两浙转运司干办公事，随即又封为左承务郎敕令所删定官，可是，因父亲触怒秦桧被外放，洪迈也被赶出了临安，你不是很有学问吗？去福州做个教授吧！但洪迈没有到任，他和大哥一起，陪伴在有病的父亲身边，读书写作编书，结交朋友，凭他的文才和文名，日子过得不算太难，只是，仕途的不如意，总归像有只老鼠一样在噬咬着他的内心，登第后那短暂的意气风发，只能深深地埋在心里。

英雄老爹去世，守制三年结束，洪迈已经36岁了，不过，接踵而来的机会给了有准备的他，起居舍人，秘书省校书郎，国史编修官，吏部员外郎，枢密院检详文字，直至枢密院检详宰相，也就是说，这个时期的洪迈，在南宋朝廷已经是个重量级的人物了，他向朝廷上了许多奏议，涉及时政、经济、人事、军事、外交、礼制等方面，全面负责起草书、诏、榜、檄，洪迈的新时代似乎已经来临。

绍兴三十一年（1161），南宋和金国之间暂时的平静被打破，金主完颜亮亲率60万大军南下，一路攻城略地，打算直接灭了南宋，但在采石大战中却大败，完颜亮还被部下杀死，这一来，宋金之间的关系就发生了巨大的变化，赵构想派人出使金国，表面上是贺金国新主登位，实际上是想和金国争取平等，如果能再要回一点河南的土地（理由是方便祭祀），那就更好了，如此，至少挣回一些颜面，但这显然是一块硬骨头，派谁去能准确表达他的意思呢？他想起来了，洪皓曾经向他推荐过自己的第三个儿子洪迈，而眼前这个翰林学士，早已经名满天下，而且，各方面都有自己独特的见解，洪迈应该是个合适的人选。

洪迈也主动请缨，他想，眼前这个局势，大大有利于南宋朝廷，以他的文才和智慧，完成出使任务，应该有相当的把握，想起父亲15年艰难的出使经历，一股热血涌上心头，他也要像父亲那样，建功立业！

绍兴三十二年（1162）正月，洪迈以翰林学士、礼部侍郎的身份出使金国，好友周必大作《送洪景庐舍人北使诗》（《文忠集》卷二）以赠：

> 尝记挥毫草檄初，必知鸣镝集单于。
> 由来笔下三千牍，可胜军中十万夫。
> 已许乞盟朝渭上，不妨持节过幽都。
> 吾君甚似仁皇帝，宜有韩公赞庙谟。

好友的评价和赞许，其实饱含着当时人们的热切希冀，希望洪迈和他老爹一样，不辱使命，光荣归来。

然而，金国一场盛气凌人的屈辱正等着洪迈，这个屈辱最终成了伴随着他一生的阴影。

我们简单还原一下现场。

洪迈一方早就准备好了对等国接待的文书等，到了金国，金廷说不合适，必须沿用宋臣事金的范式，也就是说，在此以前，南宋对金都是称臣的小辈，无法平起平坐。对金人的要求，洪迈自然当场拒绝，他们想起刚刚获得的采石大胜，应该有点底气，然而金人震怒，他们震怒也有底气，刚刚在西线取得大胜，占领了原州（今宁夏固原），并包围了军事重镇德顺（今宁夏隆德北），而这样的消息，南宋和洪迈都还不知道。金人锁上驿馆大门，对南宋使团断粮断水，还暗地派人装作洪皓的旧相识向洪迈传递消息：金廷已经大怒了，恐怕对你们不利，你们还是按照金廷的要求办吧。三日之后，洪迈和副使屈服，改换全部国书，并在金人的强迫下跪着递交了国书，因怕被扣留，一切任由金人摆布，然后灰溜溜地回到了南宋，还带回了一份金国给南宋的措辞相当严厉的国书。一句话，洪迈一行没有很好地完成任务，将南宋刚刚取得的胜利果实完全抵消了。

于是，洪迈的负面新闻，铺天盖地而来。最典型的，是一首《南乡子·绍兴太学生》的词，将洪迈完全打倒在地，并踏上了一万只脚：

> 洪迈被拘留，稽首垂哀告敌仇。一日忍饥犹不耐，堪羞！苏武争禁十九秋！
>
> 厥父既无谋，厥子安能解国忧？万里归来夸舌辩，村牛！好摆头时便摆头。

南宋的太学，规模比较大，当时在校学生至少1000人，这些太学生，日后都将是这个王朝的骨干和中坚，因此，他们发出的声音，不可小视。太学生有文才，骂起来解气，也恶毒，你洪迈怎么能和苏武比呢？你就是村里的一条大笨牛，平时摆头摆得挺好的，怎么见了敌寇就不摆了？只会叩头跪拜，我们南宋的脸面让你丢尽了，你爹还推荐你，你爹爹也是个没有谋略的人！瞧瞧，洪迈这使出得，连带英雄的老爹也受累了！

这首词化自宋人罗大经的笔记《鹤林玉露》的一首诗，那本笔记，专门记载宋代文人的故事，真实和传说都有，但罗大经为什么要将这一篇贬洪迈的诗特意收进呢？事出有因，罗是杨万里弟子，而杨万里，却是洪迈的死对头，两人曾经频繁论战，宋廷各打五十大板，都将他们外放过。

当然，也有人为洪迈辩护，范成大对洪迈出使归来就有"关山无极申舟去，天地表情苏武归"的赞颂，一些人也说事情没这么严

重，而且，洪迈第二年就得到了孝宗的重新任用。

　　但以我数十年阅读洪迈几百卷笔记《容斋随笔》和《夷坚志》的体验，我基本能判断出他的大致性格，他渴望好好地活着并有所作为，但胆子极小，这件事应该为真。简单推理是，宋金两国军事实力悬殊，要实现两国平等，几乎是一件不可能完成的任务，他老爹就是明证，以前所有派去的使者也是明证，如果洪迈不屈服，后果极有可能就能如老爹那样。而洪迈，四岁时遭遇"靖康之难"，七岁时父亲远去金国，少年时痛苦的阴影太大了。他有宏大的理想，但这些理想都写在书上，纸上的理想和现实相碰撞，立即被坚硬的现实戳得稀巴烂，他根本没有勇气去挑战死亡，凭他个人的能力，也实在无法改变目前两国的现状，就按金人说的办吧。

　　因此，"村牛"的耻辱，伴随着洪迈的一生，他在花甲之年写给好友辛弃疾的《稼轩记》中这样感叹："若予者，怅怅一世间，不能为人轩轾，乃当急须蓑衣，醉眠牛背，与荛童牧竖肩相摩。"这也算是久未能解的心结吧，因失意而不痛快，不为人所理解，也就不为人所重视，我还不如穿起蓑衣去隐居，喝醉了，睡在牛背上，任牛东西，与牧童相往来。

　　　　　　　　　　　　肆

金华治水

　　人毕竟不能生活在纠结中，铺天盖地的舆论过去后，人们也会反思，这样苛求一位书生，是不是太过分了？洪迈一行出使归来，贪图安逸的赵构，已经做起了太上皇，搬到德寿宫享福去了，接班人宋孝宗，在罢免洪迈一年后，重新起用了他，洪迈做了泉州知州。一年后，又任吉州知州。没过多久，回到朝廷，任起居舍人、中书舍人，因为学问大，他还做了皇帝的侍读，每天给皇帝讲经典，其余时间编辑国史。三年后，他又去做赣州知州，政绩卓著，淳熙十一年（1184），洪迈改任婺州（今浙江金华）知州。

在金华任上，洪迈也只有两年左右的时间，却有大修水利的举动值得记载。

从浙江的地图上看，金华虽是个盆地，土质却一般，田地多沙，无法存水，五天不雨则旱，一下雨就涝，《金华水利志》上有南宋100多年来金华的旱涝记录：

绍兴元年（1131）五月，婺州雨败城郭，四年，自六月不雨至八月。五年五月，婺州大水，溺死者万余人。

绍兴年间（1131—1162），兰溪县尉蒋弥远投资率众建水阁塘。武义邑人杨俊卿，在熟溪干流上建南湖堰。

绍兴三十二年（1162），武义县令周必达主建熟溪堤。

乾道年间（1165—1173），东阳建成苏圳（zhèn）。兰溪北乡邑人范端杲投资建杨溪堰。

淳熙七年（1180），七月不雨至九月；八年，七月不雨至十一月；九年，五月不雨至七月。

淳熙十一年（1184），学士王槐致仕归义乌故里，开阡捍水建蜀墅塘。

淳熙十三年（1186），婺州大水满屋。

绍熙四年（1193），婺州六月不雨至八月。

庆元五年（1199），六月霖雨至于八月，婺水漂民庐，人多溺死。

开禧元年（1205）夏，不雨百余日。

宝庆年间（1225—1233），浦江建席场堰。

嘉熙三年（1239）七月，婺州大水入城。

淳祐十二年（1252），婺州六月大水，漂室庐，死者万数。

我多方查询，没有洪迈具体的整治记载，但上面的简表，可以读出婺州确实易旱涝，而人们也在努力和老天爷抗争。我猜测，洪知州的做法是，政府主导，统一规划治理辖区各种大小池塘，组织群众修缮小型水利工程，蓄水抗旱，普通百姓出力，有钱有田人家出钱，不到两年时间，修缮的水利设施总数共达837处。这个巨大的数量，金华方志上很清楚地记载着，一个显而易见的结果是，婺州的农业生产面貌肯定得到了比较大的改观。

浙江古老的水利设施不少，丽水莲都的通济堰，已经1500多年，水浪激石，依然勃发生机。我去金华兰溪李下村，400多年前，李渔主持兴修的水坝，流水潺潺，坚固完好。因此，我可以断定，今天，洪迈主持的一部分水利工程，依然在发挥着不同的作用。

随后的数十年，洪迈的职务在朝廷和州府之间调动，凭他的为人，官应该做得不坏，不过，这些都不能和他的文学相比，《容斋随笔》和《夷坚志》两部大书，在他心里的分量，要远高于其他一切事。他每到一处，都想尽办法采访搜罗，并持续不断地写作，日积月累的坚持，终于树立起了他在中国笔记文学史上的丰碑。

伍

容斋之随笔

我在《字字锦》里有一章专门写了《容斋随笔》，但仅局限于其中的六节生发感想。这里再补叙一节。

《四库全书总目提要》高度评价《容斋随笔》：南宋说部当以此为首。

我曾经写到，毛泽东临去世前13天还在读《容斋随笔》，《走进毛泽东遗物馆》(湘潭大学出版社2008年版)，里面有这么几段记录，我印象深刻：

> 根据当时为毛泽东管理图书的徐中远记载，毛泽东生前要的最后一本书就是《容斋随笔》……时间是1976年8月26日。他最后一次读书的时间是1976年9月8日，也就是临终前那一天的5时50分，是在医生抢救的情况下读的，共读了7分钟。
>
> 毛泽东外出开会或视察工作时也不忘带上心爱的《容斋随笔》。如前面提到的1959年10月23日外出带书目录中就有《容斋随笔》《梦溪笔谈》等自宋以来的多种笔记小说。20世纪60年代，毛泽东先后两次要过《容斋随笔》，一次是1966年11月，这次是让把他以前看过的那部《容斋随笔》两函14册全部送上；一次是1967年9月23日，这次要的不是全书，只要了《五笔》两册。到了20世纪70年代，他还几次看过《容斋随笔》。

让毛泽东一生牵挂的《容斋随笔》，他一定常看常新，他从中汲取了无限的经验和智慧，相较于那些经过统治者几经删改的正史，它是另一种版本的《资治通鉴》，可信度高，还可以得到正史以外没有的文学享受，生动，犀利。即便是那些轶闻趣事、典章民俗、妖魔鬼怪，也都可以看出深深的时代印痕。

按洪迈自己的说法，"予老去习懒，读书不多，意之所至，随即纪录，因其后先，无复诠次，故目之曰随笔"。其实不然，《容斋随笔》陆续写了40多年，1220条，分为"五笔"：《容斋随笔》《容斋续笔》《容斋三笔》《容斋四笔》各16卷，《容斋五笔》10卷。这74卷随笔，并不是随意为之，其实都是精心选材，几经删改而成的。它在南宋就是畅销书，宋人何异在《容斋随笔序》中记载洪迈在赣州的卓越成绩，其中也写到了他的书受欢迎程度：

> 仆顷备数宪幕，留赣二年，至之日，文敏去才旬月，不及识也。而经行之地，笔墨飞动，人诵其书，家有其像，平易近民之政，悉能言之。有诉不平者，如诉之于其父，而谒其所欲者，如谒之于其母。

何异去赣州任职的时候，洪迈刚刚离开不久，他们还不认识，但他见到赣州百姓都在读他的书，家里都挂着洪迈的像，洪迈在赣州的佳话，百姓口口传诵，洪迈像父母一样对待赣州的百姓。这样的评价实在太高了，这真是南宋朝的好干部，能为百姓做事，还写得一手好文章。

"读书得间"，我很喜欢的一个成语，我觉得用在这里很适合洪迈。"间"可以理解成缝隙、机会、不足，洪迈从大量的典籍中，找到并分析出各种不足和漏洞，从而形成自己独特的见解，即便是现实事件，他也能用智慧观照，得出不一般的见识。从为政，到用人，再到观察人；从为官，到人性，再到道德；从科举，到功名，再到智慧；从文章，到诗艺，再到心灵；从医卜星相，到灾祥术数，再到达观天命，总之，洪迈所涉各种话题常常让人惊叹，不同的读者，都可以读到自己心中的"哈姆雷特"。

1220条笔记，自20世纪90年代至今，我读过三次，每次均有不同的体验，这里，限于篇幅，我仅举一例，《容斋续笔》卷十三中的《下第再试》：

> 太宗雍熙二年，已放进士百七十九人，或云："下第中甚有可取者。"乃令复试，又得洪湛等七十六人，而以湛文采道丽，特升正榜第三。端拱元年，礼部所放程宿第二十八人，进士叶齐打鼓论榜，遂再试，复放三十一人，而诸科因此得官者至于七百。一时待士可谓至矣。然太平兴国末，孟州进士张两光，以试不合格，纵酒大骂于街衢中，言涉指斥，上怒斩之，同保九辈永不得赴举。恩威并行，至于如此。

唐朝进士向来录取人数少，很难考，我老家的施肩吾，元和十年（815）进士第13名，当年只录28人。到了宋代，情况大为不同，尤其是从宋太祖到宋太宗的时代，太宗为了笼络士子人心，录取人数一下子成倍增加。公元985年，已经录了179人了，有人说，落选者中还有不少人才，于是又考一次，再录取76人，那洪湛还文采飞扬，特意升到正榜第三，没说几甲，要是一甲，那不是变探花了吗？下一次考试，公元988年，又是这样再考，各种录取人数竟有700人。太平兴国末年，特殊情况来了，那个张两光（有版本也说张雨光），复试不合格，却撒泼骂街，将矛头对准朝廷，皇帝一怒之下杀了张，而且还规定同保之人九代永远不得参加科举考试。

这则笔记，告诉我们什么？制度没有问题，操作制度的人出了问题，为什么会再考？同一批考生水平会突然提高吗？都没有发挥好吗？显然不可能，那只能是阅卷官，或者主考的问题了，没有人能百分百的公平公正，皇帝在选考试官的时候，尽量会考虑得全面一些，但百密总有一疏，人的才能总会有局限，不过，大批量的人才漏网，显然不太正常。冯梦龙的"三言"中，那个多次报恩的老考生鲜于同，几次考试的境遇，就充分说明了主考官的任性。洪迈自己第一次和兄长们一起考试的经历，也充分说明了考试的偶然性。因此，洪迈说的虽是本朝正常的科举考试，是大受欢迎的大好事，但他的眼光犀利无比，意外之意直指这种弊端，此弊直到现在，即便是计算机时代，也没有能很好地解决，只要有主观题存在，就会有人的主观现象出现。

都说宋代优待士人，上面的再考再录取就是明证。宋代不杀士人，这个太绝对，但极少杀是常态，那个张两光，实在太过分，已经超出皇帝忍耐的最大限度，该死。

陆

夷坚闻而志之

1

《山海经》是怎么来的呢？那都是大禹看到的故事，伯益取的书名，夷坚听说后就记载下来了。

洪迈就是那个夷坚，《夷坚志》，南宋版的《山海经》。

洪迈的《夷坚志》，整整写了60年，420卷的体量，几乎可以和官方的《太平广记》有得一拼，但我们现在能读到的只有一半左右，其余都已散失，它包含了笔记志怪中的各种故事，尤以神仙、鬼魂、精怪、灵异、前定、因果报应等居多，当然，也有不少忠臣、孝子、节义、阴德、禽兽、医术、梦幻、奇异等门类，丰富的内涵，不妨将其看作是两宋300年民众的生活史、风俗史和心灵史。

洪迈的笔记，首推《容斋随笔》，而《夷坚志》历来评价不一，有说草率一般的，也有极为赞赏的。陆游有《题〈夷坚志〉后》诗曰："笔近反离骚，书非支诺皋。岂惟堪史补，端足擅文豪。驰骋空凡马，从容立断鳌。陋儒那得议，汝辈亦徒劳。"陆大诗人将此书和《反离骚》以及段成式的笔记《酉阳杂俎》相并提，且认为，这不是一般的如段成式的笔记，而是如《反离骚》那样具有微言大义的大书，虽属野史，却是对正史的有益补充，那种文学想象力，是大师一级的，一般人读不出其中的奥妙，极其正常。

一个显而易见的道理是，如果不受读者欢迎，书没人读没人买，我想他坚持不了60年。我们从《夷坚志》各集前的序言可以读出不少信息，洪作家，是一个有才华的官员，也是一位不错的畅销书作家。"夷坚初志成，士大夫或传之，今镂板于闽，于蜀，于婺，于临安，盖家有其书"（《夷坚乙志·序》），这就厉害了，难怪洪迈创作的动力如此巨大。

　　说《夷坚志》，我敬佩两点，一是持续不断的60年写作，这需要相当大的毅力才行，单凭他一己之力，历史上笔记作家无人可比；另一个是他随时随地积累素材创作，有一些来自历史典籍，但大部分都是他的亲历，所见所闻尽管捕风捉影，尽管夸大附会，但这是作品的体裁所决定的，我从内心深深感谢洪迈，他为我们展示了一幅不一般的、烟火气息极浓厚的宋代真实画卷。

2

　　我极有可能会在后面的笔记新说系列中，写一本《夷坚志》的专题，现在我来说几条《夷坚志》里的官场现形记，这里只拣小官小吏。

　　　　永康军导江县人王某者，以刻核强骜处官。绍兴五年，为四川都转运司干办公事，被檄榷盐于潼川路，躬诣井所，召民强与约，率令倍差认课，当得五千斤者，辄取万斤。来岁所输不满额者，籍其赀。王心知其不能如约，规欲没入之，使官自监煎。既复命，计使以盐额倍增，荐诸宣抚使，得利州路转运判官，未几死。（《夷坚志·甲志》卷十七《人死为牛》）

　　这个王某，四川都转运司的普通干部，他的为官原则是"刻核强鸷"，刻薄，阴险，强悍，残暴，这样的官，什么事都做得出来。
这不，他去潼川路征收食盐，明知道盐民不能完成他规定的任务，
却故意强迫盐民签约，任务本来5000斤，他要收10000斤。第二年，
合约完不成，那么，他就没收对方的家财，甚至没收盐矿。上官自
然不会问他如何完成，只看业绩报表，王某因为业绩好，还升了转
运判官。不过，王某表面上转运升官了，实际却没有转运，没多少
时间就死掉了。后面的情节是，他恶有恶报，变成了牛。让王变成
畜生，是百姓的诅咒，也是民众对待善恶的普遍态度，看着荒唐，
却解气。然而，如王某般的宋朝大小干部，却大量存在，扳着指头
数不过来。

> 后数年，起知婺州。时刘立道大中为礼部尚书，旦夕且秉
> 政，其父不乐在临安，来摄法曹于婺，因白事迟缓，徐责之曰：
> "老耄如此，胡不归？"刘曰："儿子不见容，所以在此。"徐瞠
> 曰："贤郎为谁？"曰："大中也。"遽易嗔为笑曰："君精采逼人，
> 虽老而健，法掾非所处，教官虚席，勉为诸生一临之。"即以
> 权州学教授。（《夷坚志·丙志》卷十八《徐大夫》）

这个徐大夫，是典型的宋代官员变色龙。这一条的前半部分，
已经记叙了徐大夫好几件转瞬即变态度的笑话，后面《支乙》卷四
还有《再书徐大夫误》，洪迈真是写尽这一类官员的嘴脸。刘尚书
的老父，不愿意在京城待着，去婺州谋求一职位，但年纪大了，讲
话反应也迟钝一些，徐知州就很严厉地呵斥：你这老不死的，为什
么不回家休养，干吗在这儿待着！但他得知真相后，立刻换了一副
面孔，和颜悦色地恭维：您年纪虽然有点大，精神却十分地好，这

个司法岗位不适合您，现在我们州学校的教授岗位正好空缺，您去那做教授吧，委屈您老人家了！这类官员的影子，古往今来，你到处都能看得见，一方面迫于权势，不得不低头换脸，一方面却利用权势压人。一个现实是，在他们的手下做事，日子绝对不会好过，他有一点点小权，都会设法用尽。

　　福州福清人李元礼，绍兴二十六年，为漳州龙溪主簿，摄尉事，获强盗六人。在法，七人则应改京秩。李命弓手冥搜一民以充数，皆以赃满论死。李得承务郎，财受告，便见冤死者立于前，悒悒不乐。方调官临安，同邸者扣其故，颇自言如此。亟注泉州同安县以归，束担出城，鬼随之不置。仅行十里，宿龙山邸中，是夜暴卒。（《夷坚志·丁志》卷二《李元礼》）

　　有名有姓，言之凿凿。龙溪主簿兼尉事李元礼，工作尽力，破案技术高超，一下子抓获六名强盗，这是一个不小的成绩，将为他以后的仕途打下坚实的基础。可是，想升官昧了良心，因为干部升职条例清楚地写着，抓获七人，就有升任京官的机会，这还不简单，让警员再去抓一个老百姓来冒充就是了。这个百姓，或许是个独身，或者是个无赖，总之，抓他别人也不会同情的那种，但绝不至于死，然而，他却和另外六个罪犯一起死了，而李大人，如愿升得承务郎。但那个冤死者不是白死的，他要变成鬼来报仇，阴间有这个权力，即便某人在阳间是个很无用的人，可他一旦变成了鬼，对付阳间的人还是绰绰有余的。于是，那个冤死者就经常出现在李元礼的面前，弄得他郁郁寡欢，这样的心态也就没有心思去京城了，去泉州的同安县吧，说走就走。当天晚上，李元礼住在龙山的旅店中，突然暴死。

这不仅仅是李元礼枉杀无辜的报应，这一则笔记的言外之意：各级官员，为了自己的利益而酿成的冤案，有多少啊。统治者未必不清楚这样的事，所以，即便在宋代，都有专门的官员负责陈年积案的清理复查。

3

自然也有好的小官，不过少，下面这个余杭县的小吏，值得一说。

余杭县吏何某，自壮岁为胥，驯至押录，持心近恕，略无过愆。前后县宰，深所倚信。又兼领开拆之职，每遇受讼牒日，拂旦先坐于门，一一取阅之。有挟诈奸欺者，以忠言反复劝晓之曰："公门不可容易入，所陈既失实，空自贻悔，何益也？"听其言而去者甚众。民犯罪，丽于徒刑，合解府，而顾其情理非重害，必委曲白宰，就县断治。其当杖者，又往往谏使宽释。置两竹筒于堂，择小铜钱数千，分精粗为二等，时掷三两钱或一钱于筒中。诸子问何故，曰："吾蒙知县委任，凡干当一事了，则投一钱，所以分为二者，随事之大小也。"子竟不深晓。迨谢役寿终，始告之曰："尔曹解吾意乎？吾免一人徒罪，则投一光钱于左筒；免一杖罪及论解一讼，则投一糙钱于右筒，宜剖而观之。"两筒既破，皆充满无余地。笑而言曰："我无复遗恨。如阴骘可凭，为后人利多矣。"遂卒。后十年，其子伯寿登儒科。绍兴中，位至执政，累赠其父太子师。

（《夷坚志》癸卷第一《余杭何押录》）

何押录，没有具体姓名，押录这个职务和水浒里的宋押司差不多，都要协助县令处理民事刑事方面的事。何押录有一颗宽厚善良的心，待人厚道，做事很少有失误，所以，经过数十年的努力，从小吏做到了押录这个岗位，各任县令，对他都很信任。看他如何做工作的。开拆诉状工作，简单而烦琐，但何押录认为很重要，许多官司都可以解决在萌芽中。于是，每逢接待投诉日，他就早早地坐在公堂门口，送来的状纸一一细读。每有欺诈奸滑之人，他就好言相劝：官府衙门不是随便可以进的，假如你陈述的事情失实，要追究你的责任，那样，你一定会后悔的！那些人一听，好多都转个屁股离去了。而对那些真正犯罪判刑，要押送到外地去但罪又不重的，何押录就会劝告县令：还是在本县结案吧；要杖刑的，他又劝县令：能不打就不打吧。

何押录在公堂上放了两个竹筒，一些工作人员问原因，他解释：知县看得起我，让我做事，我做完一件事就投一个钱到竹筒里，事的大小就是钱的大小，但工作人员并没有细问是什么样的事。等到何押录退休后而且快要死了，他才揭开谜底：我免掉一个人的徒刑，就往左边的竹筒丢一个小钱，免掉一个人的杖刑，或者劝退一个人不再告状，就往右边的竹筒里丢一个粗铜钱，现在是到了将竹筒剖开看的时候了。果然，两个竹筒都塞满了大大小小的铜钱。何押录看着那些铜钱，露出了宽慰的笑容：我没什么遗憾了，如果有阴德可以凭借的话，那我就给后人积下很多好处了。

十年后，何押录的儿子登第做官，何押录受封。这些，你可以相信，也可以不信，不过，一个低级小官的家庭，父亲有仁心，有良好的家教，儿子努力奋进，考取功名，应该不是什么天方夜谭。

4

我读南宋赵与时的笔记《宾退录》，卷八开篇有长文，说到了洪迈《夷坚志》的序言问题，他从《甲志》序一直说到了《四志甲》序，看开头几句总括：

> 洪文敏著《夷坚志》，积三十二编，凡三十一序，各出新意，不相复重，昔人所无也。今撮其意书之，观者当知其不可及。

一本写了60年的书，31篇序（最后一编绝笔，没有序），非常详细地讲了成书过程中的点点滴滴，洪迈的粉丝赵与时，也是有心人，他将这31篇序编辑成书，不过，现在我们能读到的只有其中的18篇，《丁志序》如此说他的写作："以三十年之久，劳动心口耳目，琐琐从事于神奇荒怪"；《支乙序》中甚至这样说他的写作："爱奇之过，一至于斯"。洪迈在多篇序言中表明，他的《夷坚志》都是他读到的看到的听到的故事传说，以新奇好看有趣为原则，你们要相信，但你们不要太相信，言外之意就是虚构乃《夷坚志》创作之主要原则。

这就清楚了，无论他写什么，读者从中读出一些现实的味道，那是读者自己的事，大家请不要对号入座，他可是真真切切的体制中人呵。可是，文学作品如果没有"对号入座"（我是指现实）的效应，那就失去了社会价值，不值得读。

《夷坚志》的影响有多大？仅明代凌濛初的《拍案惊奇》和《二刻拍案惊奇》中，出自《夷坚志》的故事就达三十几个。

夷坚就是另一个洪迈，他只是闻而志之。

柒

洪园及其他

1

庚子春分后一日的上午，杭州的气温已经飙升至20多度，我去西溪湿地访洪园。

西溪有多美？当年赵构南奔至此，人累马疲，脚迈不动步了，面对60平方千米的西溪，很想发出指令，就在此建都城吧，临安那边报告说，老大，凤凰山这边更好，有西湖呢，赵构有点惋惜：那，西溪且留下吧！

我在第一节里写到，洪皓出使归来，高宗在葛岭赐他宅第，后来，洪皓被贬流放，老大洪适老三洪迈随侍，葛岭的家，就只由老二洪遵住着，洪遵就是钱塘洪氏的始祖。洪遵的后人先迁上虞，后又迁杭州。洪有恒，明初曾任余杭县训导，他对做官兴趣不大，而对钱塘山水却笃爱，就将家从上虞迁到西溪的招德里（今杭州市余杭区五常街道的洪家埭），洪有恒就成了钱塘西溪洪氏之祖。洪有恒的孙子洪钟，明成化年间进士，官至左都御史、太子太保、刑部尚书、工部尚书等，晚年退休回五常，建了这个规模不小的洪园别墅，洪钟去世的时候，嘉靖皇帝三次派使者谕祭，王阳明为他撰写墓志铭，一时荣耀之至。王阳明在洪钟的墓志铭中这样称赞洪氏："自宋太祖忠宣公皓赐第于钱塘西湖之葛岭，三子景伯、景严、景庐皆以名德相承，遂为钱塘望族。"忠宣公乃洪皓，景伯为洪适，景严为洪遵，景庐就是洪迈。洪园是钱塘望族的一个重要里程碑。

我眼前的洪园，是杭州西溪湿地的第三期工程，2008年开放，总面积3.3平方千米。里面有洪氏宗祠、钱塘望族、洪府、洪昇纪念馆、龙舟胜会、五常人家等20多个景点。我主要想看一下洪氏宗祠和洪昇纪念馆。

1200平方米的洪氏宗祠前，左右各有五根高高的旗幡，大门上对联气派醒目：宋朝父子公侯三宰相，明纪祖孙太保五尚书。三宰相自然是洪皓、洪遵、洪迈了，五尚书，指的是洪钟及其后代子孙做过的官职，五常以前就叫"五尚"。传统的官本位社会，宰相和尚书，都位极人臣，令人尊崇，洪氏宗祠于是就显出不一般的威严气势。享堂两侧走廊，排列着自宋至清的各种昭告，有洪皓的，有洪遵的，有洪迈的，自然还有洪钟及其他洪氏后人的，"忠贯日月""奕世流芳""兴国昌文"，楹联和匾额遍布，皆为各式赞美，寝殿内神祖牌位森然，洪氏名流画像肃穆。

国家功臣和要员洪钟，他的晚年生活应该是舒适而惬意的。整个洪园，宅院多处，三瑞堂，归舣居，香雪堂，沁芳楼，你能想象出，春夏秋冬四季交替，他可能就会移居不同的居所。书院当然也要配套了，竹清山房，清平山堂，萝荫阁，抱月轩，随处都可读书。暖日和风，我徜徉在油菜花和芦苇荡之间，看游鱼，看野鸭，看飞鸟，它们都在自己的领域悠游，我也努力地想象着那些名"洪"，相较眼前的极度悠闲和一辈子劳苦的奔波，会让他们生出多少的感叹呀。

2

洪氏瓜瓞绵延到清代，平地冒出个名震全国的戏剧家洪昇，《长生殿》名载史册。

洪昇纪念馆中，杨玉环幽幽的唱腔满馆缭绕，她为自己悲，似乎也在为洪昇的命运而悲。洪昇文名虽不输他的先祖洪迈，命运却远远不能和洪迈的著作等身、平安进退相比，洪昇20年科举不第，白衣终生。若干年前，我在《迷洪记》专门写过洪昇，这位戏剧家命运实在有点曲折，一言难尽。康熙四十三年（1704）七月，江宁织造曹寅在南京排演全本的《长生殿》，洪编剧兴致勃勃应邀前去观摩，返回杭州途中，7月2日黄昏，乌蓬船经过乌镇，虚岁刚60的洪昇，显然一直处于演出成功的兴奋状态中，酒喝得晕晕乎乎，踉踉跄跄，一脚滑进了汤汤的运河。

那是初一的夜晚，月亮正行走在地球和太阳之间，只有夜幕中的星星睁眼看着这场悄然无声的悲剧。运河水复又静流，河两岸乌桕树上的夏蝉，依然高鸣不已，它们似乎是为不幸的剧作家唱悲歌。

3

杭州到鄱阳，三个半小时的动车就可以到达，而当年，洪迈从鄱阳老家出发，前往南宋的临安城，差不多要走个把月时间，其间跋山涉水的艰辛无法想象。

洪皓和他的儿子们，都选择了将家乡鄱阳作为最后寄托的终老地。古县渡镇的古北村，洪皓墓的遗址就在那里，20世纪50年代被人发现时，只有几块残破的石碑而已。双港镇蒋家村，洪迈墓在那里被发现，遭遇也如同他老爹。不过，现在，鄱阳县都对它们进行了修缮，在文化引领繁荣的时代，名洪们依然为家乡发挥着重大的作用。

家乡以各种方式纪念着他们。

鄱阳县城中心有洪迈大道，附近还有颇为气派的洪迈中学，让广大的鄱阳学子向著名的文学先贤学习，寓意着浓郁的希望。鄱阳邻近的乐平市，那里有洪皓路，还有一个规模不小的洪皓森林公园，数十米高的洪皓石雕像就伫立在公园的大门口，乐平人非常自豪，洪皓就是从乐平走出去的名人。

洪篇写不尽，《容斋随笔》，《夷坚志》，洪篇中的宏篇，它们是中国古典笔记史上著名的鸿篇巨制。

戊卷——癸辛街旧事

壹

癸辛街

杭州的民间故事中，于谦少年时的一则对对子轶事，颇吸引人，小于文思敏捷的聪明劲毕现。

杭州少年于谦，一次和父亲、叔叔路过一条街，街上人来人往，热闹异常。于爸抬头望巷口，原来这条街名叫癸辛街，于叔也看到了，他对哥哥说：作对子最怕用干支字，就如眼前这癸辛街，如以此街名为上联，下联则很难应答，你试试我大侄子，便知我所说不虚。于爸吟道：癸辛街。小于脑子迅速闪现出《三国演义》中魏延给诸葛亮讲过的地名，快嘴答道：子午谷。于爸、于叔惊喜交集，不约而同地赞道：这孩子长大后必能光宗耀祖。

街巷向着癸辛的方向就叫癸辛，南宋的临安城，以天干地支命名的街巷，仅此一条，还有一座城门艮山门，也比较特别，用的是周易里的卦名。至于为什么这么取名，我还没有找到说法。

清朝以前，癸辛街依然热闹，南宋名作家周密居住于此几十年，直到去世。他的几部著名笔记《武林旧事》《齐东野语》都写于此，还有一部索性就叫《癸辛杂识》，"癸辛盖余所居里"。

子午谷，在秦岭大山长安县西南，南北纵向，北出口称"子口"，南出口称"午口"，整个峡谷300多公里长，悬崖绝壁，栈道无数，魏延的计策是，率5000精兵由子午谷快速奔袭，一举拿下长安，而诸葛亮最终否决，因为太没有把握。

子午谷今天成了旅游探险的好去处，而癸辛街只存在于周密的笔记中、历史的记忆里。这条街，清初被圈入八旗驻营之内，有人认为在涌金门与钱塘门相接处的洪福桥一带，而我的同事、南宋史专家姜青青认为，此街就在今天的长生路附近，长生路因为有长生桥而得名，癸辛街与长生桥同在一条河畔，他复原的《南宋咸淳京城四图》上面，清晰地标着，洪福桥就是洪桥，京城图上也有。

穿越700多年的时光，我们要回到周密的癸辛街上，那里有他长久苟命的居所，那里有他时时串入脑中的南宋城郭和旧事，那里自然也有他朝夕相处志同道合的朋友。

（贰）

齐人周密

周密的《弁阳老人自铭》，对自己的身世，有一个比较完整的记录：

> 弁阳老人周密，字公谨。其先齐人。六世祖讳芳，隐居历山。熙宁间以孝廉征，不就，赐光禄少卿。五世祖讳孝恭，吏部郎中，知同州，赠殿中监。高祖讳位，赠太中大夫。曾大父讳秘，御史中丞，赠少卿。随跸南来，始居吴兴。大父讳珌，刑部侍郎，赠少傅。先君讳晋，知汀州。妣，章氏宜人，参政

文庄公良能女。老人生于绍庆壬辰五月廿有一日，娶杨氏匠监伯嵒女。

　　周密的祖籍在山东历城，历山下，华不注山的南面，周氏显然是当地的望族。靖康元年（1126），周密的曾祖御史中丞周秘，随高宗南渡，先是在湖州的铁佛寺暂住，后来又搬到天圣寺长久借住，待时局安定下来后，周秘就在吴兴置业居住，成了新吴兴人，周家这一住，就是四代，公元1232年5月21日，周密出生了。

　　周密不是降生在吴兴的老家，而是出生在富春县衙。这怎么回事呢？

　　这就要先说周密的父亲周晋了。周晋历任富春令、闽漕干官、衢州通判、汀州知州等。绍定四年（1231）辛卯，周晋出宰富春，九月到任。周密在《癸辛杂识》后集里有《先君出宰》，写到了他父亲在富春县令任上的一些事。

　　周晋刚一到任，正碰上慈明太后（宋宁宗的皇后）去世，朝廷要求富春县办理棺木，周晋都办得非常妥帖，但并没有以捐税差役的名义去骚扰百姓，老百姓都称周晋为"周佛子"。富春县诸事百废待兴，周晋全力改革，节省不必要的开支，将财力集中到百姓的事情上，他修建县学，并制定规范的管理制度，重新制定祭奠礼仪，并将祭奠的各种规章，一并刻到石头上。他还在富春江边，重新修建了合江驿，驿后有一大阁楼，上书"清涵万象"。他还为百姓修建了一个公园，园中花草芬芳，有楼阁，有池塘，第二年，莲池中的荷花盛开，还长出了极为特别的双莲，周晋就取了"合香"之名，取古诗"风合雨花香"之句。壬辰岁，周密就生在那个富春县衙。

　　富春江边，鹳山脚下，富阳县城的东北方，富春县衙就在那里。我查《康熙富阳县志》上的文字和图，记载清晰：唐咸通十年（869），县令赵讷开始建设厅宇；宋宣和年间（1119—1125），毁于寇，县令刘举夔重新建造；嘉定二年（1209），县令吕昭亮又大规模修建；景定五年（1264），县令赵汝崖新建了狱舍。一直到明到清到民国到现代，富春县衙成了现今的富阳区政府大院，也就是说，此地，1300多年来，一直是富阳的政治中心。富阳区（2015年2月以前为富阳市）政府大院，我去过多次，院子挺大，旧房旧舍，草树茂盛，但唐宋元明清的老县衙遗物，却全无踪影，据说20世纪大院边上的邮舍弄还有一点老城墙，后来也都拆光了。

光绪版县志上标注着，老富春县衙内建筑不少：照墙，县衙门头，大堂，川堂，安吉堂，三堂，斐如堂，大仙楼，土地堂，申明亭，监狱，捕署，内公所，粮署，小周密应该就出生在这个老院子里的某一间房内。其时，周爸爸正年轻有为，意气风发，出身名门的周妈妈（周密外祖章良能，处州人，淳熙五年进士，做过枢密院编修、礼部侍郎、御史中丞等，外舅杨伯嵒是南渡名将），虽柔弱多病，也欣喜若狂，他们夫妇俩的独子，今后将成为南宋历史上的著名文化人物。

周晋在富春县令任上只待了三年，他学识渊博，为人正直，为官勤廉，却一直没有大的作为。周密说了一个原因，他得罪了一个不该得罪人，这人就是李宗勉。

周密说，他刚出生的时候，李宗勉正在老家闲居。李是富阳人，1205年的进士，做过著作郎，监察御史，工部侍郎兼给事中，最后做到左丞相兼枢密使，以光禄大夫、观文殿大学士的身份辞官。这样的身份，即便是贬官闲居，也还是个重要人物。周密写道，李家的数十个仆人，非常强悍，他们把握着县道，似乎有点横

行乡里的意思，而周晋这个地方官呢，又不善于拍马屁，或者马屁拍得不好，不能事事都满足李大人，于是，周和李之间就有了积怨。

周密坐在癸辛街的书房"浩然斋"里，看着窗外的飞鸟，依然在回忆父亲的事。他父亲对一件事的处理，被李宗勉认为是周晋故意为难他。李大人看中了富春县的官妓蔡闰，时间长了，李就想为蔡脱籍，也就是让她从良，还其自由身，但一直没办好。有次周县令和李大人还有蔡一起喝酒，李大人就向周县长敲起了边鼓：这个小蔡呀，我还没有考中进士的时候，她就已经在册了。李大人的言外之意就是，蔡在册时间已经很长了，可以考虑让她恢复自由身了。此时的周晋呢？他转身问小蔡：你什么时候入的籍呀，今年几岁了？那小蔡，真是笨，没有理解李大人的意思，如实向周县长汇报。大家一听，咦，李大人考中进士的时候，小蔡只有十岁呢，显然不可能。而此时的李大人呢，脸红一阵、白一阵，周晋其实无意，李大人却认为故意，于是更加怀恨在心了。

李宗勉重新入朝掌握实权，他做的第一件事，就是弹劾周晋。

宋史中，李宗勉也算是一个正直的官员，他去世后，被赠为少师，谥号文清。周密也是一个正直的作家，不见得会造谣，立场不同，性格不同，要找一个官员的碴子，无论是谁，分分钟的事——我只能这样理解了。

周密就生长在这样的环境中，故家遗泽，积厚流光，健康成长：自幼朗悟笃学，慕尚高远，家故多书，心维手钞，至老不废。或勉以安佚啬养，然性自乐之，不知其劳也。

周密从小聪明，喜欢读书，志向高远，家里有藏书几万卷，仍然不断买书抄书，一直坚持到老。

周家曾经有多少书？《齐东野语》卷十二《书籍之厄》如此记载：

吾家三世积累，先君子尤酷嗜，至鬻负郭之田以供笔札之用。冥搜极讨，不惮劳费，凡有书四万二千余卷，及三代以来金石之刻一千五百余种，庋置书种、志雅二堂，日事校雠，居然礼金之富。余小子遭时多故，不善保藏，善和之书，一旦扫地。因考今昔，有感斯文，为之流涕。因书以识吾过，以示子孙云。

周密从小到大，都随着做官的父亲到处居住，长大娶妻，妻就是她母亲外舅杨伯嵒之女。周密在自传中曾述，"三女弟皆庶母出，殚力治具，悉归之名阀"，也就是说，他的三个妹妹虽不是和他一母所生，但都嫁得很好。南宋亡前，周密做过临安府幕属，监和济药局、丰储仓，还做过义乌令，宋亡后坚决做遗民。周密子周铸，周密写有《藏书示儿》长诗一首，这样表达对儿子的期待："少年诵诗书，颇有稽古志""辛勤三十年，正尔窥一二""要之自信笃，土炭各有嗜。勿以多歧亡，勿以半涂废""我家有书种，谨守毋或坠。诗成付吾儿，永以诏来世"。除了儿子周铸，周密应该还有一个女儿，没有名字，据《齐东野语》卷八《小儿疮痘》可知：

癸酉岁，儿女皆发痘疮……既而次女痘后，余毒上攻，遂成内障，目不辨人，极可忧。遍试诸药，半月不验。后得老医一方，用蛇蜕一具，净洗，焙令燥。又天花粉（即瓜蒌根）等分细末之，以羊子肝破开，入药在内，麻皮缚定，用米泔水熟煮，切食之，凡旬余而愈。其后程甥亦用此取效，真奇剂也。

这样一个基层官员却又是知识分子的家庭，靠着祖宗积累下来的名声，凭着自己的才气，日子过得还是惬意的，他的日子平稳而有节奏，他因祖父的恩泽步入官场，接下来，我们进入他职业生涯中的一段。

叁

和剂药局局长

1

管理国家的医药局，咸淳年间，这件差事，周密差不多干了五年。

国家统一管理药材，这在北宋王安石改革时代就开始了。我们熟知王安石变法中的青苗法、保甲法、农田水利法、方田均税法等，其实还有一个流通领域的市易法，按照此法，药品贸易属政府行为，由政府控制，此举既可以有效防止和治疗传染病，也增加了税收，稳定药品市场。熙宁九年（1076），北宋京城首次设立官药局，也称熟药所、卖药所，从药材收购、检验、管理到监督中成药的制作，都有专人负责。官药局不仅管理医药市场，还配有医生开方子治病，药价仅为民间的三分之一，大受百姓欢迎，效果非常好，这显然是惠民的大好事，政府索性将官药局改为"医药惠民局"，重点突出惠民。

几十年后，政府又将熟药所负责制药的业务剥离出来，设立两处修合药所，作为专门炮制药物的作坊，生产和经营分开。政和四年（1114），熟药所改名为医药惠民局，修合药所改为医药和剂局。惠民局管理制药和经营，和剂局根据药方配置药物。这在《宋史·职官五》中有明确记载："和剂局、惠民局，掌修合良药，出卖以济民疾。"那些丸、散、膏、丹等中成药和药酒，服用简便，携带方便，还易于保存。宋朝太医局，还根据长期的实践和经验，200年间，不断增补完善，编辑出版了《太平惠民和剂局方》，将成药方剂分为诸风、伤寒、一切气、痰饮、诸虚、痼冷、积热、泻痢、眼目疾、咽喉口齿、杂病、疮肿、伤折、妇人诸疾及小儿诸疾共14个大门类，788个方子。不少药方，现在还在发挥着作用。

2

南宋定都临安后，人口急剧增加，马可·波罗笔下的杭州，是世界上少有的人口上百万的大城市，自然，医药市场也十分火爆，开封的名医，全国各地的名医，都往临安赶，药店星罗棋布。陆游《老学庵笔记》卷八有数副药铺药名对联，颇能见一时之热闹：

> 大驾初驻跸临安，故都及四方士民商贾辐辏，又创立官府，扁榜一新。好事者取以为对曰："铃辖诸道进奏院，详定一司敕令所"，"王防御契圣眼科，陆官人遇仙风药"，"干湿脚气四斤丸，偏正头风一字散"，"三朝御裹陈忠翊，四世儒医陆太丞"，"东京石朝议女婿，乐驻泊药铺西蜀"，"费先生外甥，寇保义卦肆"，如此，凡数十联，不能尽记。

吴自牧的《梦粱录》卷十三《铺席》，对临安的有名药铺也都有详细记录，摘录一些如下：

> 猫儿桥潘节干熟药铺；坝头榜亭安抚司惠民坊熟药局；市
> 西坊南和剂惠民药局；五间楼前张家生药铺；保佑坊讷庵丹砂
> 熟药铺；中瓦子前陈直翁药铺、梁道实药铺；金子巷杨将领药
> 铺；官巷前仁爱堂熟药铺；修义坊三不欺药铺；官巷北金药白
> 楼太丞药铺；太平坊大街东南角虾蟆眼药铺，漆器墙下李官人
> 双行解毒丸；外沙皮巷口双葫芦眼药铺；太庙前陈妈妈泥面具
> 风药铺；大佛寺疳药铺、保和大师乌梅药铺；三桥街毛家生药
> 铺；石榴园张省干金马杓小儿药铺；沿桥下郭医产药铺

这些药铺，有官方的，更多是民间的，生熟分开，有综合性药
店，但大多数是专卖店，解毒丸，丹砂，眼药，疳积，小儿，产妇，
分类已经相当专业，还有连锁店，毛家生药铺就是。

3

周密担任官方的和剂药局监督官。《癸辛杂识》别集卷上有《和
剂药局》，专门作了记载：

> 和剂惠民局，当时制药有官，监造有官，监门又有官。药
> 成，分之内外，凡七十局，出售则又各有监官。皆以选人经任
> 者为之，谓之京局官，皆为异时朝士之储，悉属之太府寺。其
> 药价比之时直损三之一，每岁糜户部缗钱数十万，朝廷举以偿
> 之。祖宗初制，可谓仁矣！

然弊出百端，往往为诸吏药生盗窃，至以樟脑易片脑，台附易川附，囊橐为奸，朝廷莫之知，亦不能革也。凡一剂成，则又皆为朝士及有力者所得，所谓惠民者，元未尝分毫及民也。独暑药、腊药分赐大臣及边帅者，虽隶御药，其实剂局为之。稍精致若至宝丹、紫雪膏之类，固非人间所可办也。若夫和剂局方，乃当时精集诸家名方，凡经几名医之手，至提领以从官内臣参校，可谓精矣。然其间差讹者，亦不自少。且以牛黄清心丸一方言之，凡用药二十九味，其间药味寒热讹杂，殊不可晓。尝见一名医云："此方止是前八味至蒲黄而止，自干山药以后凡二十一味，乃补虚门中山芋丸，当时不知缘何误写在此方之后，因循不曾改正。"余因其说而考之，信然。凡此之类，必多有之，信乎误注《本草》，非细故也。

　　从笔记的前一段看，朝廷的这个决定，还是英明的，医药采购和制作，职责明确，管理严格，药价便宜，发展也迅速，七十局，可以想见，京城许多地方都有分布了，财政也有可观的收入。

　　但是，一项政策和制度出台，时间一长，留下的缝隙就会有人钻，无孔不入，自古就是这样，根据周长官深入了解，主要有以下几方面：少数直接管理者，比如管制作的，管包装的，互相勾结，直接将好药调包，这就导致一个问题，卖到民间的那些药，药的性能可想而知了，有时，说不定会出意外；其实皇上赏赐给大臣们的一些好药，大多是和剂局制作的，所以，和剂局一旦有紧俏药研究开发出来，基本上会被有权有势的瓜分了，普通百姓难以见到；和剂局的方子，都是国家集中全国名医的智力研究出来的，但有些方子，存在着大谬误，比如常用的牛黄清心丸，据考证，29味中有

21味药不对性，不知道哪个环节出了问题，而现在开方子的医生，照样按老方子开。这就是大问题了，救人的药，方子不对，往往会出人命——肯定会出人命，只是小老百姓，命如蝼蚁，药吃死了也不知道。当时有人这样讽刺官家的医药机构：惠民局其实是"惠官局"，和剂局其实是"惠吏局"，宋朝政府官员和工作人员占国家药店的便宜略见一斑。

没有更多的资料具体记载周密的日常工作，除了休息日，他每天从癸辛街出发，十几分钟的马车就到了上班的地方，从上面的笔记看，他尽心尽职，医药管理，人命关天。在他的《武林旧事》《齐东野语》《癸辛杂识》中，有许多条目，都写到了医药，这也从另一个侧面看出了他的用心。

如上面写到的暑药、腊药，《武林旧事》卷三还有《岁晚节物》补充：

> 腊日赐宰执、亲王、三衙从官、内侍省官并外阃（kǔn）、前宰执等腊药，系和剂局方造进及御药院特旨制造，银合各一百两，以至五十两、三十两各有差。伏日赐暑药亦同……医家亦多合药剂，侑以虎头丹、八神、屠苏，贮以绛囊，馈遗大家，谓之"腊药"。

初伏那一天，腊月初八，皇帝赐药，这只是一种象征而已，暑药多去火清心，腊药多滋补身体，中国人历来的养生习惯，药食同源。

再例举两则：

眼药。《武林旧事》卷二有《立春》："驾临幸，内官皆用五色丝彩杖鞭牛。御药院例取牛睛以充眼药，余属直阁婆掌管。"眼病是今天的常见病，古代同样是，近视眼，老花眼，散光，白内障，现今一副眼镜、一次手术即可轻松解决，古人只有老眼昏花，用药只是缓和而已，但宋时已经有专门的眼药铺出现了。《梦粱录》中，街市上眼药普遍有售，《武林旧事》卷十的《官本杂剧段数》可以读出，宋代的杂剧杂而火，几百种题材，甚至出现了以"眼药酸"为内容的杂剧：秀才下酸擂、急慢酸、眼药酸、食药酸、风流药、黄元儿、论淡、医淡、医马、调笑驴儿，等等。宋以来称秀才为穷酸，眼药酸，估计是以秀才书读多了用坏了眼为主要内容的杂剧。

驻车丸。《齐东野语》卷四有《经验方》："和父笑曰：'吾能三日已此疾。法当先以淡荠水涤疮口，挹干，次用局方驻车丸研极细，加乳香少许，干糁之，无不立效。'遂如其说用之，数日良愈。盖驻车丸本治血痢滞下，而此疮亦由气血凝注所成。"这是治痢疾的一种特效丸药，腹泻因各种各样原因引起，严重者数日之内就会死亡，而驻车丸能立即止泻。

一个内心淡定的文化人，看着自己管理的部门，救死扶伤，立竿见影，内心时不时会有一种喜悦涌上心头，特别是每有新药研发成功，或者发现数种好药材的汇报材料，他的喜悦程度一定会加倍，而这种快乐，往往会成为他坐在癸辛街书房里写作时常常闪现的灵感，他心中甚至想，这个职位要是干久了，他完全可以整理出一本类似苏东坡和沈括的《苏沈良方》那样的书来。

4

周密的和剂药局在太府寺的右边，这个地方，如今是杭州热闹的中山南路一带，靠近皇城，是御街。

1996年2月，我们的报纸报道了这么一则小考古新闻：惠民路北侧的杭州上城区文化中心基建施工时，发现了一处南宋建筑遗址，三开间房址，坐北朝南，中间房内发现深埋于地的两只大陶缸，缸内有残留白色沉淀物，现场还挖出了石碾轮、石夯，不少瓶子的碎片，因为面积不大，专家认为，这是一处南宋年间私人制作汤药的小作坊。

杭州清河坊一带，自南宋始，一直到明清到现代，都是中药制作的重地。

我爸今年88岁，血压低，血色素也低，中医说花生衣泡茶喝有好处，我去胡庆余堂买，不仅仅是买药，也是再去领略一下中国中药的标杆。江南药王，胡庆余堂，门楼上"是乃仁术"匾额为胡雪岩亲自所立。2500年前，孟子对梁惠王说的"医者，是乃仁术也"，至今听来浑厚威严，高墙深院透着一种古朴，有问诊的，有拿药的，也有不少游人，坐堂名医们大多白髯飘飘，仙风道骨，和颜悦色。1874年，徽州商人胡雪岩创办这家药铺时，遵循的就是宋代皇家药典《太平惠民和剂局方》，去粗取精，再结合临床实践，药馆制作的丸、散、膏、丹、胶、露等数百种，名动天下，这里汇聚着数千年的中医精粹，国药大厅，看着"真不二价"和"戒欺"的横匾，在这个接着南宋医脉的中药馆，你的心似乎一下子就舒畅安定下来。

5

调理慢养，疏经松脉，护佑中国人几千年的中药，博大精深，

周密管理着这样伟大的事业，乐此不疲。

然而，南宋王朝随着陆秀夫抱着八岁的小皇帝在崖山那一跳而彻底湮灭，周密的心也如死灰，他只沉浸在他的文字里，他用文字承载着万般复杂的心情，文字里有阔大的乡情、友情，文字里有他曾经的辉煌故国。

肆

西湖吟社

暖风熏得游人醉，直把杭州作汴州。南宋的杭州，各项事业都发达，文人的社团组织，也如雨后笋，拔地而出，比如诗社。

景定年间（1260—1264），杨缵发起组织的西湖吟社，周密、吴文英（宁波人）、张枢（杭州人）、张炎（杭州人，张枢之子）、施岳（苏州人）、徐宇（桐庐人）、李彭老（德清人）、毛逊（衢州人）、徐理（萧山人）等都是骨干。

周密的《采绿吟》词，小序云：

> 甲子夏（1264），霞翁会吟社诸友逃暑于西湖之环碧。琴尊笔研，短葛练巾，放舟于荷深柳密间。舞影歌尘，远谢耳目。酒酣采莲叶，探题赋词。余得《塞垣春》，翁为翻谱数字，短箫按之，音极谐婉，因易今名云。

"霞翁"是杨缵的号。杨缵（1201—1267），江西鄱阳人，字嗣翁，号守斋，又号紫霞、继翁，他是周密导师级的好友，忘年交，著名词人，尤精于琴，历官太常寺太社令、司农寺卿、浙东安抚使、湖州知州。因他女儿被选为度宗淑妃，赠少师。

西湖吟社的规模不会太大，但参与者档次极高，志同道合，他们效法姜白石，仰慕晋宋间人物，追求独善其身，当暑月的骄阳烤得人喘气都困难时，这些失意于现实的文人，却在西湖深处泛舟沉醉。西湖岸边垂柳依依，湖水碧绿，成片的荷花，将西湖塞得满满的，如果船上只是会作诗词的男人们，似乎有些无聊，必须带着身材姣好会唱会跳的年轻女子。听过曼妙的曲子，喝过碧筒莲叶酒，于是，每人分一诗题，大家限时作，作完了，古琴大师们马上谱出曲子，短箫立即试吹，宫商角徵羽，12356，长吟和短唱，朗声和婉转，飞鸟似乎也要停下来，湖水似乎都要静止。

周密除笔记之外，诗词的成就最高：感怀身世和时事，咏史咏物，怀友赠友，兴观群怨。少年诗流丽钟情，春融雪荡；壮年诗典实明赡，博雅多识；晚年诗感慨激发，抑郁悲壮。他的400多首诗分别收入《草窗韵语》《弁阳诗集》《蜡屐集》三个集子中；153篇词，收录在《蘋洲渔笛谱》《草窗词》《弁阳老人词》中，时人将他和吴文英并提。

周密的词，在王国维的《人间词话》看来，失之肤浅，"虽一日做百首也得"，但似乎贬得太过了。其实，周密词兼姜夔、吴文英两家之长，词风清丽典雅，他写西湖十景的组词《木兰花慢》，就是他的成名作。写杭州西湖的诗词，苏轼、杨万里都是高手，西湖十景组词，虽然杨缵老师改了数月，我还是以为相当有读头，比如其中之一的《断桥残雪》：

觅梅花信息，拥吟袖、暮鞭寒。自放鹤人归，月香水影，诗冷孤山。等闲。泮寒睍暖，看融城、御水到人间。瓦陇竹根更好，柳边小驻游鞍。

　　琅玕。半倚云湾。孤棹晚，载诗还。是醉魂醒处，画桥第二，炱月初三。东阑。有人步玉，怪冰泥、沁湿锦鹓斑。还见晴波涨绿，谢池梦草相关。

　　我居杭州几十年，断桥残雪，只是偶尔看过几次。说实话，无论晴或雪，断桥基本上都是人，即便是阴或者雨，一样人多，许多外地男生，慕名来寻多情的"白娘子"；许多外地女子，同样也会来寻善解人意的"许仙"。不过呢，周密写雪，却不着眼于雪，就如他的诗句：谁云冰雪姿，中有春风心。踏雪寻梅途中，天寒地冻，素裹银妆，但他已经穿透厚雪，读出了春天的梅花信息。而一说起西湖边的梅花，那孤傲清高的林逋，那伴他的情鹤，一下子就在孤山活了起来。林和靖居孤山，20年都不踏进杭州城一步，他受不了城中的暖风。这一点，周密早就知道，但他有自己的表达，看他如何寻找梅花信息：

　　"泮寒睍暖"，冰融化曰泮，阳气浮动曰睍。用不了多久了，雪化春回，到那时，冰雪消融为水，流入御沟，潺潺而鸣，人间又是生机勃勃。"瓦陇竹根"为什么会"更好"？因为有雪点缀呀，看，白雪之下，什么景物都变得漂亮了。往东边的花园回程，在小园幽径之上，有莲步轻盈的姑娘在慢行，她们东一脚西一脚，轻轻嗔怪，雪消后的浅泥，溅湿了她们绣有鸾凤图案的锦鞋。"晴波涨绿"，这新绿溅溅的水中，尽含雪的魂影。

　　说到了周密的诗和词，这里顺便说一说给周密诗集《蜡屐集》

写序的邓牧。

三年前，我读完邓牧的笔记《伯牙琴》，对这位宋元之际的杭州异人，印象颇深。他比周密小了十来岁，是非常有思想的一位隐士，他在《逆旅壁记》中有这样的句子："游公卿，莫不倒屣；行乡里，莫敢不下车。"哈，意思是说，他很贫穷，但厉害的程度，世上很少有人可比，我虽不敢夸口说阅尽了古人之所著与所解，然而我游于公卿之间，谁不热烈欢迎？行于乡里之中，谁敢不下车致敬？这样性格的人，自然要做隐士，所以，他晚年长住大涤山上的洞霄宫中，与道士为伍，经常"身披褚衣，一日一食，枯坐于空屋之中，经月不出"，他为周密诗集写序，应该是50岁以前，序言也极其简洁：

> 蜡屐非履非舄，不足以忘足，而阮孚爱之；诗发乎情性，与蜡屐不类。周公谨以名其集，岂以阮孚所以忘足者而忘心于诗？物无美恶，溺于所爱，皆不得为情性之正，安得与诗同日语？然与为阮孚，犹愈于祖约畏人，况不为阮孚者乎？

这微博式的序，除去标点，总共不足百字，也没有谈到周密诗的成就，还用了一个长长的典故。蜡屐是什么东西？既不是草履，也不是布鞋，穿上它不足以让人忘足，但阮孚喜欢它。而我们说的诗，一定是发于性情，与蜡屐完全不是同一类事情。那么，周密为什么要拿来做他诗集的名呢？难道是像阮孚那样，用玩木鞋的心情来爱他的诗歌创作吗？物其实无美恶，如果溺于所爱，就不能说是好事情，只是着迷罢了，喜欢木鞋怎么能与写诗同日而语呢？然而，周密与阮孚一样，都是真性情的流露，比祖约怕人看见要高明得多，何况，周密还要超越阮孚呢？

为了更好地理解邓牧的序，还要重温阮孚喜欢木鞋这个典故。《世说新语》记载，祖约生性好材（木材），阮孚生性好屐（木拖鞋），同样都是一种世俗的牵绊，但世人不能辨别他们的高下。有人去拜访祖约，他正在料理小木块，客人到了，他来不及收拾，就将两小篓子藏在背后，并歪着身子挡着，不让人看见，唯恐人家笑话他这种低级的情趣。又有人去拜访阮孚，只见他正悠然自得地为自己的木鞋打蜡，还自叹说：我也不知道我这一生到底能穿破几双木鞋。阮孚的神色十分淡定，根本不在乎别人的眼光。于是人们看出了人品，分出了胜负。

如此看来，周密给自己的诗集取《蜡屐集》，意思就明白了，敝帚自珍，爱我所爱，不管别人说什么！

伍

《鹊华秋色图》

元贞元年（1295）十二月，癸辛街周密的府上，悄悄来了一贵客，他的忘年交，湖州老乡——著名的书画家赵孟頫来访，此时，赵刚刚从济南府同知任上卸任。主宾在浩然斋里亲切交谈，谈时事，谈艺术，而周密和赵孟頫的话题，重心就在那个"齐"字上。前面"齐人周密"已经说了，他的祖籍山东历城，齐地是他魂牵梦萦的故土，但，自他曾祖之后，他们都没有回过齐地，故乡只存在于他们的思念和文字中。

我虚构一个周密小时候家中经常出现的场景。

父亲周晋，自打周密记事起，在家中常常唠叨的话题大致有以下三个：儒家的那些经典，你一定要细读，我们是齐人，那里是儒家经典的发源地，做人做事，都要遵循儒家的优良传统；我们虽居吴，可我的心，没有一顿饭的工夫忘记齐呀，我的父亲没有忘，我不忘，你们也不能忘；国破山河碎，你一定要从小立志，为国家为理想而奋斗！从记忆角度说，从小灌注的东西，记忆特别深刻，且情景会常常不断浮现。对小周密来说，故土如山样沉重，他时时背负着；故土也如春天的种子，一直撒播在他的心田里，随时都会发芽。

周密有一个号，叫华不注山人，那是他对梦里故土的致敬。华不注山为历史名山，山名来自《诗经》，坐落在济南的东北角，山其实不高，只有200多米，但平地突起，景色壮美。周密没有亲历过华不注，但似乎熟悉那里的山山水水，思念久了，幻化成形，十分自然的事。

现在，赵孟頫来了，他是画家，以他的眼光，谈起齐地，更有声有色。赵孟頫太知道周密的齐地情结了，因此，他回乡的第一件事，就是来看老朋友。谈故乡的话题，永远是愉快和令人向往的，茶水添了又添，酒喝了一壶又一壶，最后，赵孟頫两手一拍掌，迅速作了一个决定：我为周先生画一幅齐地的山水吧。

说画就画，对久藏在心里的山水，有了灵感的催发，又有好朋友的期待，《鹊华秋色图》就呼之欲出了。

鹊华，就是鹊山和华不注山，鹊山浑圆敦厚，华不注山尖耸入云，以这两座形态完全不同的山作画的主心，遥遥相对，中间地带，再辅之以烟树村舍，芦荻舟网，红绿相间，枯润相杂，错落有致，一气呵成。赵孟頫在画中题款：

> 公谨父，齐人也。余通守齐州，罢官来归，为公谨说齐之
> 山川，独华不注最知名，见于左氏，而其状又峻峭特立，有足
> 奇者，乃为作此图，其东则鹊山也。命之曰鹊华秋色云。元贞
> 元年十有二月吴兴赵孟頫制。

画作产生原因、时间地点，记录得清清楚楚，可是，赵孟頫这画的表达，并不如此简单。

这位宋太祖的11世孙，去元政府做官，让很多人诟病。而周密这样的南宋遗民，当时在杭州就聚集了很多，他们有一个共同的特点就是：新政府，不合作；我有病，我隐居，总可以吧。尽管元朝有将人分成四等的政策，不过，他们为了笼络人心，特别是江南的士人，也算大度耐心了，只要你们愿意，我们都可以提供优惠的政策。而元仁宗在位期间，整顿朝政，实行科举，以儒治国，他看中了赵孟頫的人和才，极力相邀，态度诚恳，心中依然有志的青年赵孟頫，就接受了邀请仕元，但现实情况并不如人意，元仁宗一去世，他就托病归乡隐居。而赵孟頫对那些隐而不仕的南宋遗民，向来理解和尊重，所以，他也借这幅《鹊华秋色图》明志：我送周公谨故乡画，以慰他惦记故乡之心，也同时表达我对宋朝故国的深深怀念。

我看赵孟頫这幅《鹊华秋色图》，整个长卷，图的上半部分，都是各类题款，那大大的"鹊华秋色"四个字，就是乾隆所题。《清史稿》载，乾隆十三年（1748），乾隆去华不注山一带围猎，跃马赏秋，好不惬意，当他登上济南城的城楼时，发现远处的景色十分熟

悉，这不就是赵孟頫画过的吗？他又仔细看，发现两座山的位置不对，眼前的鹊山和华不注山，是隔着黄河相对，而画中的两山却是在同一侧，乾隆像是发现了大新闻，大怒：一个著名画家，山的方位都没弄清楚，万一发生战争，按着图打仗，那不是完全乱了吗？！烧掉烧掉！作为皇帝，乾隆的文学素养应该还算不错，但他闹出很多笑话，40000多首诗，没有一首有名，把假的《富春山居图》当宝贝一样存着，而现在，面对着赵的名画，他居然看不出写意和写实的区别，中国的山水画，写意才是最大的特点。幸好没有烧掉，但雪藏的最大好处，反而保护了《鹊华秋色图》的完整无损。

此画到底精妙在何处？还是让行家来说吧，董其昌赞："有唐之致去其纤，有北宋之雄去其犷。"那个画《富春山居图》的黄公望，有这样两句诗赞他的老师："当年曾见公挥洒，松雪斋中小学生。"松雪是赵孟頫的号，黄大痴也够谦虚的了。显然，赵的画，已经远远超越前人了。

《鹊华秋色图》，现在正安静地躺在台北故宫博物院里，我们感谢赵孟頫的同时，自然也不能忘了周密，正是因为周密浓重的思齐情结，才促生了此幅名画。

陆

宋人生活录

对周密来说，让他朝夕牵挂的故乡齐地，只是思念而已，但这种思念，抵不上亡国的痛。作为南宋遗民，他除了纵情沉醉山水、

思念流泪，所能做的，也只有将故国以往的辉煌和荣光，用他的文字记录下来，留给后人，这也算一种光复南宋吧。

周密的数部笔记，要数《武林旧事》最为厚实，这完全是一部文学版的南宋文化生活史。

《四库全书总目》评价云："湖山歌舞，靡丽纷华，著其盛，正著其所以衰。遗老故臣，恻恻兴亡之隐，实曲寄于言外，不仅作风俗记、都邑簿也。"

在我所读的几千卷历代笔记中，段成式的30卷《酉阳杂俎》和周密的10卷《武林旧事》，最为烧脑，信息量最大，也就是说，读一次远远不够，且常翻常新。这一次，我就将它当作风俗记、都邑簿式的"宋人生活录"来读，例举一些：

元正：一年的好日子，从大年初一开始。这一天的大朝会，3350人，举着黄色旌旗庆祝，皇帝的仪仗好威风，但这排场已经比北宋减少三分之一了，而宫外呢，士夫皆交相贺，细民男女皆鲜衣，往来拜节，各种层次的庆祝，街市，赏灯，烟火，家家饮宴，竟日不绝，小摊小贩，甚至允许进宫卖食品。

立春：街道上树上突然多了一些彩带小旗，满街的女人们，头上插着五色绢做的花，这就表示立春到了，皇上要去八卦田，那里已经准备好了春耕的一切，犁，牛，种子，牛身上还披着五色丝带，皇帝在牛后面扶犁，太监在前面牵着牛绳，皇帝大喊一声：开犁喽！边上的官员们都拍起手掌，这一切都只是象征，虽说皇帝是装装样子，不过，春天呢，似乎真的就要来了。

寒食：清明前三日，都城人家，皆插柳满檐，虽小坊幽曲，亦青青可爱。杭州南北两山之间，车马纷然，妇人泪妆素衣，提儿携女，村店山家，人们带着酒壶和各种罐子，不在坟前，而在野外祭奠，仪式结束，大家围坐一圈，分吃剩余的食物。古人的寒食和清明，过得比现代人潇洒，将缅怀与春游完美结合。

端午：将艾草扎成老虎的样子，或剪彩为虎，粘上艾叶，自然，菖蒲酒也要准备，可以益寿延年，葵花、榴花、栀子花，还有各色香囊，粽子绝对也是主角，艾草高悬门楣，甚至还要将诗写在白心红边的罗布上，用以辟邪，尽情地游玩吧，过了端午，炎暑马上赶到。

六月六：虽是盛夏，但时令鲜果扎堆上市了，新荔枝，奉化杨梅，秀莲、新藕、蜜筒、甜瓜、枇杷、紫菱、碧芡、金桃、蜜渍昌元梅、木瓜、金橘、冰雪爽，我数不过来，水果和冷饮太多了，人们高枕取凉，栉发快浴，在西湖的游船上，尽可以睡到日落回家。

乞巧：当七月七的月亮升起来时，家家户户的妇人女子，还有那些小女孩，皆手持荷叶，效仿摩睺罗（小泥人的样子），打开窗户，对月穿针，向天孙乞求女红之巧，嗯，女孩子们，必须熟练掌握这门手艺。仪式结束，重点节目是吃果饮酒。刚刚乞巧时，顺带也将自己未来的心愿一并诉说了，只要我心诚，万事有可能！

中秋：明月高挂，夜已深，宫廷里的音乐依然震天响，那御街上的绒线、蜜煎、香铺，东西堆得放不下，货的品质都是上等，周密这里用了一个词"歇眼"，就是让人的眼睛看得痛，看衰竭，这个词我觉得现在依然可以用，用在人们每时每刻都在看的手机上最合适，只是看多了，眼睛真有可能衰竭。这一夜，钱塘江上，还放灯，数十万盏羊皮小水灯上下浮动在江面上，灯还有一个非常好听的名字叫"一点红"，明月朗照，江两岸人头攒动，"一点红"如蚂蚁一样在江面上忙忙碌碌，荡漾着轻盈和亮丽，这是南宋的中秋夜。

八月十八：这个节日应该是浙江独有的，农历八月十六至十八的几天时间里，受太阳和月亮的引力影响，再加上钱塘江喇叭形的口子，潮水易进难退，口子越来越小，后浪赶前浪，一浪叠一浪，玉城雪岭，际天而来，大声如雷霆，震撼激射，吞天沃日，势极雄豪。气势如牛的钱塘江潮涌来时，南宋的海军也没闲着，他们乘机训练，如果此等风浪都能抗住，那么战时就不在话下了，显然，这是官方的一厢情愿，否则不会有崖山之惨烈。生在江边的人，水性就是好，大潮来临，那些"吴儿善泅者数百，皆披发文身，手持十幅大彩旗，争先鼓勇，溯迎而上，出没于鲸波万仞中，腾身百变，而旗尾略不沾湿"。这不就是一场精彩的冲浪表演赛嘛，而且难度系数极大，因为要让大旗不被沾湿。凶猛的大潮，精彩的节目，自然观众如堵，江岸上下十余里，车马将路都堵塞，人们纷纷搭起观潮帐篷，摊贩售价比平时贵好几倍。一千年后，我也去看过好几回，不过，只有涌潮，大部分时间潮头并不高，也没有表演，有一两回，请了几个外国运动员，做了表演秀，但远没有周密笔下精彩。

重九：九月九，这个节日，登高，插茱萸，大诗人王维早就安排规定了，但杭州人还互赠菊糕：以糖、肉、面粉杂糅，上缕肉丝鸭饼，缀以榴颗，标以彩旗。又以苏子微渍梅卤，杂和蔗霜、梨、橙、玉榴小颗，名曰"春兰秋菊"。道路两旁菊花怒放，新涪酒，酒上面还漂着茱萸，精致的菊糕，加上刚刚上市的炒银杏、梧桐子，重阳节就弥漫起秋天丰收的味道了。

除夕：从腊月二十四的小年夜开始，中国人就沉浸在过年的快乐中，什么烦恼事忧心事不快事统统放下，这里不说其他，只说一件宋时的民间风俗：卖懵懂。五更的时候，突然叫一声别人的名字，如果他答应了，便说"卖给你懵懂"。沿街呼卖，希望将懵懂卖掉，自己变得聪明。范成大也有诗序如此记载："分岁罢，小儿绕街呼叫云：卖汝痴，卖汝痴！世传吴人多呆，故儿辈讳之，欲贾其余，益可笑。"（《腊月村田乐府十首序》）这种风俗一直传到元朝。我不知道现在哪个地方还有这样的风俗，这个风俗看似好笑，其实包含着无限的机智，大过年的，图乐为最高目标，当那些稚气孩童在沿街欢呼叫卖时，场景一定喜人，那些大人应该十分配合。卖汝痴！卖汝痴！谁要买汝痴！我要，我要！于是围着的人群阵阵笑声传出。

宋人一年的生活录，我做了简单的列举，下面接着说一下第六卷中的市场、酒楼、歌馆、作坊、吃食、美酒，甚至还有各种类型的摊贩及艺人名录。比如吃食，八大类，235种食品：

八大类：

市食、果子、菜蔬、粥、肉鱼类、清凉饮料、糕点、点心小吃果子类：

皂儿膏　宜利少　瓜蒌煎　鲍螺　裹蜜　糖丝线　泽州饧
蜜麻酥　炒团　澄沙团子　十般糖　甘露饼　玉屑糕
爊木瓜　糖脆梅　破核儿　查条　橘红膏　荔枝膏
蜜姜豉　韵姜糖　花花糖　二色灌香藕　糖豌豆　芽豆
栗黄　乌李　酪面　蓼花　蜜弹弹　望口消　桃穰酥
重剂　蜜枣儿　天花饼　乌梅糖　玉柱糖　乳糖狮儿
薄荷蜜　琥珀蜜　饧角儿　诸色糖蜜煎

点心小吃类：

子母茧　春茧　大包子　荷叶饼　芙蓉饼　寿带龟
子母龟　欢喜　捻尖　蒯花　小蒸作　骆驼蹄　大学馒头
羊肉馒头　细馅　糖馅　豆沙馅　蜜辣馅　生馅　饭馅
酸馅　笋肉馅　麸蕈馅　枣栗馅　薄皮　蟹黄　灌浆
卧炉　鹅项　枣锢　仙桃　乳饼　菜饼　秤锤蒸饼
睡蒸饼　千层　鸡头篮儿　鹅弹　月饼　俺子　炙焦
肉油酥　烧饼　火棒　小蜜食　金花饼　市罗　蜜剂
饼馓　春饼　胡饼　韭饼　诸色夹子　诸色包子
诸色角儿　诸色果食　诸色从食

上面，仅馒头就有九种：寿带龟、子母龟、欢喜、捻尖、蒯花、小蒸作、骆驼蹄、大学馒头、羊肉馒头。寿筵上出现寿带龟、子母龟，欢乐开怀。还有欢喜，多喜庆呀，又白又圆的馒头。

235种食品，不是简单的名词，每一个词，都包含着中国人浓郁的生活史和文化流变，南宋百姓的富足、喜庆、快乐溢于名词中。现在我看这些食品，大部分应该可以开发，只是需要时间和心境。

而周密写完这些南宋的日常，"青灯永夜，时一展卷，恍然类昨日事，而一时朋游沦落，如晨星霜叶，而余亦老矣"(《武林旧事》自序)。于是，我们对他《武林旧事》中许多篇章都有庞大罗列的信息，就能理解了，他就是想还原一个真实的王朝，尽管这个王朝已经烟消，但文字可以永志，作为一个南宋遗民，他能做的，也只有这些了。

柒

尾声

一个晴朗春日的傍晚，我从体育场路218号的杭州日报社出发，骑着小红车，沿中河路一直行，右转至西湖大道，在古涌金门小站一会，面前就是西湖，西湖边的柳树，在三月的晚风中婀娜摇曳，三三两两的游人，都忙着拍西湖的晚霞。一条千米长的西湖隧道，连接起了古涌金门和古钱塘门。从涌金门往钱塘门方向，一路慢踱到东坡路，这一带的湖滨，早已经变成了步行街，街心的青石板上，隔几米就刻有一两句诗，写杭州写西湖的诗数不胜数，都是名人名诗。说实话，我并不喜欢这样的设计，诗是用来欣赏的，拿来踩踏，总感觉有些亵渎了那些美好的文字。我小心翼翼地绕开那些诗句走，东坡路的尽头，就是南北方向的长生路。

周密的好友邓牧，他的《大涤洞天记》有记：癸辛街有座杨和王的花园叫瞰碧园，茂林修竹，引来外湖的泉水，以为流觞曲水，它的西边，紧挨着周密的居所，应当在涌金门和钱塘门的相接处。

方向和地理都对，这长生路，差不多就是癸辛街了，那时，西湖还在城外，因此称西湖为"外湖"。出东坡路，我先左行，直接到长生路的起点，就在西湖边，前面就是五公园，起点处有一座小的石拱桥，下面有一条小河，河边有生动的柳树，这其实不是河，它和西湖相通，就是西湖的一处小浅湾。长生路只有700多米长，从西湖边起步，过蕲王路，过东坡路，过太平里，过菩提寺路，过孝女路，到浣纱路止，一段一段地看，一个小时，来回走了两趟。长生路两边，老建筑不多，蕲王路口，长生路55号的"湖边邨"，是大韩民国临时政府杭州旧址，这是一处上百年的建筑，近千平方。20世纪30年代，韩国临时政府的要员们，在此开会、办报，搞独立运动抗日，志在祖国光复。周密的居所，也是在这里吗？我心里说，就算是吧，周密的心中，也深深隐藏着一种光复南宋的力量，只是，他的行动都凝聚在那些磅礴有势的文字上了。

新月已经在夜空静静高挂，前边大樟树浓密的树叶间，有一道细长光映出，那是周密浩然斋里刚刚点亮的永夜青灯吗？

我心里依然认定，它就是癸辛街上的旧光！

己卷——南村的树叶

壹

三名陶

不是三件陶器，是说陶宗仪的姓，但，此姓极有可能来自陶器，西周掌管陶器制作的陶正，子孙遂以官职为姓氏。陶的发明和利用，是人类社会由旧石器时代迈向新石器时代的重要标志之一，这三陶，在中国历史上也鼎鼎有名。

按年龄大小，先说东晋名人陶侃。

司马光的《资治通鉴》里有这样一个场景：陶侃尝出游，见人持一把未熟稻，侃问："用此何为？"人云："行道所见，聊取之耳。"侃大怒诘曰："汝既不田，而戏贼人稻！"执而鞭之。是以百姓勤于农植，家给人足。

这个时候的陶侃应该是重任在身了，即便是去游玩，也关心民情，那个行人，从田里摘了一把未成熟的稻，什么情况？原来是无聊所至，这太可恶了，什么不好玩，竟然玩起了未成熟的稻谷？！自然，那行人少不得挨一顿打罚。陶侃管理下的老百姓，皆勤恳耕种，丰衣足食。

刘义庆的《世说新语》里，陶侃母亲的形象呼之欲出：陶公少时，作鱼梁吏。尝以坩（陶罐）鲊（腌鱼）饷母。母封鲊付使，反书责侃曰："汝为吏，以官物见饷，非唯不益，乃增吾忧也！"

儿子呀，你一个小小的渔官，怎么可以将公家的东西送给我呢？你是官家人，吃的官家粮，这腌鱼，原封不动送回来，你这种行为，真是让为娘担心啊！如果没有母亲良好的教育，武昌太守、荆江二州刺史这些职位，估计就与陶侃无缘了，皇帝怎么可能让一个品行不好的人去都督八州诸军事呢？

总体来说，陶侃留下了好官的名声，但离不开伟大母亲的教育。

陶侃生前只留下了数百册书籍给子孙，他的曾孙陶渊明（有争议，但他们是亲戚无疑，陶渊明外祖父娶陶侃第十个女儿），名气比他更大。五柳先生，靖节先生，不为五斗米折腰，《归去来兮辞》，《归园田居》，《杂诗》组诗，苏东坡的超级偶像，这里不多说。

第三名陶，南朝的"山中宰相"陶弘景，博物学家，文学家，道教茅山派宗师，满肚子的学问，"读书万余卷，一事不知，以为深耻"，著书达七八十种之多。看他悼好友沈约的诗，就知道他出色的文才了："我有数行泪，不落十余年，今日为君尽，并洒秋风前。"

三名陶，和陶宗仪有什么关系呢？没有关系，也有关系。

至目前为止，我还没有读到陶宗仪提供的确凿证据，来证明三陶和他的代际传承关系。陶宗仪祖籍福建长溪，先世徙居浙江永嘉的陶山。他的先祖陶榎，曾经做台州的司户参军，喜欢台州的山水，就将家迁到台州的黄岩。这黄岩陶氏，后来分为赤山、陶夏两支，陶泰和为陶夏这一支的始祖，也是陶宗仪的11世祖，他的居住地称陶阳，陶宗仪的祖父陶应雷，任职南宋太学录。

陶宗仪经常称自己是"黄岩人"或"天台人"，天台是台州的古称，天台人就是台州人，黄岩在元明清时期，均属台州府（路）

管辖。陶宗仪的陶阳，现在属于台州市路桥区峰江街道的上陶村和下陶村。所以，按现在的区域划分，陶宗仪是台州路桥人，这和刘伯温一样，以前是丽水青田人，现在是温州文成人。

自然，陶宗仪也和三陶有密切的关系，在我写的这些笔记作家中，他是第一个重视家族的名望和勋绩的，而且极其真诚。他的代表作品集《南村辍耕录》里，多次写到陶氏的谱系和世系；他移居松江的著名草堂南村，就来自陶渊明《归园田居》诗的"开荒南野际，守拙归园田""在昔闻南亩，当年竟未践"；他晚年有诗云"南村差似浣花村，惭愧山中宰相孙。独抱遗经耕垄亩，病辞束币老丘园"。而且，他的朋友们也经常以陶渊明或陶弘景后裔来称赞他，赞美他的品德如先人，赞美他的诗文如先人。

贰

天台陶九成

1

风流倜傥的青年才俊陶煜，娶了赵宋宗室之名媛赵德真，一对美好的夫妻，他们是陶宗仪的爹和娘。

而赵家看中陶爸的，不是家世，而是人品，陶家其实寒苦，陶爸自幼就颖异，自号逍奥山人，后又更号白云漫士，师从乡贤周仁荣，周老师乃国子博士，累官至集贤待制，诗文和人品皆佳，学成后，陶爸的易学理论，百家九流之学，皆有高见。怀才的陶爸，壮着胆子走天下，希望满肚子的才能为人所识所用。到京城大都逛了一圈，明珠投暗，无人识才，又当了一段时间的老师，最后还是回到家乡黄岩。这样晃荡下去肯定不行，就到兰溪做个小吏吧，总要养家糊口的。这陶爸就算一脚踏进了官场。后来升补江阴州，调松江，做杭州左录事司典史，湖州归安县典史，绍兴上虞县典史，均有善政，73岁卒于上虞典史任上。因幼子宗儒贵，赠谥承事郎。

陶妈呢？赵德真，系宋太祖子燕王德昭十世孙赵孟本之女，悉心教子，也因幼子宗儒贵，赠谥宜人。

陶宗仪对妈妈有着极深的感情。他在《南村辍耕录》卷九《陶母碑》中写道：陶侃母亲重视子女教育，为天下母亲做出了榜样，现在，我在唐朝皇浦湜的文集中，读到《陶母碑》，不觉泪数行下。想起我的母亲，她的拳拳教子之心，犹如陶母呀，感谢张翥先生为我母亲写的墓志铭中的句子，"夫家贫，劬（qú）力纺绩，以给诸子，无废学"，母亲辛勤劳苦，纺纱织布，将我们兄弟姐妹抚养成人，并使我们学有所长，想想我现在，没有很好实现母亲的遗志，真感到自责呀！

陶爸陶妈共育六位子女，宗仪为老大，他有两个弟弟，三个妹妹。

关于陶宗仪的出生时间，学界有多种说法：1312年、1316年、1320年，1322年、1329年。我比较倾向1312年，这一年是元仁宗皇庆元年，1332年8月，陶宗仪去杭州参加乡试，未中，拂衣而去，决绝得很，从此以后潜心古学。而比他大一岁的青田人刘基，科举之路却一路顺风，乡试、会试都轻松过关，陶宗仪和刘基，就在同一年的乡试考场。陶和刘，台州和温州，相隔不远，陶宗仪比刘基多活了几十年，他的《书史会要》倒记载了刘基，而我却没有看到刘基和陶有往来的文字，究其因，估计刘基一直做官，后又辅助朱元璋，两人志向不同，因此少有交集或没有交集。

2

这个场景让宗仪刻骨铭心，并痛苦一辈子。

《元史》第二〇一卷《列女传》，有这样的记载：

> 陶宗媛，台州人，儒士杜思绹妻也。归杜四载而夫亡，矢志守节。台州被兵，宗媛方居姑丧，忍死护柩，为游军所执，迫胁之。媛曰："我若畏死，岂留此耶！任汝杀我，以从姑于地下尔。"遂遇害。其妹宗婉、弟妻王淑，亦皆赴水死。

惨痛的场景，我们还原一下。以下细节，主要来自杨维桢《东维子文集》第28卷《陶氏三节传》和宋濂《宋学士文集》第13卷《题天台三节妇传后》，两位都是陶宗仪的好朋友，大名人，且元史都有记载。这一定是一个惨烈而动人的故事。

元至正十一年（1351），红巾军起义开始，此后，中国大地上，战火纷起，元王朝摇摇欲坠，朱元璋在浙东，张士诚在吴中，陈友谅在江汉，方国珍在温台，明玉珍在蜀中，陈友定在福建，一直到1368年明王朝建立，群雄要争的都是大元的江山，你打我，我灭你，张养浩的《山坡羊》词唱得没错：兴，百姓苦，亡，百姓苦。正史里面不太会有争斗的残酷记录，而各种笔记及文人们的诗中，却满纸血腥，看陶宗仪《南村辍耕录》里的记载：

天下兵甲方殷，而淮右之军嗜食人。以小儿为上，妇女次之，男子又次之。或使坐两缸间，外逼以火。或于铁架上生炙。或缚其手足，先用沸汤浇泼，却以竹帚刷去苦皮。或盛夹袋中，入巨锅活煮。或剐作事件而淹之。或男子则止断其双腿，妇女则特剜其两乳。酷毒万状，不可具言，总名曰"想肉"，以为食之而使人想之也。（卷九《想肉》）

陶宗仪不是小说家，他没有想象，完全是实写，元明有许多诗人都在诗里表达了这种吃人场景。淮右即淮西，那里正是朱元璋军队的发迹之地，他们残忍到什么程度？陶宗仪的文字浅显，不用再细细展开了，这样的文字看多了也难受。濮州有一支队伍，每次打下一地，即"掠女妇人，择白腯（tú）者，一刈，即付汤火，熬膏为攻城火药"（杨维桢《铁崖古乐府》卷六《濮州娘》诗序）。先奸后杀，还销骨制药，全无人性可言。

1357年左右，台州人方国珍起兵，元人来攻打，他抵抗又投降，反反复复。1367年，朱元璋在基本扫平东南后，自然要来台州收拾他，一场恶战混战，百姓大遭殃。

陶宗媛，陶宗仪的大妹，嫁给本乡的杜思绸，是继室，生有一女，杜中乱兵流箭而死（元史中，杜是结婚四年后病死，而宋濂说宗媛上养70岁的婆婆，下养杜前妻生的儿子，如同亲生），战乱前不久，杜的母亲也刚刚去世，这样，一个40岁的女子，逃难途中，要扶着两具棺材，自然，她的行动无法自由，于是被游军抓住，这不知道是哪一方的部队，朱元璋和方国珍两方都有可能，这个时候的战场，混乱不堪，双方都杀红了眼。当宗媛面对即将到来的侮辱时，自然义正词严：我如果担心死，老早跑得远远的了，你们快来杀我吧！宋濂说，士兵用刀割宗媛的颈部，深入二寸余，不见血，临死前，她还惦念着家人。

陶宗婉，陶宗仪的三妹，刚刚嫁给本乡的周本，一个月都不到，战火就烧到她家了，追兵紧赶，她带着婢女跑到湖边，眼看就要掉进湖中了，一士兵突然跑过来，拉着她的裙子说：你嫁给我，可以不死。宗婉看情势跑不掉，指着婢女说：你可以先娶她做妾。士兵于是先去拉婢女，宗婉乘其不备，跳入湖中而死，这一年，她只有22岁。

王淑，是陶宗仪的二弟陶宗儒的妻子，战乱发生时，她见事情紧急，抱着儿子陶长已，叮嘱傅姆（保姆）说：你将他带到他父亲那里去，我不想被兵侮辱！随即投井而死，年28。而宋濂还记叙了王淑死后比较详细的情节：游兵走后，家里人到处找不到王淑，夜里，王淑托梦给她的婢女说：我怕被辱，已经投村南边的杜氏井而死，我头上戴的簪和耳环，也一起落到了井中，你可去告诉我的先生。天亮后，大家循着找去，果然都找到了。

至亲在几日内接连惨死，那种痛，再好的文字都无法准确表达，悲愤长久郁积于陶宗仪的心中，以至于也成了他看穿大明官场的一个重要原因，这一群什么人呢！纵有才，也不愿为你们所用。

3

陶宗仪，字九成，十岁开始读《尚书》时，就能流利背诵。在《南村辍耕录》中，他写到自己两位老师的轶事，挺有趣。

第一位，钱璧。卷八有《嫁妾犹处子》：

> 先师钱先生璧，字伯全，壬申科进士。端重清慎，语不伤气。尝纳一女鬟，风姿秀雅，殊可人意。室氏劝先生私之，正色而答曰：我之所以置此者，欲以侍巾栉耳，岂有他意哉？汝乃反欲败吾德耶？即具赀嫁之，果处子也。

服侍你的女人就一定要陪睡吗？那女孩子出嫁时仍然保持贞洁之身，一个细节，完全可以看出钱老师的高洁品行。

第二位，黄溍。卷五有《角端》：

> 金华黄先生溍尝云："子将以举子经学取科第，有一赋题曰《角端》，亦曾求其事实否乎？"余曰："未也。"因记《史记·司马相如传》"兽则麒麟角端"之语，退而阅之。

黄老师果真是押题高手，1350年，江浙行省的乡试赋题，果然为《角端》。黄老师以翰林院侍讲学士兼知制诰、同修国史退休，因名气大，退休后还多次任乡试会试考官，这个题目，极有可能出自他手。不过，此时的陶宗仪早已无心科举，只专心读他的古书，写他的大著了。

而对元末科举的各种丑态，《南村辍耕录》卷二十八有《非程文》，详尽披露，兹摘录几句：

> 白头钱宰，感绨袍恋恋之情。碧眼倪中，发仓廪陈陈之粟。俞潜、徐鼎，三月初早买试官。丘民、韩明，五日前预知题目。元孚乃泉南之大贾，挥金不啻于泥沙，许征实云间之富家，纳粟犹同于瓦砾，拔颖之于陋巷，余波有自于杨明，超宋

祀于穷途，主意必资于张谊。既正榜之若此，则备选之可知。

兄弟代考，买通考试官，买卖试题，那些大贾富家，不惜重金，大肆贿赂，这样的考场，自然为陶宗仪所不齿。

从33岁开始，陶宗仪开始了代表作《南村辍耕录》的撰写，历时20年之久。这期间，他随任小官的父亲，客居嘉兴、杭州、湖州，游历浙东、浙西、松江，到处交友，一篇文章完成，文末常潇洒一署"天台陶宗仪"，哈，天台四万八千丈，你们不要对我倾！他如李太白一样，闲云中的野鹤，自由旷达。

叁

朋友圈

前面已经说到了陶宗仪的不少朋友，比如他的两位老师，这里接着重点展开一下。

大约陶爸在松江做官时，看上了都漕运万户松江人费雄的女儿费元珍，他们因为陶妈赵德真的关系，两家也算是比较近的亲戚，陶爸虽官微，但毕竟是儒生，而陶宗仪正值风华正茂年纪，未来可期。这样推测起来，万户的女儿费元珍成为陶宗仪妻子的可能性就大大地增加了，这费雄，他的岳父就是大名鼎鼎的赵孟頫，赵有三个儿子，六个女儿，费雄的夫人，是赵家千金中的老二。而陶宗仪的外祖父赵孟本，本来就是赵孟頫的从兄弟，这下算亲上加亲。

妻子是赵孟頫的外孙女，那著名的管道升就是外婆了。至正九年（1349）五月二十二日，38岁的陶宗仪正寓居杭州，这一天，他和弟弟宗傅、宗儒一起，往西湖东边走，他们要去拜访一位著名的画家老朋友——诸暨枫桥人王冕，这一次去，他就带着管道升的《悬崖朱竹图》挂轴，哈，夫人的外婆，请王画家题跋，不掉面子的。明人汪砢玉的笔记《珊瑚网》卷三十二中有以下文字记载：

> 潇洒三君子，是伊亲弟兄。所期持大节，莫负岁寒盟。赤城陶君，故家子也。余寓居西湖之东，九成时来会，谈论竟日，退有不忍舍者。其仲季皆清爽，真芝兰玉树，百十晋之王谢家也。遂题而归之。己丑岁夏五月二十二日，会稽王冕。

王冕，此时已经画名大振。一位画家，一位作家，又都是浙江人，性情相同，交流起来，真是有说不完的话，而且，和陶相比，王画家的出身更加苦寒，自然有共同话语。宗仪兄弟的这次拜访，让王画家感觉非常美好，这陶家三兄弟，真是如芝兰玉树般的高洁，无论穿着还是谈吐，都非常得体，让人感觉舒服，这种风度，甚至要比晋代的王谢世家子弟还要强百十倍。呵，王画家简直将陶家兄弟夸上了天。

明洪武三年（1370）五月，和王冕同是诸暨枫桥人的杨维桢去世。杨也是陶宗仪朋友圈里的好朋友。

王冕、杨维桢和陈洪绶，他们的故居我都去过，印象深刻。杨维桢，字廉夫，号铁崖，又号铁笛道人，晚年自号"东维子"，是元末东南地区的文坛领袖，极有个性。他读书时曾数年不下楼，做过元官明官，但性格狷直，不拘世俗，笔记里多有记载。杨维桢比陶宗仪年纪大十多岁，而且，他晚年也隐居在松江。他们是忘年交，他对陶宗仪也多有提携。除前文已经提到，杨维桢曾为陶宗仪妹妹和弟媳写过《陶氏三节传》外，我们至少还可以看到杨维桢为陶宗仪做的几件重要事情：

为陶宗仪父亲陶煜撰墓志铭。

为陶宗仪画像。

为陶宗仪的另一部笔记大作《说郛》写序。

而陶宗仪，除了诗以外，在他的《南村辍耕录》中，多次写到杨维桢。如卷23《金莲杯》，杨维桢放荡的形象呼之欲出：

杨维桢喜欢声色，宴会时，他看见那些小脚的歌伎舞女，一下就来兴致了。他将她们的小鞋子脱下，将酒杯放进鞋子里，大家轮流转圈喝，当时人们叫这种喝法为"金莲杯"。我也不喜欢杨老师的这种做法，后来，读到张邦基的《墨庄漫录》里的诗，才发现，杨老师的这种喝酒法，还是有由头的。

杨的这种喝酒法，让同为好朋友的倪瓒深恶痛绝，著名的洁癖倪甚至当场发飙，从此后，再也不和杨交往了。

王蒙，字叔明，湖州人，与黄公望、吴镇、倪瓒并称"元画四家"，他是赵孟頫的外甥，那也就是陶宗仪的妻表兄了。

元画四家中，我以为除了黄公望，王蒙应该排第二，他做过张士诚的幕府官，后来隐居临平的黄鹤山，他也自号黄鹤山樵，他其实不砍柴，他只画画。不过，朱家王朝建立后，已经晚年的他，不知怎么又出来做官了，不幸的是，他卷入了胡惟庸案，冤死在狱中。真是可惜了一管好笔墨。去年11月，我去湖州卞山，寻找叶梦得的石林山居，站在山顶，立即想起了王蒙的《青卞隐居图》，这幅画作于元至正二十六年（1366），也就是王蒙隐居的时候，它是王蒙艺术成就的顶峰之作，董其昌说他"天下第一"。我回来后，又仔细读王蒙的这幅画，为的是体验一下他隐居卞山时的那种意境，林木葱郁，层峦环抱，飞流激石，自然还有缭绕的云和雾，而在山坳草堂中，隐士盘膝而坐，他是在打坐吗？他是在思考吗？或许两者都有，这就是隐士的日常，而如此意境，我们很容易将他和画家本人相连，这和我们在《富春山居图》中看出黄公望的身影是一样的道理。

陶宗仪和这位妻表兄，关系极亲近，他们多以自己的艺术方式相唱和，王蒙多次赠画给宗仪，宗仪也数次题诗赠王蒙。《南村真逸图》，就是王蒙为宗仪绘的，张丑作的跋如此说："维时叔明与九成为中表兄弟，素善画，得外家赵文敏公遗法，而纵逸过之。……叔明每过九成隐居，动辄流连日月。遇兴酣落笔，以写所为南村者，秾郁深至，又能一扫丹青故习，有非《松峰》《听雨楼》《琴鹤轩》诸卷所可仿佛焉，真绝诣也。"（明代张丑《清河书画舫》卷十一上）

王蒙和陶宗仪的友情不一般，王蒙的艺术成就，那时候就公认了。前几年，他有幅叫《葛稚川移居图》的画，曾在香港拍出人民币四亿的天价。乙丑（1385）九月初十日，王蒙冤死狱中，陶宗仪作诗深痛哀悼：

> 人物三珠树，才华五凤楼。世称唐北苑，我谓汉南州。
> 大梦麒麟化，惊魂狴犴愁。平生衰老泪，端为故人流。
>
> （陶宗仪《南村诗集》卷二《哭王黄鹤》）

多有才华的人啊，我的好兄弟，您就这么离去，七八十岁的老人，平时已经没有眼泪，而此哀伤悲痛之泪，只为老朋友而流。

陶宗仪的朋友圈很强大，除前面提及的几个人外，与宋濂、黄公望、倪瓒、泰不华、贝琼等，都有各种交往，不一一细涉。

南村的树叶

我们从陶宗仪和杨维桢唱和的诗作中可以读出，他们的生活，还是有不小距离的：

> 移家正在小斜川，新买黄牛学种田。
> 奏赋不骑沙苑马，怀归长梦浙江船。
> 窗浮爽气青山近，书染凉阴绿树圆。
> 乐岁未教瓶有粟，全资芋栗应宾筵。
>
> （《南村诗集》卷三《次韵答杨廉夫先生》）

我刚搬来这地方不久，牛也新买，此地有山有水，有树有绿，空气新鲜，是个长久宜居之地。这是我农居生活的开始，前几天刚学会了种田，我还要开垦更多的田地，多种谷物和粟米，多种水果蔬菜，朋友们来了，开轩面场圃，把酒话桑麻。陶诗的场景，似乎一下子让我们进入了渊明先生的南山。现在，让我们将目光聚焦于他的后半生，那个让他心安身安的南村。

1

南村在什么地方呢？南村就在今天上海的松江泗泾镇。

古松江府是上海的根，文化之根，地理之根，上海古代历史的发源地。元以前的松江，要么属扬州、苏州，要么属秀州（今嘉兴），一直到元至元十五年（1278），松江府才独立，下辖上海县、华亭县。

陶宗仪的父亲陶煜，做过松江府的典史，应该说，在父亲为官期间，陶宗仪就和松江发生了联系，儿子到父亲任职的地方游玩或者居住，在古代是正常不过的事情，唐朝的段成式，前半生就随老爹任职，长期居住在成都。而且，他的夫人费元珍就是松江人，因此，陶宗仪长长的生命历程中，注定有一大半时间要在松江度过。

元至正十五年（1355）前后，中年陶宗仪迁居到刚升格不久的松江府，开始并不在南村，而是在一个叫贞溪的地方。这有他这一时期写的诗和文为证，诗为：浙右园池不多数，曹氏经营最云古。我昔避兵贞溪头，杖屦寻常造园所（《南村诗集》卷一《曹氏园池行》）。文为：至正丙申间，避地云间，每谈朝廷典故，因及此（《南村辍耕录》卷二《端本堂》）。贞溪其实是松江下属的一个镇，当时有许多文人雅士居住，费元珍的外婆管道升，就出生在那里，因此，有亲戚或者有熟人的地方，总是移民的第一选择。

不过呢，宗仪在贞溪只是短暂居住，大约一两年工夫，随后，他就迁到泗泾，淞城之北，泗水之南，诸生替他买地结庐，遂居以老。

2

陶宗仪心中一直追着陶渊明、陶弘景，当他发现，泗泾这地方，就是他梦想中的家园时，他就将居住地取名为南村草堂。陶宗仪的南村生活，许多名人笔下都有不同程度的描述，陶宗仪有个学生叫沈铉，他在《南村草堂记》中，比较详细记载了南村和陶宗仪的南村隐居生活。

泗泾这地方，只有几个小村落，但因为有了陶先生的南村草堂，名声越来越大。

"泗水水深林茂……野水纵横"（《松江府志》），百姓都以农桑为主业，田里种着大片的水稻，那些田沟和水道两旁，成片的络麻和桑树，绿意盎然，草房和瓦屋相杂，鸡声犬声相闻，古道弯弯，水流淙淙，村中古树如抱，浓荫遮蔽。农忙时，田地间人声牛声嘈杂；闲暇时，大树下，田地头，白头老翁在和孩童讲古论今。村人们频繁互相来往，你来我家喝酒，我去他家饮茶，逢过年过节，热闹场面更加。在这样的地方，陶先生的生活过得有声有色，他的生活其实比别人更踏实，因为他有许多弟子，可以让自己的思想充分释放。他还有许多的朋友，那些朋友，心性和品格都和他一样，来来往往，为我们这里增添不少风光。他不仅要身体力行劳作，还要写很多诗，作很多文，他就像他的先祖渊明先生一样，安贫乐道，品行高雅，令人尊敬。

沈同学说，他家贫穷，且年纪又小，但陶先生不嫌弃他。在南村草堂，他们一群同学，和陶先生一起，度过了非常快乐的长久时光。

清代的厉鹗，他曾经看过王蒙为陶宗仪画的《南村图》，很有感触，赋诗云：

> 陶公至正末，养素栖田园。自号小栗里，旷然脱尘樊。
> 文敏之外孙，画迹可晤言。檐端机山秀，篱下谷水源。
> 著书自抱瓮，为农常叩盆。修修疏竹里，欲往造其门。

为什么自号"小栗里"？因为陶渊明的居所叫"栗里"。这就是一个理想的所在了，不仅有南村草堂，还有了栗里，只是要谦虚一点，加个"小"字吧。虽加"小"，但对先辈的崇敬之心一点也不小。

其实，南村草堂规模未必小。南村草堂，都有哪些建筑呢？

有秋声馆。是专门诵读欧阳修的《秋声赋》的房间吗？或者，在这里，可以听秋日的虫语，蟋蟀鸣叫？

有袯襫（bóshì）所。字看着复杂，读来却颇有意思，"博士"所，像个高级研究机构呀，其实，就是专门放蓑衣的房间嘛，不是一件，是数件，厚的，薄的，冬季夏季，都要穿的。

瓮牖。这个也好理解，专门放各种各样的罐子，放茶叶，藏粮食，木窗子开得大大的，通风透气，长期保存。

朝光书室。夜幕降临，劳作了一天，但不读几页，不写几句，就是睡不好，嗯，省油灯点上，至少亮它一个时辰。而农闲时光，这间书房，就是陶宗仪的天堂，晨光初映，阳光照着墨迹未干的纸，那些字，一下子就在陶宗仪面前跃动起来。

我细看明代杜琼的《南村别墅图》长卷，这是一个更广阔的南村，里面还有不少新建筑：

闿（kǎi）杨楼。看门前挺拔的杨树吗？还是用杨树制成的屋子？

鹤台。一两只，三五只，或者更多成群，鹤们也如屋主人一样，过着散逸闲云的野日子，阔大的天地，随处都可以自由翱翔。

罗姑洞。一个传说，一个故事，或许，这里藏着主人年轻时的一段梦想，这个洞里，可以打坐，修行，整理自己杂乱的思绪。

来青轩。泗水流呀流，流进长江不回头，青鸟飞呀飞，鸟来鸟去水自流。

竹主居。这就是主屋啦，或者正堂，用粗竹做梁做柱，用竹片竹条当墙，用竹丝编椅织床，用竹梢藤蔓围成院，冬暖夏凉，会客，授徒，一切都自由得很，那厨里的菜自己端吧，酒自己去瓮脯找吧，陈酒新酒都有。来了，呵，欢迎；走了，好，不送。

明初的孙作，他在替陶宗仪《南村辍耕录》写的序言中，记载了宗仪在南村的耕读生涯：

> 余友天台陶君九成，避兵三吴间，有田一廛，家于松南。作劳之暇，每以笔墨自随，时时辍耕，休于树阴，抱膝而叹，鼓腹而歌。遇事肯綮，摘叶书之，贮一破盎，去则埋于树根，人莫测焉。如是者十载，遂累盎至十数。一日，尽发其藏，俾门人小子，萃而录之，得凡若干条，合三十卷，题曰《南村辍耕录》。上兼六经百家之旨，下及稗官小史之谈，昔之所未考，今之所未闻。

而王袆的《赠南村先生序》中，则显示出陶宗仪耕读生活的一派惬意：

有田数亩，屋数楹，种艺暇，讲授生徒，其志愉愉也。秋稼既登，天旷日晶，或跨青犍，步稳于马，纵其所之，川原上下，潦雨新霁，汀树丛翠，或跣白足，濯于清波，仰视飞鸥，载笑载歌。好事者每见之，辄图状相传，莫不慕其高致。先生自是益韬真养素，闭房著述。

这个南村草堂，良田并不多，但也足够吃了，应该还有不少地可种菜种花的。而草堂的周边，还有广阔的田野，或者大片的草地，骑牛骑马，可以纵横驰骋，关键是，还有河或者江，清波荡漾，劳作过后，将一双泥脚伸进清波中，再抬头望着天空，几只海鸟正上下翻飞，这是怎样的一种场景？画画的人见了，写诗的人见了，眼睛都睁得圆圆的，如此闲适的人和景，赶紧画，赶紧吟咏！陶宗仪不是一般的农人，他是隐居于此的高士、大儒，即便出门劳作，他也都随身带着笔墨。辍，就是停下来歇息，为什么要停下来？因为，身子虽然在劳作，脑子却依然在高速运转，眼前的某事某物，实然搅动了他大量储存的知识积累，一个观点随之成形，那赶紧停下来吧，到边上的树荫旁，摘叶书之。

3

这是什么叶呢？我极度好奇，查了不少书，问了不少人，都说没想过。台州路桥区峰江街道的南山上，陶宗仪端坐着，紧衣短袍，炯目长须，眼望前方，右手一管笔，左手握着一张宽大的树叶，这叶子还有柄，有点像夏天的扇子，积叶成篇，大家都知道，只是，什么叶，没有人知道。

去年我去西安，登大雁塔，那上面有一页唐朝的贝叶经，很珍贵。以前的僧人，有用贝叶书写经文的，世界上现存贝叶经最多的地方就是西藏，大约有60000页。贝叶是什么叶呢？有人说是菩提树叶，有人说是贝多罗树叶，但大部分人认为，就是我们常见的贝叶棕，那叶子宽大，可以做扇子，经过处理，上面可以写字，可以保存数百年。

而根据孙作的描述，陶宗仪的树叶，随意得很，并不是事先就准备好的，随时坐下来，随手摘下树叶。700多年前的松江田野，那里会长着什么树呢？一般也不外乎樟树、枫树，梧桐树应该也有，"凤凰鸣矣，于彼高岗。梧桐生矣，于彼朝阳"（《诗经·大雅·卷阿》），樟树叶显然太窄，枫叶，梧桐叶，都有可能，但都写不了几个字。

徐卫华，台州市的陶宗仪研究专家，他一直在台州的政府部门工作，老家黄岩，是陶宗仪的同乡。我和他聊陶宗仪，他说刚刚写完20万字关于《书史会要》美学成就的书。他认为，《书史会要》是陶宗仪在笔记以外的另一部重要著作，在中国书法史上具有重要价值。我问他那片树叶到底是什么树的，他说没有想过，但他强调，陶宗仪的笔记肯定有些是写在树叶上的，他说有可能是桑树。这提醒了我，南村草堂周边的田野上，桑树应该成垄成片，宽大的桑树叶子，柔软也有韧性，不容易破，写上几十个字，应该没问题，而且，干了的桑树叶，发白，可保存。

于是南村的田野上，就经常会出现一个有趣的场景：一个不那么壮实的中年人，劳动了一半，突然就停下来，他走到大树旁，有时会两手抱胸斜着腿跷着，有时会靠着树大声吼上几声，唱几句歌词，有时会摘上几张阔树叶，蹲在树旁，急速地在树叶上写着什么，写完，将树叶放在一个破陶罐里，再站起身来，四顾一下周边，确定没有什么人，然后，将陶罐密封好，在树根下埋起来。而这种普通又神秘的生活，一直持续了数十年，积满了数十个陶罐，直到有一天，他让门生将陶罐打开，细细整理成段成篇成卷。

其实，陶宗仪写《南村辍耕录》，早在隐居南村前就开始了，一直持续20多年才完成。不过，积叶成书的故事，一定发生过，也一定发生在陶宗仪隐居南村的前期。

4

台州市路桥区下陶村的陶正通，1951年生，他和陶宗仪同宗，陶宗仪为下陶村的第13代，他是第28代，他以前在村里做油漆匠，近年来，将精力都放在陶宗仪文化的弘扬推广上。几年前，他牵头负责，联合下陶村陶氏族人，集资三十几万，在陶宗仪家老屋的地基上，盖了三间房，挂牌"陶宗仪故里纪念馆"。他们也去过上海松江的泗泾，找姓陶的人。陶正通说，在泗泾街头，他碰到一位耄耋老人，问起陶宗仪的后人，老人告诉他们，抗战时期，日本飞机炸了陶氏后人居住的房子，他们就搬到上海市区去了，后来的情况也不知道。我以为，六七百年过去，陶宗仪的后人，显然不会少，只是都分散罢了。那老人说的，估计也只是宗仪后人的某一支而已。

陶正通还说了一件事，去年初，上海一位教授到他们下陶村，询问陶宗仪家谱的情况，那位教授还告诉他，陶宗仪起先不住在南村，而是在离泗泾几十里的亭林，亭林当时属于华亭县，陶爸任职松江府，买地造了屋，陶宗仪后来就居住在那里。杨维桢60岁生日的时候，朋友们在陶家举行宴会，杨在陶家院子里种下一棵罗汉松，现在，这棵罗汉松还在。陶正通还将上海教授的名字和电话告诉了我。

实在是有点好奇，我就拨通了那位上海教授的电话。

上海教授叫蒋志明，是位博士，文化学者，当过上海金山区的教育局局长，现为上海现代国际教育研究院院长。蒋教授主要研究南北朝时的著名文学家顾野王，近年也研究杨维桢、陶宗仪，他去下陶村的目的是寻找陶宗仪出生和成长地的资料。

蒋先生发我一本年代已久的《亭林镇志》，上有杨维桢、陶宗仪等人的介绍，陶宗仪条下有这么几句："元末兵乱，避乱隐居亭林（后陶宅为同善堂，今为复兴东路106号古松园），家境清寒，以教授自给。陶与杨维桢比邻而居，切磋诗文，交往甚密"。而我在网上淘到一本1986年版上海市松江县地方史志编纂委员会编的内部杂志《松江风物》，杂志说陶宗仪初居亭林的时间应该在1340年前后。我相信这个时间，因为这个时候，陶爸在此任职，陶宗仪极有可能跟着居住于此，不过，还不算隐居。

从亭林志上可知，陶家老宅，就是今天的古松园，清代顾家曾建造同善堂。

这就是说，陶宗仪隐居南村，还是后来的事，先前是住在他自己的家里。蒋志明先生认为，陶宗仪迁南村，应该是在明洪武二年（1369）。华亭县的亭林，离南村也就几十里，陶爸在州政府任职，完全有可能买地建房。而元末明初，松江一带，因为杨维桢、陶宗仪等名流的到来，文学风气日渐浓厚，蒋志明先生认为：元末，浙西出现了一批地方豪富，崇尚儒雅，延师训子，居住在松江府华亭县吕巷的"璜溪吕氏"即是其中一个代表。吕氏家族中，有"淞上田文"之称的吕良佐,曾以重金聘请杨维桢等私塾教授,并出资举办"应奎文会",以振兴日益颓废的文风。而明朝松江人何良俊的笔记《四友斋丛说》卷一六《史》中有如此佐证:"吾松不但文物之盛,可与苏州并称,虽富繁亦不减于苏。胜国(元)时……吕巷吕璜溪家,祥泽有张家,干巷又有一侯家。吕璜溪即开应奎文会者是也,走金帛聘四方能诗之士,请杨铁崖为主考,试毕,铁崖第甲乙。一时文士毕至,倾动三吴。"

"应奎文会",这"奎",是二十八星宿之一的奎星,主文章、文字、文运,这样高水准的征文大赛,就在吕良佐家里进行,一时吸引全国众多名家参与,收到700余篇文章,杨维桢是主评委,评出40余篇优秀作品。吕巷就在亭林的边上,这样的活动,陶宗仪肯定喜欢。而因为共同的志向和爱好,杨维桢和陶宗仪经常在一起聚会,合情合理。于是,在杨维桢60岁生日的时候,大家酒足饭饱后,在陶家院子里栽罗汉松纪念,寓意长寿,坚贞。

古松是历史,更是风景。从上海市区去亭林镇,50多公里,方便得很。古松园在镇子的东边,1986年建成开放,占地面积525平方米,内有曲廊、望松亭、松风草堂、假山,主角自然是古松了。这松又叫铁崖松,上海市的古树名木。面前的铁崖松,用石栏围砌,围着松转了几圈,看到古松就想到栽树人,转的过程中,杨维桢仙风道骨的形象不断浮现,虽经665年的风霜雨雪,只剩半株树干,但依然挺拔,高7.2米,胸径89厘米,胸围2.8米,树冠达4.8米,它以四季的郁郁葱葱,证明着自己和杨维桢一样,活力蓬勃。

5

虽然生活依然拮据，但陶宗仪完全沉浸在他的南村生活中，多次拒绝明朝政府聘用，一边劳作，一边授徒，一边诗文写作，继完成《南村辍耕录》后，他又完成了关于书法史方面的《书史会要》十卷，《南村诗集》四卷，笔记《说郛》一百余卷。

其实，人年纪越长，越会思念往日的时光，明洪武二十年（1387）中秋夜，已经76岁的陶宗仪，遥望南村明月，写下了《丙寅中秋》，感怀久居他乡而不得归的伤感旅羁：

> 云开天宇洁，玉露滴琪林。静对中秋月，偏伤故国心。
> 半生常作客，此夕一沾襟。弟妹书难得，穷愁老转深。

这个年纪作诗，已经没有什么形容和修饰了。天空明月皎洁，一个人静静地坐在草堂前，寒气一阵阵涌来，心也一阵阵透凉，生活依旧困苦，半生漂泊，寒夜孤月，不禁泪涌，思爹思娘，思弟妹思故乡。

我问陶正通：你们下陶村接下来还想做点什么？他告诉我，想建设一个南村书院！这个话题，议过几回，可单凭他们村，不可能筹到那么多的资金，还是要靠政府牵头。我只能回答他"嗯嗯"。

明永乐元年（1403）九月十四日，90岁的松江华亭人张文珏去世，张的孙子请已经92岁的陶宗仪写墓志铭。此后，在所有的文献中，我们均找不到陶宗仪的生平轨迹，据此推算，92岁，或者活了更久的陶宗仪、天台陶九成，留下了诸多不朽的诗书文，留下了谜一样的树叶，带着安详离世。

陶的本质是泥土，耄耋老人陶宗仪回归了大地，经过600多年的大浪淘沙，他和先祖三名陶一样，终于也成了名陶。

伍

《南村辍耕录》医学偶举

30卷的《南村辍耕录》，共有585条，是历代笔记作品中的一个重要符号。我在《笔记的笔记》卷三十六中，写过《元代马拉松》《246字官衔》《小金钗冤案》等11条。去冬今春，一个名为新冠肺炎的疫魔，将十数亿中国人折腾得够呛，我突然想到了陶宗仪笔记里的医学。宗仪笔记中的医学，事涉元代的医事制度、医学理论、医药珍闻等诸多方面，比如卷二十四《历代医师》，列举了三皇以来天师岐伯、少师、桐君等，一直到金朝的张子和、袁景安等，他们都是名医。这里择几条和疾病有关的举例。

1. 大黄救万人

丙戌冬十一月，耶律文正王从太祖下灵武，诸将争掠子女、玉帛，王独取书籍数部，大黄两驮而已。既而军中病疫，惟得大黄可愈，所活几万人。吁！廉而不贪，此固清慎者能之。若其先见之明，则有非人之所可及者。（卷二《大黄愈疾》）

这则笔记的背景，《元史》卷一百四十六《耶律楚材传》有这

样的记载："丙戌冬，从下灵武，诸将争取子女金帛，楚材独收遗书及大黄药材。既而士卒病疫，得大黄辄愈。"耶律楚材，是耶律阿保机的九世孙，他自小学儒，知识面极为广阔，后来归附蒙古人，并随成吉思汗西征。1226年，蒙古军队攻下西夏的首府灵武城，大部分将领和士兵都在抢人抢物，耶律楚材却只要书和西夏的药材大黄。而不久后的一场瘟疫，耶律楚材的大黄就发生了关键的作用，煮汤喝下，几万士兵的命保住了。

中药自古治疫病，而此次治疗新冠肺炎，中药仍然发挥着重大的作用。

2. 面孔为什么不怕冷?

> 人之四肢百骸，莫不畏寒，独面则否。医书谓："头者，诸阳之会，诸阴脉至颈及胸而还，独诸阳脉上至头。"所以然也。(卷十九《面不畏寒》)

现实中确实如此，身要穿衣，头要戴帽，手也要戴手套，而面孔，却要耐冻得多。陶宗仪这里说的，应该比较科学，但面孔也并不是不怕冷，只是更耐冻而已，如果零下几十度，面孔上还是要有口罩或者面罩，否则也一样冻坏。

3. 木乃伊

> 回回田地有年七八十岁老人，自愿舍身济众者，绝不饮食，惟澡身啖蜜。经月，便溺皆蜜。既死，国人殓以石棺，仍

满用蜜浸，镌志岁月于棺盖，瘗之。俟百年后，启封，则蜜剂也。凡人损折肢体，食匕许立愈。虽彼中亦不多得，俗曰"蜜人"，番言"木乃伊"。（卷三《木乃伊》）

这是中国木乃伊的最早记载，这位老人，因长期食用蜂蜜，连拉出来的便便都是蜜。还有，一百年后，这个蜜人身体上任何部位都能治病。这些应该不科学，不过，用蜂蜜能使东西长久保存而不坏，这不容怀疑。木乃伊这个词语足可证明文化交流的发达，在陶宗仪那个时代，中国人已经知道外国有神秘的干尸了。

4. 奇药两种

火失剌把都者（番木别），回回田地所产药也。其形如木鳖子而小，可治一百二十种证，每证有汤引。（卷七《火失剌把都》）

骨咄犀，蛇角也，其性至毒，而能解毒，盖以毒攻毒也，故曰蛊毒犀。唐书有古都国，必其地所产，今人讹为骨咄耳。（卷二十九《骨咄犀》）

番木别，就是马钱子，又叫番木鳖，种子极毒，主要含有马钱子碱和番木鳖碱等多种生物碱，用于健胃。中医学上以种子炮制后入药，性寒，味苦，有通络散结、消肿止痛之效，主治四肢麻木，瘫痪，食欲不振，痞块，痈疮肿毒，咽喉肿痛。但能治一百二十种病，显然有夸大的作用，也许陶宗仪并不懂药，也是一种道听途说。骨咄犀，亦称骨笃犀，就是蛇角，是一种解毒药，也可做工艺品，宋朝洪皓的笔记《松漠纪闻补遗》中有记载："契丹重骨咄犀，犀不大……纹如象牙，带黄色，止是作刀把，已为无价。"

我读过元人忽思慧的《饮膳正要》，作者是元代的蒙古族医学家，兼通蒙汉两种医学，这书其实是我国第一部较为系统的营养学著作，但中国自古以来药食同源，所以，全书的精华就是食物本草，他选取非矿物、无毒性之药物232种，分七大类：米谷品44种，兽品36种，禽品18种，鱼品21种，果品39种，菜品46种，物料28种，详细述其性味、功能、主治病症及副作用，虽然兽品、禽品中大多是野生动物，但果品、菜品、物料中，大都是有治病效果的各种植物，比如卷第二《服莲花》："《太清诸本草》：七月七日采莲花七分，八月八日采莲根八分，九月九日采莲子九分，阴干食之，令人不老。"莲花、莲根（藕）、莲子，均是好东西，但是否一定要选那个日子，显然有附会之说。所以，陶宗仪笔记中的奇药，特别是那些长在北方大地上的各种食草，都深深带着元代的气息。

其余如"人造眼球""怪病"之类的不再枚举。

陆

尾声

松江大学城，文汇路258号，去年新开了一家"贝叶书店"，规模不小，装修极有特色，居然还有埃斯库罗斯剧场。我猜，店名一定来源于"梵册贝叶"，贝叶传承着古老的智慧和文化，但我看了书店的介绍，没有一句提到陶宗仪的积叶成篇，不过，我想，不管设计者有没有想到陶宗仪，在松江，在陶宗仪隐居几十年的南村，这都是一种暗合。

陶宗仪的那片片树叶，织就了《南村辍耕录》，而贝叶变成书店，松江的人们，尤其是学子，他们在汲取锻造人生的另一种营养。

南村树叶之陶，陶春（使人快乐的春天），陶欣（快乐欣喜），陶煦（和乐的样子），着实让陆布衣陶然。

补记：

拙文完成后，蒋志明先生又发我徐侠先生的《陶宗仪》一文，徐先生对《南村辍耕录》孙作序言中"摘叶书之，贮一破盎，去则埋于树根"之"叶"的理解是，古代册页之页与树叶之叶形音相同，也作"葉"，此字实指一页页废簿册的纸头。初看有些新鲜，解释起来也更合理，但"摘"是什么意思，不是从树上摘吗？是选择的择吗？如果是纸的话，直接带回家不更好吗？为什么还要埋于树下？孙作的序言写于元至正丙午夏（1366年夏），陶宗仪正是精力充沛时，难道孙作也是道听途说？

一个偶然的机会，我和作家王寒聊起陶宗仪这个"叶"，她曾经长期在台州日报社工作，她肯定地说是柿叶，然后告诉我南宋陈景沂《全芳备祖》上有柿叶的记载。我于是去查这本花谱类集大成的笔记著作。陈作家对柿叶青眼相加，说它有七绝："一寿，二多阴，三无鸟巢，四无虫蠹，五霜叶可玩，六嘉实，七落叶肥大。"嗯，落叶肥大，应该可以写字。

然而，这也不能肯定，陈作家只是说了柿叶的优点而已。

不过，陶宗仪的南村之叶，尽管我没有弄清是什么叶，但我宁愿相信它来自生长力旺盛的树上，积叶成书，多么美好的传说呀！

庚卷——寓言

刘基的笔记《郁离子》，寓人寓事，深刻隽永，后世咏流传。我探刘基人生，亦如一则精彩寓言，六十五岁月短时光，深意却悠长。刘基的寓言，从武阳书院开始。

壹

武阳书院

文成县南田镇，地处浙江西南，距温州100多千米，北宋《太平寰宇记》载："天下七十二福地，南田居其一，万山深处，忽辟平畴，高旷绝尘，风景如画，桃源世外无多让焉。"道士们选择某个地方修道，有他们自己的标准，一个简单的判断就是，此地一定人迹罕至，山清水秀。南田能列仙家的七十二修行地之一，必有风景过人之处。

公元1311年农历六月十五，刘基就出生在南田山中的武阳村。彼时，这里还属于处州的青田县，1948年，由泰顺、瑞安、青田三县边区组建新县，因刘基故里之名，故以刘基的谥号"文成"命名。

己亥阳历十月二十八日晨，我刚结束瓯海的一个文学活动，瑞安市作协主席王键兄到酒店接我，我们一起去文成。山陡路窄，足足一个半小时后，我们才在文成县政府门口和慕白兄会合。慕白兄是文成文联主席，他喊上文成作家周玉潭、张嘉丽一起陪同。我第一次到文成，这回专奔刘基而来，无心其他山水，我只看武阳书院，看刘基故居，观刘基庙，拜刘基墓。

文成县城实在不大，一河横隔中心，房子大多沿山靠树，几分钟就出了城郊，往南田方向径跑。细雨袭来，柏油路很亮，满山的雾一阵阵，如云滚来又滚去，有时车子直接钻进雾中。这雾奇呀，我到了刘基的故乡，想的自然是刘基，忽然感叹：这雾有点像刘伯温呀，神龙不见首尾。正赞叹着，慕白兄笑了：陆老师，今天的雾真是一般，文成地处深山，大部分时候都有雾，雾大的时候，那才有意思呢，你自己都找不着自己。他是诗人，写过多首诗赞过家乡的雾。文成的雾依然让我惊奇，不过，我觉得，刘伯温就应该生长在这样的地方，看得着，撩不着，似仙非仙。

一座灰砖碑坊，武阳书院就在我眼前。前方一大片开阔地，菊花开得正闹，嫩黄色的菊花，一窝窝孵在地上，茂盛绽放。溪边石道，柏木耸立，转两个小弯就到了书院。一片荷花池，书院的标配；几间屋子，陈列着刘基的一些事迹。书院实在没什么好看，主要是看地方，这一小山坳，确实是少年刘基读书的原址，这样的地方，适合读书。少年的刘基，就显现出别样的聪慧，颖悟绝群，过目成诵，14岁入处州郡庠读书前，就在武阳书院学习，那时候，他已经善经学，工属文，旁通天官阴符家言。

在温故轩，我看到了一幅木刻的《授经图》，深衣素巾的刘基，手抱藤杖，斜倚石床，右边一男子拱手静听，那是他的长子刘琏，左边两个稚童：刘琏的儿子刘廌、刘虎。刘基最后致仕，其实是带着一身重病回南田的，没多少时间就去世了，不过，这幅教学图，依然散发出一股浓浓的家庭温情。隋代展子虔有细密精致而臻丽的

《授经图》，刻画人物手法极其高超，而我眼前的这幅图，却只是一种装饰，人物有所改动，虽然没标出作者，我却知道，它是根据明代著名画家陈洪绶和徐易的画改编的。这个陈老莲，和王冕、杨维桢都是诸暨枫桥人，我以前写过他们，他们这幅画的全称叫《刘文成授经图》，绢本工笔淡彩，现在就藏在温州的博物馆中，原画中，长子刘琏在左，次子刘璟在右，右前少者乃长孙刘廌。

在安详的授经课中死去，正是刘基的用意，他其实是一个胸襟广阔而无欲无求的诚实人，诚意伯，就是他人生的最好写照。他生在武阳，长在武阳，最后死在武阳，一生的忙碌，半生的扶佐，终如那山中的云烟一样，飘逸过一回，随后散尽于蓝天之怀抱。

贰

元进士

刘基显然要比黄公望幸运，黄公望到了四十几岁，从监狱里出来，元廷才开始举行第一次考试，彼时的黄已经失去了博取功名的最佳机会。而19岁的刘基，正在青田的石门洞书院，信心满满地研习各类经典，为科举作最后的冲刺，在此，他写下了41篇《春秋明经》，写这一类著作应该是功底深厚的夫子们干的活，可年轻的刘伯温对《春秋》已研习多年，自己的见解正如山涧的飞瀑，无法阻挡。差不多30年前，我到过石门洞书院，崇山之中，一个极其幽静之地，杂树森森，流瀑巨响，是刘基当年师从郑复初求学的读书地。烧饼阁，洗心斋，劝善宫，养生殿，许愿林，神一样的刘伯温，大家无限崇敬。

在武阳山中积聚起强大的力量，刘基如鲲鹏展翅，一飞冲天。

公元1333年，刘基到杭州赴考，中江浙乡试第14名，次年上京会试，中第26名。南田和武阳的百姓都为之欢呼，武阳的山水养育出了一位名士，而这位名士，以后将在明朝的历史上写出不一般的历史，武阳会和青史一样留名。其实整个青田的百姓都受刘基的恩惠，《明国初事迹》载，朱元璋给足了刘基的面子，青田的赋税超级低。

元代考一个进士极难，且规定要年满25岁才准考，刘基是瞒报了两岁年龄，他考上才23岁（徐一夔《郁离子》序中说年20）。而汉人要当一个官，更难。三年后，刘基终于等到一个机会，江西瑞州路高安县的县丞，一个品级不高的小官。元朝的县衙大致上有四个职位：一把手达鲁花赤，朝廷直派，必须是蒙古人；二把手县令（县尹），下面两位是县丞、县尉，都是受县令委托，直接办事办案。

修身齐家治国平天下，儒家早已定下"士"的最高标准，许多人做官也都有自己的行为准则，比如寇准有为官箴言"但知行好事，不用问前程"，岳飞有为官箴言"文官不爱财，武将不惜死"，都令人深省。饱读诗书、心怀国家的刘基也同样如此，他有着十分完美的为官理想，尽管是个小小的职位，他依然觉得大有可为。我在《刘文成公全集》卷十一中，看到了他写下的著名的《官箴》，分上中下，长长的篇幅，包含为人处世的各个方面，这不是简单的宣言，而是他具体的行为准则。

民间流传着他处理各种案件的智慧，其实都是对他为官的称赞。

可见，他在践行自己的为官准则。《官箴·上》中，他明确提出为官的职责：代君抚绥，君禄我食，君令我施。也就是说，为官就是替君抚恤百姓，代替国家实施各项准则和法令。而做官的第一要则就是：字之以慈。"慈"就是仁政，宽严相济，他还有形象而生动的比喻：做官要像农夫培植幼苗一样，仔细呵护，做官也要像一个优秀的驾车手一样，根据路面情况，随时掌握方向。《官箴·中》里，曲尽情弊，将当时的官场丑恶百态无情剖析：我欲是求，我利是趋，官惟好货、好名、畏嫌、好惰、好猜、好威。真是忧国忧民呀，他是不会纵容这样的丑恶，自警自诫，于是有了《官箴·下》中的恒守清廉：立事惟公，烛诈惟诚。小节勿固，小慧勿行。无矜我廉，守所当为。无沽我名，以生众疑。简单说来，为官就是要有一颗真诚的心，办事公平公正公开，保持廉洁乃是分内事。

可以想见的场景是，怀有一腔民本理想的刘县丞，尽管自身已经非常尽力，客观上却让他的理想处处碰壁，上司刁难，下属吏员不配合，法度废弛，纵有天大本事，也难以有大的作为，刘基心灰意冷，罢罢罢，辞了罢，不如归南田，那里清秀的山水，可以赋诗作文，抒发郁闷的心情。不久，他从江西行省橡史任上辞官，武阳的山水张开热烈的臂膀迎接他。

接下来的差不多20年时间里，刘基到处游学，四方交友，读书著文，这期间虽又断断续续出任江浙行省儒学副提举、浙东元帅府都事、江浙行省都事、处州路总管府判等职，但时间都不长，换句话说，他早已失去信心，这样的官场无心留恋。48岁这一年，刘基又回到武阳的山中，一腔心思都化作了传世大著《郁离子》。

郁离子何意？郁，是有文采的样子，离，八卦之一，代表火，郁离两字，表达的是政治教化光明的意思。刘基用虚拟的郁离子人名，贯穿全书，有时是故事的主人公，有时是故事的评论者，读者一看就清楚，这郁离子，如《史记》的"太史公曰"，如《聊斋志异》的"异史氏曰"，其实就是作者的化身。

— 叁 —

《郁离子》

1

刘基庙后，有矮山曰华盖山，中间古道连接另一边的村落，岭间有盘谷亭。据亭碑记载，此亭原为刘基七世孙士端先生立，他著有多卷本的《盘谷先生集》。亭前数株老柏，虬枝沧桑，慕白兄说，当年刘基去京城考试，人们就相送到这里。

亭子往下，隐着大片的荷花池，虽已是十月底，但荷叶大部分还没有枯萎，只是零零落落有些败状，荷塘边上，沿山建着一条风雨长廊，廊有数里长，里面都是《郁离子》中的经典画面，文为刘基原文，画为现代新画。第一幅，就是《枸橼》，看得出建设者研读过《郁离子》，因为这一篇和《郁离子》的开篇《千里马》，都是讲人才的重要性：梁王嗜果，却独独去吴国找，而好吃的水果多得是，所以，重视人才，要拓宽视野，不能舍近求远，如"燕文公求马"，更不能以种族地域来分"千里马"。

《郁离子》188则，我至少通读过两遍。可以这么认为，其中的大部分篇章，都极具现实意味。为什么700年前的东西，现在读来

还意味犹新呢？我在去年读完的一个版本的扉页上写着这样几句读后感：开方子的刘基。他就像一个经验老到的老中医，坐在元末灰暗的时空中，为元朝各领域（政治、经济、文化、军事、民生）开出实用的方子，他知道元朝病得不轻，他读书人的天职依然想发挥一些作用。然而，汉人的方子，对蒙古人根本不适用，刘基只好带着《郁离子》这本大医书去投奔朱元璋，它成了新王朝的治国方略，对朱元璋来说，前朝的弊端，条条都是新朝的借鉴，千万不要重蹈覆辙，自然，刘基也因此终成一代"名医"。

　　而在《郁离子》中，除了大量的隐喻、暗喻，确实有好几处直接开的方子。比如《乱几》："一指之寒弗燠，则及于其手足，一手足之寒弗燠，则周于其四体，气脉之相贯也，忽于微而至大……是故天下一身也，一身之肌肉腠理，血脉之所至，举不可遗也，必不得已而去则爪甲而已矣。"刘医生从小事说起：一根指头冷了不知道加以保暖，那么就可能影响到一双手或者一双脚；一双手或一双脚冷了不加以保暖的话，那么可以影响到四肢。这是因为，人体的气血经络是相通的，如果不注意细微的变化，就会造成严重的后果。自然，刘医生并不是简单地关心人身体上的小病，而是要推出相同的道理：天下就如同一个人的身体，全身的肌肉皮肤，都是由气血经络贯通的，都不可以遗弃，万不得已，顶多丢弃几片指甲罢了。

2

　　总体来说，《郁离子》内容博宏广大，比喻隐喻极其广泛，有对古代寓言的继承，更多的则是刘基从现实生活中挖掘、提炼出来的深切感悟的创新，尖锐辛辣，幽默诙谐。我摘录一些篇目，简单点评如下：

《千里马》：千里马常有而伯乐不常有，是真无良马耶？非也，郁离子献千里马遭冷遇，是因为"非冀产"，哈，这就是元政府将人分类的四分法，头等人才是千里马呢！

《戚之次且》：草虫在霜降之前冬眠，蚂蚁在降雨之前迁徙，乱世也有处世哲学，那就是，君子活在世上，只做那些可能做到的事，不做那些不可能做到的事。

《良桐》：一把好琴，太常寺的乐工有眼无珠，逼得工之侨去做假，而所有人都对假琴赞不绝口，这是什么样的世道，这难道只是琴的命运吗？

《灵丘丈人》：儿子从父亲手里接过了养蜂的甜蜜事业，然而，不满一个月，蜜蜂却整窝整窝地飞走了，不到一年，这个家完全败落，陶朱公看着这样的场景，对他的学生感叹：治理国家、管理百姓，道理和养蜂一模一样啊。

《城莒》：莒北的离公，还不如蚂蚁聪明，蚂蚁还能根据本群蚂蚁的多少来挖洞，遇有紧急情况就赶快转移，而莒北离公却盲目修建莒城，城没修完，敌人就打进来了。百姓不愿意跟着这样愚蠢的君主。

《梓棘》：梓因为身材的高大优越而嘲笑棘的无用，棘却因为长了一身的刺，却使人不敢惹它而长寿。刘基承接了庄子的无用之用，然而更进一步，君子不用你，你会暗无天日，再也享受不到阳光，不如我丑有丑的好处。

《韩垣干齐王》：韩垣向齐王献上了富国强兵的策略，却没有被采纳，韩怒气冲冲地背后批评齐王，齐王立即让人抓了韩。唉，献策之人，重在献，不要出言不逊嘛，听策之人重在听，不能小鸡肚肠嘛。

《种树喻》：松、楠、柏可以为栋梁，种之必三五十年而后成，柽、柳、朴一种就活，可是它们只能当柴烧。人才需要时间成长。

《枯荷履雪》：彼冈有桐兮，此泽有荷，叶不庇其根兮，嗟嗟奈何？那山冈上有棵桐树，这池中有许多荷花，如果叶子不能庇护根部，哀叹又有什么用呢？叶子的职能，本来就是呵护根部，原因就是它出自根部，是它的儿女，是它的精血。刘基是想说，人才的本职就是报效国家吗？

《食鲐》：鲐就是河豚，马夫的儿子吃河豚死去，马夫却不哭：他明知道会死，还要去吃，为了满足口腹之欲而轻视自己的生命，他不是我的儿子。这马夫真是一个哲学家呀，明知故犯的思想基础大致为：东西诱人，意志薄弱。

《公孙无人》：公孙无人批评柳下惠没有教育好做强盗的弟弟盗跖，弟弟崇尚武力和暴力，连孔子去劝说都差点送了命。刘基和庄子，对此事件的看法没有多大变化，议论的角度却不太一样，盗跖终究是个坏人，不可教诲，但这个社会为什么会有盗跖横行？根子就在君王和制度！

《德胜》：大德胜小德，小德胜无德；大德胜大力，小德敌大力；力生敌，德生力；力生于德，天下无敌。这种聚合之力，是在德政的感召之下自觉产生的，故必然不可战胜。杭州有德胜路，德胜新村，大约说的也是这一类意思。

《荀卿论三祥》：有人向楚王进献白乌、白八哥、木连理（不同的树干、枝干连在一起）三件宝贝，所有人都表示祝贺，唯荀况不来。荀况一通意见之后，楚王依然没有听进去，荀况于是隐居，楚国从此不振，直至消亡。所谓吉祥物，乃马屁精瓦解领袖和政府之肇始。

《芈叔课最》：楚王在干部大会上表扬申地的长官芈叔，因为他征收上缴的赋税最多，孙叔敖对楚王的表扬当场笑岔了气：芈叔这是在您的鱼塘里捕鱼，这鱼本来就是大王您的，他是割您大腿上的肉来给您吃！我忽然看到，孙叔敖的眼光，一直穿过2500年的时空，直接向我们射来。

《蛇蝎》：郁离子对有人杀蛇蝎有人藏蛇蝎如此评论：那些看见就杀死的人做得对，看见却想尽办法藏起来的人做得不对。为什么有人会保护它们？主要是认为杀害生物都有罪，会得到报应，而对被杀生物的大小、善恶不加区别。为了自己不杀生，而使别人受到伤害，农夫与蛇的故事随时随地都有可能发生。

3

《郁离子》的末篇是《九难》，《九难》的末尾，有这么一段文字：

> 方今威弧绝弦，枉矢交流，旬始欃枪，降魄流精，为驱为豺，为蛟为蛇，犬失其主，化为封狼，奋爪张牙，饮血茹肉，淫淫瀰瀰，沉膏腻穷渊，积骸连太陵。无人以救之。天道几乎熄矣。而欲以富贵为乐，娱游为适，不亦悲乎？仆愿与公子讲尧禹之道，论汤武之事，宪伊吕，师周召，稽考先王之典，商度救时之政，明法度，肄礼乐，以待王者之兴。

引用的最后一句，等待新的帝王崛起，这是关键，这也是刘基在青田山中思考的最终结果。难怪，隋阳公子听了郁离子的这些话后，面带愧色，两颊发红，眼发花，舌发硬，两次下拜，极为诚恳地说：见识浅薄的我，今天听了您的高见，如同满身污垢得以一洗而净，真是痛快极了！

我发日已白，我颜日已丑。开樽聊怡情，谁能计身后？

清人法式善的笔记《陶庐杂录》卷五中，引用了刘基的这首《新春》诗，不知道具体的写作时间，但一定是在刘基扶助朱元璋之前。那么，我就有理由相信，50岁前的这段南田山中的隐居时光，他早已随遇而安，一个新年的清晨，刘基看着满院子的阳光，心情大好，不过，也有感叹，身老了，心也老了，心里虽装着天下，却又能如何呢？不如和朋友们喝酒聊天，不如教儿孙们学习经典，别去多想了，这辈子就这么过吧。他在等待王者兴，如果有王者兴的话。

果真，有朱姓王者要兴了，一颗已经埋进灰堆里的炭火，拔拉出来，遇着一堆干枯的草垛，立即熊熊燃烧。

一　肆　一

明御史

差不多50岁的时候，刘基的人生开始了大的转折。

刘基人生真正寓言的抒写，是在辅助朱元璋的数年时间里，他的神话传说，也都来自这一时期的创造。

先看神话前的刘伯温，是如何投朱元璋的。1360年，刘伯温和宋濂、章溢、叶琛四人一起到南京，宋濂在给朋友写的墓志铭中记下了当时的情景：

> 庚子之夏，皇帝遣使者奉书币起濂于金华山中，时则有若青田刘君基、丽水叶君琛、龙泉章君溢同赴召，遂出双溪，买舟溯桐江而西。忽有美丈夫戴黄冠，服白鹿皮裘，腰绾青丝绳立于江滨，揖刘君而笑，且以语侵之。刘君亟延入舟中，叶、章二君竟来欢谑，各取冠服服之，竟欲载上黟川。丈夫觉之，乃止。（《宋文宪公全集》卷二四《故诗人徐方舟墓志铭》）

对宋濂来说，此次投朱元璋，是他的明智选择，他没有任何思想压力，而对刘基来说，却处于一种矛盾中，他是元进士，又做过元朝多年的官，虽是小官，但投奔另一个政权，却是读书人不齿的"变节"行为。叶琛呢，也做过元官。章溢，虽然拒绝做元官，却同朱的部队打过仗。所以，当他们一行四人坐船行到桐庐富春江江面时，有个美男子、诗人在码头出现了，他似乎有先见之明，他对这一行人去南京，不看好，而这四人呢，显然各怀心事。其实，刘基和美男子之前就认识，他们是心心相知的好朋友。美男子叫徐舫，桐庐人，在明朝，他是个著名的隐逸豪侠。《明史·列传第一百八十六·隐逸》记载："徐舫，字方舟，桐庐人。幼轻侠，好击剑、走马、蹴鞠。既而悔之，习科举业。已，复弃去，学为歌诗。睦故多诗人，唐有方干、徐凝、李频、施肩吾，宋有高师鲁、滕元秀，号睦州诗派，舫悉取步骤之……舫诗有《瑶林》《沧江》二集。年六十八，丙午春，卒于家。"武林高手，诗文大家，淡泊名利、韬光养晦的徐舫，自然和刘基一见如故。徐豪侠当然要笑他们这一行去投朱元璋了。不过，从刘基的《夜泊桐江驿》诗看，他还是想拉徐舫一起出山的，诗云："伯夷清节太公功，出处非邪岂必同？不是云台兴帝业，桐江无用一丝风。"徐兄呀，您隐什么隐，不要像严子陵那样躲在钓台啦，和我们一起出去建功立业吧！

　　一个比较奇怪的现象是，宋、叶、章三人很快都奔向了新岗位，只有刘基没有明确的职务，不是朱不安排，而是出于刘基内心的矛盾：我不是为官来的，我是看好你，我满肚子的才华可以为你所用，我给你做谋士吧。刘基被授予太史令时，已经是1365年7月以后的事了。

　　刘基的才体现在哪些地方呢？他拒绝高薪，也拒绝相位，只相继任太史令、御史中丞、弘文馆学士，并首任考试官，怀"救时之政"的抱负，为朱明王朝制定了系列典章制度，这极其重要，如果没有良好的运作框架，王朝就不可能久长：勘定建设明皇城，制定《戊申大统历》；草创《大明律》，奏立军卫法，加强军队制度建设；复兴科举，辅弼明王朝人才培养和选拔；制定礼制、朝服制度等，为有明一代近300年历史打下坚实基础。嘉靖和万历爷孙俩，都是几十年不上朝，但政府照样运转，这恐怕与明初国家制度体系息息相关。

　　谋士，或者军师刘基刘伯温的传奇故事，还是一篓一篓出现了。

　　"西湖望云"，这个故事，为刘神化的开始：

尝游西湖，有异云起西北，光映湖水中，时鲁道原、宇文公谅诸同游者皆以为庆云，将分韵赋诗，公独纵饮不顾，乃大言曰：此天子气也，应在金陵，十年后有王者起其下，我当辅之。时杭城犹全盛，诸老大骇，以为狂，且曰：欲累我族灭乎？悉去之。公独呼门人沈与京置酒亭上，放歌极醉而罢。时无能知者，惟西蜀赵天泽知公才器，以为诸葛孔明之流。（黄伯生《故诚意伯刘公行状》）。

《明史·刘基传》中，有鄱阳湖大战的一段情节，甚为惊险：

太祖坐胡床督战，基待侧，忽跃起大呼，趣（cù，催促）太祖更舟。太祖仓卒徙别舸，坐未定，飞炮击旧所御舟立碎。友谅乘高见之，大喜。而太祖舟更进，汉军皆失色。

这一场80余日的大战，刘伯温的计谋作出了重要贡献。

己亥八月中旬，我去江西余干讲座，余干文联主席史俊陪我去看鄱阳湖东南岸的康山忠臣庙，这是朱元璋为鄱阳湖大战牺牲的36位将领和300多位勇士而设的纪念庙宇，36位将领的塑像，高大威猛，皆有真姓真名。一场战役，损失这么多的将领，可见战争残酷和激烈。

公元1363年，湖广霸主陈友谅，率60万水陆精兵与皖苏领袖朱元璋20万大军，在鄱阳湖康郎山狭路相逢。一时间，剑拔弩张，烽火连天，一场惊天泣地的生死鏖战——鄱阳湖之战拉开帷幕。康郎山下，地势险要，既能练兵，又便于隐蔽，刘伯温的控制湖口之计，是这场战役胜利的关键。这场中世纪晚期著名的以少胜多战役，和赤壁之战一样，青史留名。在鄱阳湖大战历史博物馆里，有形象的沙盘展示，那些楼船之类的高大战舰，都是陈友谅部队的，而那些体型小巧的各类船只，就是朱元璋部队的，大有大的好处，但笨，小也有小的灵活机动。朱元璋完胜，都是谋士们和将士们合力和奋力的结果，将士们的鲜血染红了鄱阳湖的水，惨烈的战役，山河无言。

刘伯温的军事才能来自何处？

明朝都穆的笔记《都公谈纂》卷上有如此神话：

> 诚意伯刘基元末在燕京时书肆有天文书一部，久无售者，基至，手其书不置。次日往肆中，老翁扣基，昨所观则已能成诵矣，翁大惊，乃以书授之。旦为语其奥，基归，复往则翁已闭肆不知所之。

这也就是说，刘伯温得益于神人天书的帮助。凡人肉眼，不识天书，刘是神人，那书只要摸上一摸，就能感知且背下来，如现今的手机识别，扫一扫，书就变成文字了。那翁，也是神人，他怕刘伯温不全懂，为刘伯温仔细讲解完就消失。大名鼎鼎的思想家李贽，也深信刘伯温擅长术数。上面的天书说，清朝的翰林学士俞樾就认为，有可能是真的。哈哈，总要有神人帮助才行嘛。

越传越神。

清代褚人获的笔记《坚瓠集》己集卷四有《金陵殿基》，将刘伯温神化到了极点：

> 高皇帝建都金陵，命刘诚意相地，筑前湖为正殿基。基业

已植桩水中，上嫌其逼，少徙于后。诚意见之默然，上问之，对曰："如此亦好，但后不免迁都之举。"时金陵城告完，高皇帝与诚意视之曰："城高若此，谁能逾之？"诚意曰："除非燕子能飞入耳。"其意盖谓燕王也。高皇又问诚意国祚短长，诚意曰："国祚悠久，万子万孙方尽。"后泰昌万历子，天启、崇祯、弘光皆万历孙也。果符其谶。

　　神人刘伯温的厉害在于，他会算，前500年，后500年，都算得出，这不，朝廷迁都，燕王造反，明朝将结束于万历的后代子孙，这些都是明朝历史上的要事大事呀，但在刘伯温的眼里，上苍将这一切都已安排好了，他通天，通地，通人，一清二楚。

　　谁是神人的幕后推手呢？始作俑者，一定是朱皇帝，用意其实简单，他手下有太多的谋士神人，刘是其中优秀代表，他的事业是神授天定，刘伯温等人是上天派来帮助他建功立业的。而事实上，刘伯温在为朱元璋服务的15年时间里，确实谋划了不少大事妙事，言外之意是，刘伯温的神，还神得过皇帝我吗？！

　　公元1368年1月23日，这一天是农历的正月初四，朱元璋在南京大张旗鼓称帝。第二天，58岁的刘基被任命为御史中丞，朱元璋虽然在诏告中对刘基大加赞赏，但这个职务，显然并不是最重要的。不过，朱还算义气，他对刘基上封三代，一连五个诏诰，刘基祖父母、父母、妻子，男封永嘉郡公，女封永嘉郡夫人。在朝中，刘基就是个普通官员，而且，这还是个得罪人的官，朱皇帝的如意盘算是，你帮我看着那些官员，有什么问题帮我检举处置，干好了是你的职责，干不好，那么，趁机可以罢了你，甚至灭了你。

　　当然，也有些人对神一样的刘伯温看得很清楚，清代名相李光地的《榕村语录》卷十九，持这样的观点：

> 古人成功后，人便以事传会之，刘伯温何尝知明太祖起，
> 己为之佐。果知之，何苦为元用，作两截人。此等即圣人亦不
> 知，只是圣人见理精熟，几未动，必不轻应，人看来若前知耳。

圣人也不会有先知，他只是静观其变，不轻易示人，刘伯温如果有先知，为什么要做"两截人"呢？这多痛苦！而正是这些痛苦，几乎伴着刘伯温的后半生，三次受封，又三次被打发还乡，神机妙算的刘伯温，怎么也算不准朱元璋的心思，旧臣心态，受排挤，不信任，心情越来越坏，只有回到南田的山里，他隐痛的心里才会有些平静。

伍

南田山中

1

七十二洞天之一的南田，是一个能让刘基心安的地方，这是他的血地，祖地，他如花瓣般不断盛开的神思妙想，似乎在这一片山水中更灿烂。武阳村在小盘谷中，周围有五座山峰，形似五指弯曲，掌心即武阳村，掌心里是一片开阔的田地。看看刘基眼中的武阳："我昔住在南山头，连山下带清溪幽。山巅出泉宜种稻，绕屋

尽是良田畴……出门不记舍前路，颠倒扶掖迷去留。朝阳照屋且熟睡，官府亦简少所求。"这差不多就是元明时期的桃花源了。

离南田十来里地的百丈漈风景区，飞瀑，深潭，奇洞，秀湖，这一片山水，仿佛从天而来，令刘基心花怒放。百丈漈的飞瀑，堪称中华第一高瀑，从气势、高度、宽度来说，别的瀑都无可比拟。百丈漈，实际是一条V形深涧，涧长达1200米，落差高达353米，这落差形成了三折瀑布，俗称头漈、二漈、三漈，三漈高度合272米，头漈百丈高，二漈百丈深，三漈百丈宽。自然，刘基那个时候，百丈漈没有这么粗确的数字，不过，千万年的流瀑，气势肯定一样，有他的《观瀑》诗为证："悬崖峭壁使人惊，百斛长空抛水晶。六月不辞飞霜雪，三冬更有怒雷鸣。"少年刘基，中年刘基，老年刘基，只要站在瀑前，只要到二漈下的水帘洞走上一遭，一切烦事，都随着流瀑飞往九天云外，而心境，也会随着那清幽的流泉，顿时宁静下来。

2

宋代宰相富弼的后裔世居于此，为南田山中第一望族。刘基五世祖刘集迁至南田后，富、刘两家相处甚洽，互通婚姻。刘基之母、妻，均为富氏。北宋名相富弼，他和范仲淹一起力推庆历新政，二度为相，死后配享帝王庙。

最牛的外婆家和丈母娘家，自然也是刘基成长和事业的良好基础之一。

武阳村，刘基故居，门前有大片广阔的荷花塘，进得门去，一片空旷地，长满了细细的三叶草，草地上躺着几处石器，我一一细看。一个磨盘，中间是约30厘米高的斜纹圆形研盘，盘上石纹规则清晰，研盘的外围，10厘米不到的圆圈，有一如茶壶嘴一样的出口，外围有一角缺损，磨盘上有白色的斑点。一个破损石臼，三分之二缺面，有一面甚至缺到了臼底，臼底一汪浅水清亮亮。还有一个破损得极厉害的长形马槽，只有底在，已经蓄不住水了。慕白兄说，这是刘基家的老宅子，现在是复建，但刘基家的旧物，只有这三样了。

于是，我们可以充分想象出刘家的日常，仆人们赶着牲口转圈，磨着一家老小所需的米和面，那石臼，是不是清明做粿、过年打年糕时才用呢？马棚里常有一匹马备着，供主人随处访问时骑行。

刘基的曾祖刘濠，留有极其智慧的救人故事。

> 刘濠，字浚登，世居青田，仕宋翰林掌书。元初，林融起兵兴复，融战死，元遣使至境上，纠察余党，将尽杀之。乡豪挟仇投籍，使者逮无辜至万余人。濠适往谒，阅籍知状归，悲忿不能就枕。会天大雪，因孙爚计，具酒肉邀朝使饮宴至夜，沉酣翼卧小楼探袖取牍，录其巨魁二百人怀之。因积薪楼下，纵火延烧及楼，使者脱走。因出怀中二百人授之朝，使驰上。命下，止戮如濠所录，存活无虑万人。濠生廷槐，究极天文、地理、阴阳、医、卜诸书，为太学上舍。廷槐生爚，爚生基，封诚意伯。古云活千人者子孙必侯，刘之世食其报也宜哉。（明·徐象梅《两浙名贤录》卷九《独行·翰林掌书刘浚登濠》）

曾经做过南宋国家图书管理员的刘濠，宋亡后隐居南田武阳山中，乡人林融造反事败，当他看到元廷派人来严查林融党羽，不问青红皂白，听信挟私告状的人，抓了上万人时，悲愤交加，这些名单上的人，毫无疑问要死。刘濠就和孙子一起商量出这样的计谋：邀请使者来家做客，好酒好肉招待，差不多是灌醉他，然后从熟睡的使者身上取出名单，抄出其中的200个领导级人物，将这份大大删节的名单重新塞进使者怀中。如果不制造一个事件，次日清醒后的使者必定有所察觉，于是，他们将柴堆到楼下，自己烧了自己的房子，大火中，使者带着名单慌忙逃命。这样，牺牲了200人，保下了近万无辜者的性命。

从上面史料上可以读出，刘基家的房子，肯定不是老宅，他曾祖手里就烧过一回，那是为活数万人的命，智救乡亲。眼前的故居，数间木板房，呈半回字型结构，正中堂前，挂着刘基像，上有刘基格言，说的是做大事者需要的条件："夫大丈夫能左右天下者，必先能左右自己。曰：大其心容天下之物；虚其心爱天下之善；平其心论天下之事；潜其心观天下之势；定其心应天下之变。"这些话说给天下人听，其实是他自己的经验和人生总结，成大事者必能安顿好自己的内心，安顿好了，才能大心、虚心、平心、潜心、定心。在我看来，刘基的这五颗心，互为前提，互为因果，相辅相成。

故居里还有少年刘基的读书蜡像，头扎方巾，手捧书卷，目光专注，眼前一盏茶，桌边有笔墨架，简单中透出一种坚毅。他用他的五颗心，成就了他的千古名声。

3

晚年居家的刘基，虽然有诚意伯的封号，却更加定心、潜心。

《明史·刘基传》中，有一个细节，形象说明了刘基的谨慎至极：

> （基）至是还隐山中，惟饮酒弈棋，口不言功。邑令求见不得，微服为野人谒基。基方濯足，令从子引入茅舍，炊黍饭令。令告曰："某青田知县也。"基惊起称民，谢去，终不复见。

一位退休的二品大员，鼎鼎有名的刘伯温，住的是茅屋，吃的是普通黄米饭，见了知县，却惊起，他怕什么？谁知道那是不是疑心的朱皇帝派来试探的呢？！

远在京城的朱皇帝确实不放心他，三次让他回老家，三次又召他回朝，终于，洪武八年（1375）的新年之后，刘基生病了，正月末，他自知病重，乞赐归故里。朱皇帝在刘基的退休文件（《御赐归老青田诏书》）上，依然赞誉了刘基以往的功劳，同时强调他一直对刘基恩典有加，而这次的谈洋事件，按国法罪不可恕，但按特殊人才的宽大政策，"不夺其名而夺其禄"，也就是说，刘基的政治待遇还保留，经济待遇取消。四月十六日，背着朱皇帝对他的处分，刘基病死于武阳山中。

说实话，朱元璋立国后，大肆封侯，他那些亲王、郡王、世子，待遇极高，亲王的俸禄居然高达50000石，而刘基的诚意伯，经济待遇非常一般，俸禄只有区区的240石。天下是他朱家的，刘基再有本事，也只是谋士而已。

那么，这区区的俸禄为什么还要剥夺掉呢？简单说一下谈洋事件：

谈洋是个地名，在温州括苍山间，和福建交界，水陆两便，那里常有土匪出没，方国珍就在那里起事的，贩私盐什么的也很活

跃。刘基退休前，觉得那是个管理上的盲点，于是上书建议设立巡检司。退休在家的刘基，发现那里有叛乱的迹象，而管理部门隐匿不报，他就派长子刘琏上京，绕过中书省，直接汇报。这下，被反对派胡惟庸抓住把柄，他让刑部尚书告状，理由是刘基想将谈洋这地方占为墓地，老百姓不肯，他就利用设巡检司的策略，赶走百姓，而朱皇帝竟然不受理，刑部又要逮捕刘琏，而此时刘琏已经在回家的路上了，朱元璋大度地说，人都回家了，算了吧。这个时候，刘基只有立即赶往南京，自己说明情况。当然，朱皇帝肯定知道，刘基不会干这样的事。可形式上还是处分了刘基。

刘基冤呀，他和朱元璋，其实心里都清楚是怎么回事。

我在南田，听到了这件事的另一种民间传说——

朱元璋对于定都在什么地方，一直操心，他也认为，南京这地方，并不合适长期做都城，因为做过都城的朝代大多短命，他跑来跑去选地方，据说开封都去察看了好几次，甚至都要动工了，但最终定都城南京。而他派刘伯温到处寻找所谓龙脉所在地，既为自己，也防别人，湖州就是刘伯温找到的一处，这谈洋也是，他们以设立巡检司的名义，就是要将龙脉保护起来。胡惟庸等人告状，那就是说，这件事搞大了，不利于守住秘密，适当的处分，也不失刘基的面子，还有助于保住秘密。

4

如此小心谨慎，刘基会如何安排自己的后事呢？

群山环抱，我们去南田石圃山麓的夏山，拜谒刘基墓。夏山，在武阳村的南面，位于南田之西，因刘基的墓在此，这里又叫西陵村。夏山又称九龙山，左右九座小山脉依附，好像九龙抢珠，估计是懂风水的刘伯温自己的选择。据说，站在高处，隐隐能够发现有九龙的样子。

刘基墓是2001年被列为全国重点文物保护单位，一片平畴围着，整个墓园约300平方米。墓园中长着青葱的柳柏，四周为一米左右高的石砌基脚，远远望去，基脚上半部分呈黑色，下半部分连着一大片菜地，泛着白色。菜地似乎刚刚整理过，一垄一垄的，垄间堆着几袋肥料。墓园有铁门，一推就进，眼前就是刘基墓，一座两层的大土堆，由上下坟坦和墓冢组成，墓冢前有一块"明敕开国大师刘文成公墓"的旧碑，不知道立碑具体的年份，有人说是民国时期立的，这形状，倒有点像一个大书案，前方平地是铺开的大纸，正好可以书写。

中国人重生更重死，一般的名人大官死后，当权者及好友及子孙，肯定大书特书，也就是说，墓志铭和神道碑是必不可少的，要用详尽而优美的文字，对逝者作一个全面的总结，可刘基逝世80年后，他的后人才给他立祠，再过百余年后才立神道碑。黄伯生的《诚意伯刘公行状》中只有简单的一句交代：公之子琏、璟以是年六月某日葬公于其乡夏山之原。更奇怪的是，刘基的挚友宋濂，给一起去南京的章溢写了长达5000字的神道碑铭，此时还在好好地当着官呢，写个墓志铭应该可以吧，刘家兄弟难道不会去找宋伯伯（宋濂比刘基大一岁）吗？一定有隐情。

再看眼前这简陋的刘基墓，结合刘基一贯的谨慎，其实不难轻松得出结论，简单的丧事，应该是刘基自己的主意，随便找个地方吧，不要树碑了，不要建祠了，他清楚地知道，功过自有后人评说。

而我听到的民间传说是这样的：病危中的刘基看着儿子们拿过

来的墓穴建设图，有石马、石狮子、石将军等，告诉他们说，人死如灯灭，黄土中砌上一个洞就是了，你们看，"墓"这个字，上草下土，中间藏着一个人，可以承受阳光雨露，如果造石屋，怎么生草，没有青青百草，就不算墓。人不用靠墓和碑流芳百世，前代那么多的名人，他们的墓又在哪里呢？

这样的传说也合情合理，更符合刘基一生的为人为官准则，他应该懂殡葬生态学，一抔黄土，省得别人惦记。

不过，刘基的简单里却含着复杂，满肚子的心事：谈洋事件就在眼前，要是再被人弄个什么事件出来，死了都不得安生，不如就此罢。况且，我们也没有多少钱，真的葬不起！那240石俸禄，本来还算丰裕的，可现在没了。还要交代你们几件事，我再向皇帝上个遗表，你们存着，千万保密，一定要等胡惟庸败了以后才呈上；另外，我这些天文、军事、术数手稿，你们也放到石室封存好，你们也别学这些了，等我死后，交给皇帝。记住，子孙千万不要去当官了，就在这南田山中晴耕雨读安生过日子吧！

抛开惧祸、谨慎，仅这个薄葬，其实就是一种良好的品德，此后，他的子孙，也都薄葬，上草下土，简简单单。南田的刘基后裔，对他们这位祖先，每年的正月初一和六月十五要春秋两祭，虽然排场不小，但刘基墓，一如既往的简陋。

5

刘基庙还是有些气派的，高大的门头，和百丈漈一样，都是文成的著名景点。我们进庙，对着高大的刘基雕像崇敬地看了一会，就往右边走去，因为这一部分，是原来老庙的建筑，明朝的国家工程，敕建于天顺二年（1458），已经560多年了。

刘基的子孙，日子并不那么好过，长子刘琏32岁就意外去世，次子刘璟，因为不配合朱棣，也因此在狱中自杀，洪武二十三年（1390），朱皇帝曾命刘基长孙刘廌袭诚意伯封，永乐年间又停，其后百余年，刘基子孙一直做着小官。一直到明弘治十三年（1500），刘基的九世孙刘瑜，才被重新继承诚意伯的爵位，加禄至700石，刘瑜诏受处州卫指挥使。正德九年（1514），朝廷加赠刘基"太师"称号，并谥"文成"，明武宗称刘基"渡江策士无双，开国文臣第一"，这应该是刘基获得的最高荣誉了，至此，刘基的国师地位正式确立。

刘基庙有两座木牌坊，分头门、仪门、正厅，正厅为四进单檐二合院古建筑。

首先看到的是"王佐"木牌坊，高檐瓦阶，红色廊柱，"王佐"两字粗粗的拙笔，和"王佐"相对的是"帝师"木牌坊，装饰也一样。诚意伯庙前，有三根高高的旗杆，杆下的青石立板，沐风栉雨泛着白色，我们在一块石碑前伫立，这是"敕建诚意伯祠堂记"碑，明朝天顺五年（1461）辛巳十一月立，吏部左侍郎姚夔撰，礼部左侍郎邹幹书，刑部尚书陆瑜篆。一米多高的碑面黑黑的，字体不大但看得清，碑断成上下两截，且上半部右上角又有修补的断纹。诚意伯庙中，"先知先觉""万古云霄""古之名世"等各种牌匾高悬，廊柱上也有不少赞美对联，有一副甚为简洁：五百年名世，三不朽伟人。看着仪态逼真的刘基父子三人雕像，我以为，对刘基的所有赞美，都在这一副对联中了。

从这里开始，就和前面的神人刘伯温接上线了，人们心中的刘基形象，已经是个先知先觉的神仙啦。

6

刘日泽，现住文成县百丈漈镇的西段村，是刘基的第22代裔孙，二子刘璟的后人。我和他有过一次闲聊。他1948年生，原先在百丈漈做过老师，后来到南田镇政府工作，2008年退休，退休前是镇政府的办公室主任，2013年曾出版《散写刘伯温》一书。

刘日泽说，他现在的主要工作，就是推介他先祖刘伯温，镇里会经常打电话给他，某某人来了，某某团队过来了，请他去讲解一下。刘基庙、刘基故居、刘基墓、武阳书院等地，都是他经常去的地方，在武阳书院，他已经为亲子游团队《走近伯温课堂》讲过20多堂课了，文成有很多的海外华侨，每年都会有青少年夏令营回文成，去年他就为200多孩子讲了两个小时的刘伯温。

温州刘基研究会提供的资料表明，刘基后人大约有五六万，大多居住在浙南，海外也有不少。刘日泽告诉我，他家大儿子、三儿子和女儿，都居住在意大利，欧洲刘基研究会的工作也很正规，他们每年开会，还出书。他的大儿子现在是德国刘基研究会的常务副会长，他孙女现在是浙江大学大四的学生。孙女去浙大时，带走了他写刘基的书，我问，她对刘基关注吗？他笑着说，不知道呢。

你眼中的刘基是一个什么样的人呢？我问刘日泽最后一个问题。

刘日泽答：先祖刘基，官品、人品皆高，尤其廉洁，完全可以做现代官员的典范！

陆

《扯淡歌》及其他

明代李贽的笔记《山中一夕话》卷七，完整引录刘基的《扯淡歌》，我把它看成是另一种寓言。

歌比较长，先摘序言：

> 闷向窗前观《通鉴》，古今世事多参遍，兴亡成败多少人，治国功勋经百战。安邦名士计千条，北邙山下无打算。争名夺利一场空，原来都是精扯淡。

歌词比较长，我摘一些让诸位笑笑。

> 老汉闲来无事干，胡诌几句将人劝。
> 作了一篇扯淡歌，遗下留与后人看。
> 自从三皇五帝起，算来都是精扯淡。
> ……
> 扶立周朝八百年，算来也是精扯淡。
> ……
> 看了春秋这伙人，算来都是精扯淡。
> ……
> 嬴政死在沙丘城，鲍鱼混尸精扯淡。
> ……
> 看了西汉这伙人，算来都是精扯淡。

……

看了东汉这伙人，算来都是精扯淡。

……

姜维九次伐中原，算来也是精扯淡。

……

我见世间扯淡人，我也跟着去扯淡。

早晨扯淡直到晚，天明起来又扯淡。

挣的钱财过北斗，临死拿得哪一件。

冷来问我要衣穿，饥来问我要吃饭。

有人识破扯淡歌，每日拍手笑呵呵。

遇着作乐且作乐，得高歌处且高歌。

古今兴废奔波苦，一总编成扯淡歌。

　　这首扯淡歌，真是写尽了几千年的人和事，亦庄亦谐，庄谐并重，让人笑过之后掩卷沉思。有人说，这是明人假托刘伯温之名而作。我以为，要以刘伯温的才能，写这样一首歌，易如反掌，我甚至都可以模拟出他的写作环境：这次归隐，和写《郁离子》时的状态完全不一样，那时，他虽对元朝政府失望之极，依然在《郁离子》中表达了系统的政治理想，而让朱皇帝呼来唤去的刘伯温，真是一肚子的苦水倒不出，唯有后悔，但显然没有后悔药可吃，于是只好自谴。一日，闲着无事，也没什么客人，当他再一次翻完《资治通鉴》后，忽然，有许多歌词想要迸出，历史，不外功名利禄，重复又重复，整个就是扯淡呀，写个《扯淡歌》吧，让自己的神经轻松一下。

　　后人假托刘伯温之手，嘲讽时事，更有可能，这和一直流传的

《烧饼歌》一样，都是将刘伯温的先知先觉，神化到极致。

温州市刘基文化研究会常务副会长兼秘书长俞美玉，是浙江工贸职业技术学院的教授，研究刘伯温数十年，出版研究专著多部，我从她编的《刘基研究资料汇编》中找到不少有用信息。我和她就《扯淡歌》和《烧饼歌》的真伪有过一个小时的电话交流。俞教授说，她眼中的刘伯温，是位大智者，以宇宙视野考察并通晓天地人性理，提出相对系统的治世理论，虽然受时势所限，但他是个天生的悟道者。她打了这么一个比方，历史上的许多悟道者，他们悟的道，呈现的方式不一样，有的像树的根，有的像树的干，有的像树的叶，而刘伯温，却如一棵完整的参天大树，各方面都呈现，他深厚的《易经》功底，让他的各种呈现游刃有余，那些流布全国数不清的民间传说，不会无缘无故，它们都从某一个角度，形象刻画了刘伯温。俞教授显然志向满满：从全国的研究层面看，我们对刘伯温的认识还远远不够，包括他被神化的一面。

九万里悟道，天生的悟道者，我深以为然。刘基的道，就是他给世人深深启示的人生寓言。

圆点的原点，还是原点，等南田山中刘基故居前的荷花次第盛开时，我还想再去一趟刘基庙后的盘谷亭坐坐，闻一闻沧桑古木的新鲜气息，那里是刘基人生寓言最先抒写的地方。

如莲般洁白，诚意伯。

辛卷——舞台

梧桐树上的诗

幕启。

明朝天启五年（1625）正月，后金军队已经攻取了旅顺，努尔哈赤正准备迁都沈阳，改名盛京。大明王朝风雨飘摇，而此时，江苏如皋药商李如松家的后院，粗壮的梧桐树旁，一位清瘦少年，正专心地刮着树皮，三下两下，树身上就呈现出一片白来，少年随后用小刀刻上自己写的诗，刻完诗，再用毛笔将诗描黑。少年叫李仙侣，字谪凡，名和字都寄寓着取名者的巨大希望，这也是他自八岁开始，每年都要做的一个固定动作，树皮刻上诗，这就算正式发表了，自己的诗，一种学习后的思想表达。

我们现在能读到李仙侣15岁时的作品《续刻梧桐树》，诗是这样写的：

> 小时种梧桐，桐叶小于艾。簪头刻小诗，字瘦皮不坏。
> 刹那三五年，桐大字亦大。桐字已如许，人大复何怪。
> 还将感叹词，刻向前诗外。新字日相催，旧字不相待。
> 顾此新旧痕，而为悠忽戒！

诗意几近白话，但对时光的追忆和感叹，珍惜时间，时不我待，诸多意义呼之欲出。小小少年，心中萌生着一股特殊的情怀，那就是努力学习，出人头地，挣得功名，光宗耀祖。

明万历三十九年（1611）八月初七，一个炎夏的末尾，李仙侣出生在如皋一药商家里，李如松是浙江兰溪人，他和大哥李如椿一起在如皋经营中药行当，李如椿有明朝太医院医生资格，是个"冠带医"，医术精湛，大哥看病，弟弟卖药，典型的坐堂医家族，因此，他们的日子过得相当殷实。

少年李仙侣，从小就显示出他的不一般：襁褓识字，总角成篇，于诗书六艺之文虽未精穷其义，然皆浅涉一过。

抱在大人怀中就开始认字，八九岁就作诗，四书五经，对他来说，是必修课，李家，特别是知识分子李如椿，对这位聪明的侄儿，倾注了十二分的用心，这为李仙侣成为日后大名鼎鼎的李笠翁、李渔，打下了坚实的基础。

貳

山中宰相

幕转。

2019年12月28日上午，久雨初晴，我和李英从金华国贸大酒店出发，直奔兰溪市区的芥子园，陈兴兵兄在那等我们。

金华到兰溪，当年李渔至少要走半天时间，我们只用了半个小时，就到了兰阴山脚下的芥子园。陈兴兵是兰溪市作协主席，研究和寻找李渔多年，有他陪同看李渔，我们可以很好地交流。此前，我已经寻过北京的芥子园，南京的芥子园，读完几个版本的李渔传，又重读了《闲情偶寄》，我来兰溪看芥子园，看李渔夏李村的伊山别业，只是为了一种验证。

兰溪芥子园，坐落在博物馆边上，建于20世纪80年代，占地10.5亩，差不多是原芥子园的三倍。进门，迎面照壁上，"才名震世"四个大字，那是1670年，兰溪知县送给李渔的赞誉之辞。李渔回故乡，虽不说衣锦还乡，也是带着一身大名而来，知县自然尊敬有加。园内一个不大的池塘，池水清浅，池里的荷叶已经落败，成画中的那种枯枝了。有小廊桥，有太湖石，但只是池边散落着几块，微微点缀而已，并没有山的概念。还有柳树，这个季节的柳树，和我天天在运河边看到的一样，枯黄的枝条伸进池水，无精打采垂着头。

李渔的青铜像，就坐落在池边，依然清瘦，手里握卷书，眼睛朝向远方，是的，他的视野应该在远方，那里有比兰溪广阔得多的天空。池边还有一个小戏台——这必须有，在芥子园，戏台就是他的生命。他一直用脑子和心灵在书写，甚至用生命。芥子园深处右角还有座叫"佩兰亭"的小亭，亭中，一对爷孙安静地坐着读书，我们看亭名，看对联，讲李渔爱花的嗜好，兰应该是第一，水仙也是最爱，后面我会写到，有一年春节，他穷得没一文钱，只好用老婆的簪换了一盆水仙。

几个展厅里有李渔各个时期的生平资料图板、年谱、名家题词，陈兴兵如数家珍，我仔细听，大多是他整理撰写，有好多图片，都是他从汪洋大海中、从蛛丝马迹中寻得，但没有一件李渔用过的实物。

我们在"李渔书画砚"图板前站定，图片上有一方绿端石砚，背上刻有"湖上笠翁"篆书，为民间收藏，据说是李渔的遗物。陈兴兵说，2011年，杭州有位钱先生以190万的高价，拍卖收藏了李渔的一方田黄印章，《都市快报》曾经详细报道过，这印章现在估价至少上千万了。消息很翔实地记着，它是一方绝品，上面雕刻着蟹、芦苇、峰等，印章上有文字：二甲传胪、康熙一十有八岁己未春三月笠翁李渔作于湖上层园双荔西窗。钱先生这样解释印章上字的丰富寓意：两蟹与芦苇，蟹字通"甲"，芦苇谐音"入围"。印上刻有"二甲传胪"，谐音二甲入围，这是李渔希望自己的两个儿子能在童子试中顺利入围，金榜题名。

这方印章的背景是，老年李渔，带着两个儿子——李将舒、李将开，由桐庐转金华去考试，以实现他未竟的科举梦想。

从芥子园出来，我们直奔永昌街道的夏李村。

在李仙侣刚刚踏入青春的门槛时，他父亲李如松突然去世。而此时的李，刚刚娶妻生女，他必须回原籍去，他要在那里挣功名，带着一身的重负，李仙侣携妻带女，在金华和兰溪一带奔波。

崇祯八年乙亥（1635），此时的李仙侣正值青春，但考试还必须一步步来，他先参加了金华府的童子试，一试成名。主考官浙江提学副使许豸（zhì），大赞李仙侣的文章，还将他的试卷作为范文印发：我为国家选拔到了一位优秀的五经童子，李仙侣是位奇才！然而，考秀才优秀的势头没能在乡试中继续保持，四年后，已近而立之年的李仙侣在杭州的乡试中榜落孙山。后面的数年，对李仙侣来说，简直就是人生的大考验。又考试，战火纷乱没考成；母亲去世；做幕僚；朝代更替；逃难。顺治四年（1647），李仙侣回到了夏李村，李仙侣成了李渔，他要忘却功名，渔隐故乡。

家乡其实不错，他这位"识字农"，在夏李，还是大有作为的。

我们看李渔坝。

此坝由李渔亲自设计和督工建造，坝长9.7米，宽1.6米，高3米，用红条石砌筑而成，设计精致而巧妙。巧在何处？逢旱时，流水全部从左渠绕伊山而过，大片农田得到有效灌溉；逢雨季，多余的水会从弧形溢水口奔泻而出，坝底部还设有一个60厘米见方的排砂孔，坝内不会有泥沙积淤。

李渔坝虽小，却是保留得较为完整的古水利工程建筑，1981年，它被列为浙江省级文物保护单位。冬季枯水，坝底的水潭特别安静，坝体砌石湿湿的，长着不明显的青苔，兴兵兄笑着说，如果是雨季，坝上的水跌落下来，势如瀑布，声也如雷鸣，李渔坝还是夏李的一大景观呢。兴兵接着说，李渔做过三年的"祠堂总理"，这就是现如今的"村官"呀，坝就是那时修的。李渔不仅带领村民拦溪流、筑水坝、引水源，还有计划地挖堰坑、修水渠，极大地改善了夏李村的水利条件，大多数农田都能得到自流灌溉。光绪《兰溪县志》载："昔渔尝于夏李村间凿沟引水，环绕里址，至今大得其水利。"

我问兴兵：李渔做"村官"，就修了这些水利吗？兴兵回答：他做了好多事呢，我们现在就去看路边那个亭子，且停亭。

"名乎利乎道路奔波休碌碌；来者往者溪山清静且停停。"读完对联，我们走进亭内。夏李村位于交通要道上，来往行人多，而造一个供行人小憩的凉亭，在古今都是一件积德的大好事。且停亭的故事是这样的：亭造好了，出资金的财主，就想着：此亭是我造，应该取我的名字。李渔知道后，就拟了这副对联，意思很明确，那些名呀利呀实在太多太让人痛苦，不如坐下来清静地休息休息吧。

且停亭，不过就是一个亭子嘛，财主还能说什么呢，咱也不能太没有格调吧。

普通过路凉亭，因李渔赋予其深厚的文化内涵，遂名扬天下，且停亭和李渔的楹联，都被载入中国名亭的史册。

看完且停亭，我们直奔伊山别业。

夏李村的东北面，有一座叫伊山的小山，山不高，30余丈，面积也不广，不足百亩。这里有矮山有清流，如此佳处，再经过李渔的精心设计，顺治五年（1648），他心中的天堂——"伊园"落成。

现在，我们就站在伊园旁，但眼前只有一片菜地，一口不大的池塘，还有几座老坟。380多年前，这里曾是李渔的仙境，不过，仙境需要我们根据他的《伊山杂咏》充分想象。

李渔《伊园十便》的序这样描述：

> 伊园主人结庐山麓，杜门扫轨，弃世若遗。有客过而问之曰："子离群索居，静则静矣，其如取给未便何？"主人对曰："余受山水自然之利，享花鸟殷勤之奉，其便实多，未能悉数，子何云之左也！"客请其目，主人信口答之，不觉成韵。

哪十便？耕便，课农便，钓便，灌园便，汲便，浣濯便，樵便，防夜便，吟便，眺便。我从"十便"中挑选一些诗句，默想一下他的仙侣生活：

> 山田十亩傍柴关，护绿全凭水一湾。

> 山窗四面总玲珑，绿野青畴一望中。

飞瀑山厨止隔墙，竹梢一片引流长。

臧婢秋来总不闲，拾枝扫叶满林间。

抽桥断却黄昏路，山犬高眠古树根。

两扉无意对山开，不去寻诗诗自来。

有山有田有水，屋子数间，窗子外面可以看绿叶，听蛙声，墙外就是山泉飞瀑，砍几根竹子，中间剖开，打通关节，清冽的泉水就可引流到厨房。房前屋后，杂树生花，每天扫扫林子，就有烧不完的柴火。当黑夜将整个村庄笼罩时，我只要将山庄小桥前的木板抽掉，一切安全，连我家的守门狗都可以在古树下高枕无忧了。清晨，当第一缕阳光照射到大地时，我在山水的怀抱中醒来，鸟声啾啾，两手轻推窗，远山入窗来，胸中的诗意也自然溢了出来。

陈兴兵说，原来的伊园内，还构筑了燕又堂、停舸、宛转桥、宛在亭、踏响廊、打果轩、迂径、蟾影口、来泉灶等不少建筑和景点，李渔充分运用他的文艺和建筑才智，山中宰相的日子过得有声有色。

看着周围推土机来来往往，兴兵兄和我说，整个伊园，正在按照原来的规划恢复中，估计要不了多久，这里就会重现300多年前的宁静和安详。

差不多已经中年的李渔，在伊山做"宰相"优哉快乐，为什么三年后又拖儿带女离开呢？

插一幕小活剧《活虎行》。

崇祯十四年（1641），金华同知瞿萱儒，送给李渔一只壮实的小老虎，李渔专门为虎打了个围槛，像古代遣送犯人那样，将老虎关在里面，运往夏李。稀罕物来了，沿途万民争睹，半天的路程，走了三天三夜：

　　盖以途间男妇聚观如堵，皆谓虎之活者从未经见，必欲一试咆哮，观之不足，复以羔羊、乳彘竞投，观其搏食。予苦纠缠，然彼众我寡，势不能拒。且有截予前路，使不得行者。

　　不过，这活虎事件，不仅给李渔乡试失利以巨大安慰，也让他悟得一个大大的启示，那就是，做事一定要一鸣惊人，唯此，天下贵贱老幼才会知道你。于是，他借物感志，写下《活虎行》自励。
　　于是我们可以这么通俗地理解，科举可以使人一举成名，做其他事，只要用心，也可以一举成名，而在这夏李山中，想要一举成名，太难，那么，走出去吧，现在还不迟，他会写作，他的作品可以直面市场，他有这个自信！

叁

武林门外

　　镜头长移，从伊山别业到杭州。
　　顺治七年（1650）庚寅前后，不惑之年的李渔，低价卖掉了苦心经营的伊山别业，拖家带口，租住在杭州武林门外，开始了自由撰稿人的艰难写作生涯。

　　我一直在找寻李渔第一次来杭州时的住处。武林门外，是一个比较大的概念，但中心武林门，应该就是我工作单位杭州日报报业集团和武林广场这一带，它是杭州的北大门，也是杭州十大古城门中最古老的一个，隋朝就有了这个关门，五代叫北关门，南宋时称余杭门，明朝改武林门，杭州武林门码头，"武林门"三字高悬。自隋代始，武林门外就是沟通南北大运河的热闹集市，也就是说，这一带来往交通方便，又是城郊，房价便宜，对钱袋子瘪瘪的中年李渔来说，最合适不过了。报社的一些老同事，说起以前的武林门外，都说很偏僻，都是草屋；松木场一带，20世纪70年代，还有成片的农田。

　　顺治八年（1651）的元旦，这一年是辛卯年，李渔在武林门外的新家，写下了一首题为《辛卯元日》的编年诗，宣布自己新生活的开始，情景犹如在如皋家的院子里的梧桐树上刻诗一样：

　　　　又从今日始，追逐少年场。过岁诸逋缓，行春百事忘。
　　　　易衣游舞榭，借马系垂杨。肯为贫如洗，翻然失去狂。

　　人口多不怕，没房子不怕，欠债多也不怕，将它们暂时都忘却吧，向朋友借一匹马，好好去城里玩一玩，放松心情，找点灵感，写作征途路漫漫！

　　灯光聚焦一。

　　武林门外，农田边，一方清清的池塘，数间草屋就筑在塘边。周边的人们发现，最近来住的这户人家，男主人不怎么出门，常常夜深了，草屋窗子还一直映射出昏暗的油灯光。有时大白天，这位清瘦的中年人，会去运河边走走，他在柳树下痴痴地站着，看来来往往的行船，偶尔还会发出几声疲惫的咳嗽。有时，他会一个人跑到城内的剧场，泡上一壶茶，叫上两碟干果，尽情地看上一天的戏，不过，轻松看戏的日子，一定是他某个作品杀青的日子，他知道，人不能长时间绷着紧弦，体力和智力都不允许。

灯光聚焦二。

西湖边上有一个极佳的花园，叫"不系园"，由著名知识分子陈继儒题名，取自庄子"泛不系之舟，虚而遨游者也"，花园做得像船一样，一半在水里，如船停泊在水边的样子，它的主人是徽州富商汪然明。1634年10月，著名作家张岱，带着女演员朱楚生，住进了不系园。

十月的西湖，已是游人脚后跟相撞。行到花港观鱼，张大作家忽然碰上数位老朋友：南京曾波臣，东阳赵纯卿，金坛彭天锡，诸暨陈章侯（陈洪绶），杭州杨与民、陆九、罗三，女演员陈素芝。呀呀呀，真是太巧了，真是太好了，我们一起去不系园喝酒吧。这基本就是一个文艺沙龙啊，著名戏曲家，著名画家，著名作家，著名演员，这帮人碰在一起，似乎要将西湖的夜闹翻：

陈章侯为赵纯卿画古佛。

曾波臣替赵纯卿画像。

杨与民弹三弦子，说《金瓶梅》，使人绝倒。

罗三唱曲。

陆九吹箫。

彭天锡与罗三、杨与民演本腔戏，妙绝。

彭天锡与朱楚生、陈素芝演调腔戏，又是妙绝。

陈章侯唱村落小歌，张岱拿琴伴奏，像小孩子牙牙学语。

赵纯卿很难为情地对着张岱拱手：兄弟我真是一点文艺细胞也没有啊，不然，我也可以为你们喝酒助兴的。张岱笑了：唐代裴将军替吴道子舞剑，以激起他的创作灵感，陈章侯不是为你画佛吗？你今日不舞剑，更待何时啊！赵纯卿于是平地跳起，取下他30斤重的竹节鞭，像跳少数民族的舞蹈一样，很卖劲，很投入，众人大笑。

这不系园，陈继儒来过，张岱来过，张岱那一大群朋友来过，钱谦益来过，李渔自然也要来。

李渔来到不系园，也是中心人物，他满肚子的俏皮故事，他讲起故事来活灵活现，要编会编，要唱会唱，李渔迅速成为杭州文人圈里的知名作家。

画外音。

李渔在杭州十年，先后创作了传奇《怜香伴》《风筝误》《意中缘》《玉搔头》《奈何天》《蜃中楼》《比目鱼》，小说《无声戏》的初集和二集，还有小说《十二楼》《肉蒲团》，"笠翁十种曲"中的大部分作品，也基本上在杭州写成。他常常是先写小说，再编剧本，再印成书出版，一鱼三吃，这就有不少稿费收入了。另外，思维极其活跃的李渔，还编选出版《资治新书》《四六初征》等文集，用来结交各种朋友，获取不菲的银两。通俗地说，他这书好比是年选，我向你约稿，收入你的大作，然后将出版的书送上门，一来二去，朋友也交了，银子也挣了。史上传说的李渔"打秋风"就这么开始了。各种收入迭加，卖文足以糊口。

杭州也有头痛事。

名气越来越大，从杭州，一直到全中国，他迅速成为国内一线活跃作家，书也越来越好卖，出一本，畅销一本，自然，盗版就不可避免地出现了。而这对靠文字获取收入的李渔来说，是一件不能容忍的事。然而，李渔一生的写作中，维权反盗版效果一直不太明显，虽然恨得咬牙切齿却也无奈：

> 翻刻湖上笠翁之书者，六合以内，不知凡几。我耕彼食，情何以堪，誓当决一死战，布告当事，即以是集为先声。(《闲情偶寄·制度第一·笺筒》)

要不，就迁到金陵去吧，那里，有他寄寓的另一种想象。

肆

寻访芥子园

几百年前，一个男人，到了知天命的年纪，显然有些高龄了，而这时候的李渔，老婆和妾共四个，两个女儿，一个儿子，还有不少仆从，他拖着一个数十口人的大家，一脚踏进陌生的金陵，勇气和底气来自哪里？那里有更大的出版市场，自然，他也相信自己的写作实力。

幕转南京秦淮河边。

虽已是深冬，今晨零下一度，但金陵的太阳还是非常明媚和温暖。

我从城市名人酒店出发，往南京城南行，半个小时后，到达秦淮河边上的老门东。这是一个古街区，里面有各种仿古的商业形态。司机和我说，从老门东那里走过去，问一下，就可以看到芥子园了。我看看导航，还可以再走一段，这一段的路名挺有意思——箍桶巷，你听听巷名，就知道这里以前的大致形态了。

巷口停下，沿着三条营往里走，一条窄道，石板路，右边是老房子，整修得比较好的深宅大院，青砖旧瓦。我问一老太：这是芥子园吗？老太说不是，这是清代富商蒋百万的宅子，芥子园在前面，从积善里转弯走进就到了。

走过积善里，没几步，右边就是芥子园，上有门头写着"芥子园"。"须弥芥子"，以小见大，两旁的半圆柱上的对联为李渔自撰：孙楚楼边筋月地；孝侯台畔读书人。上联的"孙楚楼边"，是白门古迹，太白筋月于此；下联的"孝侯台"，是周处读书台，与芥子园相邻。

花15元钱购票，我进了芥子园。紧接着二进，门上也写着"芥子园"，又是一副对联：人仰笠翁如瞻北斗；园名芥子可纳须弥。显然，这是人们对李渔的尊重与评价。

我在"闲情偶寄"前拍了照，走进馆里看，没什么东西，都是资料，而这些资料，我早已熟悉，唯几册小开本的芥子园画谱，我看有些年份了，不过，也不过百来年的那种。转了一圈，内园里太湖石垒成的假山，吸引着我的目光，循假山而登高，有楼台亭阁，右边延伸出一座小山，山顶一亭，为园中最高点，站在那，可俯视全园。沿假山而下，有一湖，李渔坐在湖边垂钓，笠翁状，长长的鱼竿，他静静地坐着，黑黑的脸上，看不出什么表情，也许，昨天晚上他为某件小事生了气，什么书又被盗版了，哪个孩子又闹出了事。湖边就是戏台，上书"人籁天籁"，那是李渔最花心思的地方，也是他最开心的地方，这里，每每会传出李家班演员们清脆婉转的悠然唱腔——芥子园，尽是我的天地，这小舞台，就是我的大世界。

邀请朋友们来看戏，应该是芥子园的王牌节目。

看一条小记录：

"忆壬子春（康熙十一年，公元1672年），偕周栎园宪副、方楼冈学士、方邵村侍御、何省斋太史集芥子园观剧，共羡李郎贫士，何以得此异人？"这是李渔朋友吴冠五评李渔的《后断肠诗十首》提到的一次大规模的观剧活动，看这些朋友的名头，可谓冠盖云集。

在我看来，芥子园中那些粗大的太湖石，一点也不灵动，堆砌得不灵巧，或许，造山者根本没有研究过《闲情偶寄》——那里有他系统的建筑理论，将个小小的园子，填塞得太满了。

转过戏台，过"不系舟"——哎，这个建筑实在多此一举，做得像船一样，就是"不系舟"吗？我前面写过西湖边汪富商的"不系舟"，那不是李渔的独创，按李渔的性格，写作都要"不攘他人一字"（《闲情偶寄·凡例七则》），他是不会随便抄袭别人的。

笠翁钓鱼的对面，有一个小亭，里面有一块横匾，上书"天半朱霞"，为周亮工所书。周亮工是李渔好朋友，他们同为清初名家，一定有比较多而深的交往，但我没有读到他们交往的更多文字。

芥子园的湖水，有些混浊，荷花早已落败，没见游鱼，湖岸角落边的一丛芒草，却长得显眼，园子里有香橼，金黄的果子，挂满枝头，我知道，那些果子看着大，却不好吃，酸得掉牙。临湖的一排房子，当是李渔家人的住所了，上下楼，有好多间，以他当时的人口计算，必须有多间房子，才住得下。

管理人员说，这个芥子园有2000多平方米，我觉得差不多，原来就是三亩来地，实在不大，紧凑得很。

我整个感觉，这个新建的芥子园，似乎太满了些，主要是那些笨拙的假山，我想，设计人员，不太懂李渔的心思，李笠翁营造芥子园，犹如他当年在夏李村建"伊山别业"一样，可是花了不少心血的，他不会花大钱造一个让自己喘不过气来的住所。

出芥子园，我去找"周处读书台"。李渔在《寄纪伯紫》诗前小序中说："伯紫旧居去予芥子园不数武，俱在孝侯台侧。""孝侯台"，前面说了，孝侯就是西晋周处，他谥号"孝"，后又封王，故称周孝侯。

经人指点，我往剪子巷走，那人说，不远处，就可以找到"周处读书台"。出剪子巷，前面是一段金陵的古城墙，高高的，极显眼，下面一大片停车场，右转至江宁路，一路走一路问，大哥，大姐，大伯，大妈，我至少问了七八人，没一个人说得清，看着周围景也不像，立即转回，又回到剪子巷，经人指点，再转到小心桥东街，诊所前问一医生模样的人，他很确定：就在前面，转两个弯就到了，不过，他加了一句：已经没有什么东西了，只有一个破门楼和一块牌子。

小心桥东街44号，前面一片建筑，全标着"拆"字，路尽头，看到了一座黄色的寺庙，门锁着，门边有一块牌子，上书：光宅寺旧址，秦淮区老虎头44号，南京市文物保护单位。光宅寺又名慧光寺，本为梁武帝萧衍故宅，梁天监六年（507），萧衍舍宅为寺。云光法师曾于寺中讲《法华经》，北宋治平二年（1065），移建江宁牛首山境内的花岩山之中。萧梁光宅寺旧址，与周处读书台及清代著名戏剧理论家李渔的芥子园相邻，前为赤石矶，后为白鹭洲，乃人文胜地。

转回光宅寺另一边，终于发现一个小门楼，旧迹斑斑，上书

"周处读书台"，南京市人民政府，1982年立的牌子，市级文保单位。周处，字子隐，故这里又叫子隐台。一片空地前方有一座小山样的高墩，这高墩就在萧帝寺内，相传是周处当年刻苦读书的地方，有资料说，这里实际上是周处担任吴国东观左丞时的旧宅。

一位老者和我闲聊：你没事出来走走呀？我说是的是的，我刚刚从芥子园过来，随后，我和他说了一下芥子园。他就和我一起上高墩查看，上面有几间房子，都是马上要拆的样子，没见着人。我问：您一直住这吗？他说是1986年搬过来的，马上又要迁走了。站在高墩上，可以望到芥子园，李渔说和读书台相距"数武"，"武"是半步，古代六尺为步，半步为武。那个芥子园距此500米（目测直线距离），算不算"数武"？可以算吧，也可以不算。

老门东街区热闹得很，游人来来往往，我想，那个芥子园，不管是不是原址，也一定在这一带，虽然过去了几百年，芥子园上空，仍然能听到历史的回声，天籁和人籁，热闹的李渔。

伍

李家班

兰溪芥子园展览馆中，有一面小墙，薄薄扁扁的玻璃柜中，两件宽大的戏衣吸引了我，青衣和小生，色彩均艳丽，小生粉红，青衣嫩黄，领口都绣着极精致的花边。戏衣下方，一根笛子，一把京胡，一个两面小鼓，两根细鼓棒，还有一根马鞭，盯着看了许久，忽然，它们都动了起来，活了起来，它们是李渔家班不可或缺的道具，有了这些道具，李渔的戏剧舞台就开场了。

舞台的舞台，李渔戏剧人生的另一辉煌重头戏上场。

做一件事，如果能将自己的兴趣爱好和事情本身完美结合在一起，一举数得，那真是可以乐此不疲的。对李渔来说，戏班女子，既可以满足自己的声色之好，又是他到处游历打秋风的重要抓手，何乐而不为？

大幕启，聚焦。

康熙五年（1666）春天，李渔前往北京云游，他沿着大运河，一路北上，稳稳的航船，他每天都可以在路途中写作。在北京的几个月时间，他交了不少朋友，遍游京城。然后，在一些朋友的建议下，他继续往西北游去。全国著名作家李渔，这个时候的感觉是良好的，到处有人接待，走到哪里都是好吃好喝。

在山西平阳府，一朵艳丽的桃花，轻轻地落到了56岁的李渔头上。

平阳知府程质夫，是李渔的超级粉丝，他为李渔的到来，精心做了两件事：让当地剧团连轴排戏，这是李渔一部刚刚发表不久的戏，《凤求凰》；买了一个贫苦人家的女孩子，送给李渔，女孩姓乔，叫乔雪（乔去世后李渔称她乔复生，希望她复生），13岁。

一个美好的夜晚，一场盛大的宴会，在平阳府著名酒家隆重举行，主宾觥筹交错，气氛十一分热烈，不断的赞美，轮番的敬酒，大家都将酒喝到了十二分的程度，然后，程知府将打扮一新的乔姑娘送上著名人才的怀抱，欢快的锣鼓紧促响起，《凤求凰》上演，此时的李渔，满足感已经膨胀至100分以上。他仔细看着乔姑娘，你笑起来真好看，像春天的花一样。而随着剧情的不断发展，从来没有唱过戏的乔姑娘，竟能一字不落地哼唱出其中的唱段，这太让李渔惊奇了，组建家庭戏班的想法从脑海的深处一下子钻了出来，这是块唱戏的好料，以此为基础，迅速组建家庭剧团。

同样的场景，又发生在兰州，甘肃巡抚刘斗等官员，不仅仿效平阳程知府的做法，甚至更进一步，他们集资购买数位姑娘，任李大才子挑一个。李渔在兰州挑的这位姑娘姓王，叫王云（王去世后李渔称她王再来，希望她再来），比乔姑娘小一岁。

《笠翁文集》卷之二，有《乔复生、王再来二姬合传》，李家戏班如此诞生：

> 请以若为生，而我充旦，其余角色，则有诸姊妹在。此后主人撰曲，勿使诸优浪传，秘之门内可也。时诸姬数人，亦皆勇于从事，予有不能自主之势，听其欲为而已！

也就是说，这个主意是乔姑娘首创，妻妾热烈响应的。王姑娘是天生的小生，乔姑娘更是天生的花旦，有了两根台柱子，配角就不再是难事。

康熙七年（1668）春节，新组建的李家班子，在彭城（今江苏徐州）李申玉家的祝寿现场，第一次小试牛刀。关于这次演出，李渔自己有文章佐证：阎君生于元旦，是日称觞，即令家姬试演新剧（李渔《李申玉阎君寿联》）。

一次小小的首演，是李家班积蓄已久力量的小小爆发，精心选择的剧目，俊美的扮相，地道的唱腔，所有的一切，都是精心上品，不用说，首演获得巨大成功，自此，李家班子，走南闯北，在士大夫们的不断捧场下，李渔名利兼收。

灯光聚焦一：去福建。

我们可以给李渔加上一个名头，他完全符合和胜任：戏剧学院院长。李家班子经过他一年多的训练，终于越来越像样了，由著名编剧和导演领衔，小剧团一点也不亚于正规大剧团。

康熙九年（1670）春，李渔收到来自福州的一封邀请信，是他的朋友包璿（xuán）发来的，包此时正做着靖南王耿精忠的幕僚，耿也是李渔的粉丝，正好，请大作家来福州玩。

带着他心爱的骨干演员乔姬和王姬，李渔启程去福州，途中顺道回了趟兰溪。这似乎有荣归故里的意思，因为，在兰溪，他受到了知县的热情接待，知县还送了他一块匾额：才名震世，就是我在兰溪芥子园照壁上看到的那四个大字。

令李大作家意外的是，在福州，他又遇到了老朋友，就是送他王姑娘的倡议者——甘肃巡抚刘斗，此时的刘斗，已经调任福建总督，于是，福州城里，迅速掀起了李渔的旋风，人们读李渔，说李渔，看李家班子，李大作家，一时成了福州官员和百姓的新鲜谈资。

《李渔传》的作者徐保卫先生，根据李渔编选《资政新书》收录的作者姓名推测，福建参议王道新，按察副使叶灼棠，建南道台徐元瑛，建宁同知喻之长等，应该会参与对李大作家的接待，自然，还有这批人的手下，手下的手下，李家班刮起的旋风，一定会吹进更深的巷子中。这一年的八月七日，李大作家甚至在福州过了60岁的生日。

灯光聚焦二：扬州遇蒲松龄。

《蒲松龄年鉴》中，有这样一段记载："春，蒲松龄邀李渔赴宝应演戏祝寿。时李渔在扬州，蒲松龄在宝应知县孙蕙幕中，邀李渔家班女戏为孙蕙献艺祝寿。蒲松龄并手录李渔词《南乡子·寄书》相赠。"

这个"春",是康熙十年(1671)初春,江苏宝应(今扬州市宝应县)知县孙蕙(树百)40岁生日,孙知县仰慕李渔,知道李家班子的名气,南京与扬州不远,他就想趁机邀请李家班子来宝应。这样的演出没有什么可称道的,但秀才蒲松龄,此时正科考失利做着孙知县的幕僚呢,这就给两个著名作家扯上了关系。孙知县为了显示对著名作家的尊敬,派青年蒲去给李渔送邀请书,而此时的蒲松龄和李渔,很有点像杜甫和李白,一个没什么名气,一个已经成名,青年蒲对老年李,自然崇拜,在送达邀请书、说明来意之时,青年蒲还特意抄录了老年李的一首诗,以表示恭敬。

两位名家的会面,对蒲松龄来说,永生难忘,这种兴奋感一直持续到他的晚年。与此同时,李氏家班的精彩演出令蒲松龄大开眼界,他的七言古诗《孙树百先生寿日观梨园歌舞》,尽情渲染李家班演出的盛况:

> 帘幕深开灯辉煌,氍毹唤铺昼锦堂。
> 氤氲兰雾吹浓香,热云迷蒙凝天光。
> 早雷聒耳杂鸣玱,环佩一簇捧红妆。
> 藕粉摇曳锦绣裳,黄鹂跌舞带柔长。
> 长笛短笛割寒巷,紫楼玉凤声飞扬。
> 芙蓉十骑踏花行,鬈多娇容立象床。
> 参差银盘赋烛黄,琅玕酒色春茫茫。
> 轻裾小袖奉霞觞,愿君退龄齐山冈!

诗意浓厚，有演出的场景布置：帘幕厚挂，灯光璀璨，大厅间舞台上，尽铺华丽地毯，象牙雕饰的床。夜晚的灯光下，兰香阵阵，烟云弥漫；有演员的描写：在气和光混合动荡中，开场的锣鼓响彻天空，一白肤红衣女子，拖着悠扬的唱腔，似乎从天际而来；还有演出器乐的完美配合：长笛和短笛，清脆婉转透亮，使春日夜晚的天空都分外明亮。当然，还有今晚的主题，如此精美的演出，是为了一个寿诞，必须祝愿，恭敬地捧上一杯美酒，敬祝生日的主人寿比南山！

写鬼怪故事的青年蒲，诗说不上优秀，但很切合场景，领导高兴，大作家高兴，李家班子的演员们也高兴。

灯光聚焦三：苏州百花巷。

从扬州往南，这一年的端午节前后，苏州百花巷，一批苏州名流来到了李渔的寓居地看李家班演出，他们是尤侗、余怀、宋澹仙等。这些人都大名鼎鼎。我读过余怀的笔记《板桥杂记》，书中好多章节写秦淮两岸的名妓，论书的文学成就，要比李渔的传奇逊色不少，但余怀等都是富家子弟，家里都养着戏班。而且，余怀曾经看过李家班子的演出，大为赞赏，正是他们请余怀出面代邀请，李家班才来到苏州，因此，李渔此次苏州之行，可以看作是各方交流技艺，汇报演出。

李渔在苏州期间，至少有过三次家庭演出，他的《端阳前五日，尤展成、余澹心、宋澹仙诸子集姑苏寓中，观小鬟演剧，澹心首倡八绝，依韵和之》七绝数首，描写了诸友来寓所观看经他改编的《明珠记·煎茶》等剧戏的盛况。余怀也以《李笠翁招饮出家姬演新剧即席分赋》诗赞之：红红好好又真真，不数思王赋洛神。锦瑟玉笙供奉曲，果然燕赵有佳人。尤侗也自述：金陵李笠翁至苏，携女乐一部，声色双丽，招予寓斋顾曲相乐也。余与余澹心赋诗赠之，以当缠头。

自康熙七年（1667）首演开始，至康熙十二年（1673），李渔率着家班遍游各地：

> 予数年以来，游燕，适楚，之秦，之晋，之闽，泛江之左右，浙之东西，诸姬悉为从者，未尝一日去身。（李渔《乔复生、王再来二姬合传》）

是戏，总要收场，1672年夏，乔姬因病死于武汉的演出途中，第二年，王姬又因病死于北京的演出途中，两根台柱子倒了，李家班子也名存实亡，李渔也一下子进入了垂暮之年，不是说年纪，而是说精神，两根台柱，不仅是好演员，更是贴心小棉袄。乔王二姬之死，令李渔的脑筋一下子转不过弯来，他甚至向老天讨要说法：天啊，您给我美人，为什么又要残忍地夺去？！

不过，李渔的人生舞台，并没有就此暗淡下来，相反，他名震天下的笔记《闲情偶寄》，在中国古代的戏剧、美学、建筑、饮食等领域发出了更灿烂的光芒。

陆

闲情如何偶寄

1

幕之转幕。

空净而苍茫的大地，李渔《闲情偶寄》。闲情如何偶寄？闲情这样偶寄。

细读《闲情偶寄》，花了整整两个月时间，此次重读，有一种走进李渔生命生活历程之收获。

总体来说，这是一部来自生活和经验的闲散之书，所涉词曲、演习、声容、居室、器玩、饮馔、种植、颐养等诸多方面，显示出作者无限的情趣和广博的才智，言人之所未言，发人之所未发。

闲情其实不闲，闲情中见独特性情，显卓著见识。

2

看李渔如何偶寄他的闲情。

写作乃其生命中最重要之事，这位自学成才的著名作家，从自身的写作实践中，总结出简明而实用的理论，系统而周全。如词曲部，将结构、词采、音律、宾白、科诨、格局六大门类一一细列，即便现今，指导性操作性都极强。

先看结构第一：戒讽刺，立主脑，脱窠臼，密针线，减头绪，戒荒唐，审虚实。为什么要将结构放第一？袖手于前，始能疾书于后，有奇事，方有奇文。也就是说，结构想好了，整部传奇也就有了坚实的基础，而结构中之主脑，重中之重：一人一事，即传奇之主脑，一部《琵琶记》，止为蔡伯喈一人，而蔡一人又止为"重婚牛府"一事，其余枝节皆从此一事而生，二亲之遭凶，五娘之尽孝，拐儿之骗财匿书，张大公之疏财仗义，皆由于此，故"重婚牛府"四字，即《琵琶记》之主脑也。李渔深得要义，这也是他作品一出来即大受欢迎之秘诀。

再看词采第二的四原则：贵浅显、重机趣、戒浮泛、忌填塞。他特别强调了戏曲的通俗性问题，要"无一毫书本气"，其中"贵浅显"又是纲领式的：传奇不比文章，文章做与读书人看，故不怪其深；戏文做与读书人看与不读书人同看，又与不读书之妇人小儿同看，故贵浅不贵深。李渔真是深悟传奇写作真经，没有通俗化，就不会有广阔的市场。他从杭州武林门外起步，一开始就和别的作家不一样，起点极高，"十部传奇九相思"，男女风情，以科诨（喜剧）的方式，一下子就打开了市场："每成一剧，才落毫端，即为坊人攫去。下半犹未脱稿，上半业已灾梨；非止灾梨，彼伶工之捷足者，又复灾其肺肠，灾其唇舌，遂使一成不改，终于痼疾难医。"他的作品太好卖了，本来改改会更好的。在很大程度上，李渔的创作是为了谋生，他要养家，数十口人都等着他的稿费生活呢。而居杭后期和居金陵期间，他的大部分精力都放在了出版和演出交游上。因此，有专家评论，李渔一生写了几十种小说和戏曲，除了《比目鱼》《风筝误》等少数几种，其他的立意都不高，他的快速高产和成为厚重的经典是相矛盾的，但似乎情有可原。不过，我依然极为赞同李渔的为文浅显原则：能于浅处见才，方是文章高手。

3

李家班的戏剧实践，使李渔有借戏班子打秋风之嫌，但说实话，这也是为了实现他的戏剧梦想，因此，演习部和声容部，基本上都是围绕演出的实战展开，有了好的本子，将它更好地演绎出来，套路一点也不亚于写作。

李家班的演员如此优秀，可见，教她们的老师，就是一流的高手。事实和效果充分证明，确实如此。

看"变调"里的"变旧成新"：演新剧如看时文，妙在闻所未闻，见所未见；演旧剧如看古董，妙在身生后世，眼对前朝……若天假笠翁以年，授以黄金一斗，使得自买歌童，自编词曲，口授而身导之，则戏场关目，日日更新，毡上诙谐，时时变相。

显然，李家班的种子早已埋在李渔的心里，一旦机遇出现，李笠翁就会紧紧抓住。他相信他有这个能力，他是天生的"曲中之老奴，歌中之黠婢"，只要给他时间，给他报酬！

一艘缓缓移动的行船上，濮存昕深情地对徐帆说：来，雪儿，我给你画个眉吧，我给你画个蛾眉，屈原就是蛾眉，楚怀王喜欢他，才招致了许多人的嫉妒。

这是北京人艺2000年五幕话剧《风月无边》中的场景，林兆华导演。我一幕幕细看，濮存昕演李渔，徐帆演雪儿，雪儿要和李家班出去的霏儿比赛，她们同演《比目鱼》里的女主角刘藐姑。这场比赛如此重要，还因为有两个重要客人来观看，一个和尚，一个就是大名鼎鼎的蒲松龄。剧的结尾，雪儿殉情跳江。雪儿走了，蒲松龄说，她去了他的《聊斋》。蒲松龄小李渔差不多20岁，等《聊斋志异》正式面世，李渔已经去世，显然，编剧是为了加强悲剧的效果。

我在《闲情偶寄》声容部"选姿第一"的"眉眼"中，看到了李渔的眼光：面为一身之主，目又为一面之主……目细而长者，秉性必柔；目粗而大者，居心必悍；目善动而黑白分明者，必多聪慧；目常定而白多黑少或白少黑多者，必近愚蒙。哈，他差不多就是个相面先生，不过，濮存昕看着徐帆那"善动而黑白分明"之目，还想再美化一下，他要让她更美，以使他剧中的人物完美呈现。

4

李渔的闲情，自居室部开始，越来越轻松自由，一直到淋漓尽致。

李渔经常对人这样感叹：我生平有两大绝技，自不能用，而人亦不能用之，这实在太可惜了。人问：哪两大绝技呢？一是辨审音乐，一是置造园亭。

后一个其实不是李渔吹牛。自兰溪夏李村的"伊山别业"始，到金陵的"芥子园"，再到晚年又搬回杭州造的"层园"，他已经在中国古代建筑园林业中赢得了设计师的名声。而且，他还真为别人设计别墅，从房舍，到窗栏、墙壁、联匾、山石，皆有他自己独到的见解，匾额中的"蕉叶联""此君联（竹子）"，碑文额、手卷额、册页额，虚白匾、石光匾、秋叶匾，均就地取材，实用新奇。

《李渔年谱》记载：康熙十二年（1673）十一月，63岁的李渔游燕，"再入都门，为贾胶侯设计半亩园"。贾胶侯，就是时任兵部尚书的贾汉复，因官职而被人称贾中丞。李渔在京时，为贾中丞府上幕客。

半亩园坐落在北京东城弓弦胡同（今黄米胡同），现仅存遗迹。

半亩园不是半亩大，而是取意自朱熹"半亩方塘一鉴开"诗句，据记载，园内垒石成山，引水为沼，平台曲室，有幽有旷；结构曲折、陈设古雅，富丽而不失书卷气，所叠假山誉为京城之冠。

李渔一生三次进京，第一次是为了建芥子园筹款，他暂住在八大胡同的韩家胡同一带。己亥十月一个冬日，我去韩家胡同寻"芥子园"，七问八问之后，到了韩家胡同25号，牌子上有胡同历史介绍，其中有这样一段：清康熙初年，李渔寓居于此，建"芥子园"，该园仿南京芥子园所造，此后改为"广东广州会馆"，1949年后曾为北京九十五中学，现为北京宣武区中小学卫生保健所。因是周末，铁门锁着，实在看不出什么。

李渔在北京到底有没有建过"芥子园"，我查不到资料，以他当时的经济状况，建的可能性极小。清代刘廷玑的笔记《在园杂志》，我读到了这么一段："所至携红牙一部，尽选秦女吴娃，未免放诞风流。昔寓京师，颜其旅馆之额曰：贱者居，有好事者戏颜其对门曰'良者居'。盖笠翁所题本自谦，而谑者则讥所携也。"那些好事者，显然看不惯李渔，要想尽办法侮辱他一下，而事实上，李渔这次来京，只是设计了"半亩园"，并没有带家班。

5

我读《闲情偶寄》，读到了一个活色生香的李渔，可爱又可怜，这是一个多么会生活的人呀，但因为钱一直不宽裕，他只能苦中作乐。

器玩部中，他独创"暖椅"和"凉杌"，以抵挡武林门外的寒冷和炎暑。"暖椅"这样造，椅桌相连，椅桌均设两层，外用挡板镶闭，内用栅栏透气，脚栅之下安装抽屉，从早到晚，只用四块小炭即可一天保温，费用却低廉。

饮馔部中，强调蔬菜等清虚之物，他极力推荐西北途中遇到的"头发菜"，认为是戈壁之珍；他对白下（南京）之水芹、京师之黄芽菜（保定徐水大白菜）情有独钟，认为"食之可忘肉味"；他也淡泊，坚持"止食一物，乃长生久视之道"；他对"汤"心存万分感激，"予以一赤贫之士，而养半百口之家，有饥时而无馑日者，遵是道也"。总起来说，他不喜欢喝酒，喜欢吃果喝茶。

种植部中，讲到的花草种类繁多，"予播迁四方，所止之地，惟荔枝、龙眼、佛手诸卉，为吴越诸邦不产者，未经种植，其余一切花果竹木，无一不经莳理"。（佛手，李渔那个时候还没有，现在却是金华的特产了，我年年都会收到金华朋友寄来的佛手，清香久远，沁人心脾，闻之令人顿时安静）。在他眼里，花草亦如人，也是有生命的，而且，他还从花草中悟出许多养生处世的方法。

弄花一年，看花十日，花之一日，犹人之百年，养花需要心境，却也是一种积极的人生态度。

那紫薇树，竟能知痛痒。紫薇知痛，其他的树草不知道吗？肯定也知道，草木之受诛锄，犹禽兽之被宰杀，其苦其痛，实在是说不出罢了。睹萱草则能忘忧，睹木槿则能知戒。芥子园大不及三亩，而屋居其一，石居其一，还有四五株大的石榴树。石榴多却不嫌多，为什么我要在窄窄的地方种上这么多石榴？石榴性喜压，籽越多越好，石榴性喜日，我们可以在石榴树下乘凉，石榴又性喜高而直上，它们长在屋子旁，就是屋子的守护神呀。

李渔说他有四命，各司一时：春以水仙、兰花为命，夏以莲为命，秋以秋海棠为命，冬以蜡梅为命。无此四花，以无命也；一季缺予一花，是夺予一季之命也。接下来的一件事，让众位看官深深体验了李渔的性命之说：丙午之春，正是水仙花开的时候，家里拿不出一文钱，家人（不知道哪一位胆大的老婆）劝道：今年的水仙就算了吧，一年不看水仙，没什么要紧的。李渔怒而答：你想夺我的命吗？！我宁可减一年寿命，也要买一盆水仙！我从别的地方冒着大雪回金陵，就是为了看水仙！最终，家人没能阻止李渔买水仙，不知哪位老婆的头簪和耳环被他拿去当了。

李渔的花事还可以说很多，但有一件事，合欢树种植的方法，却被人捏了把柄，传为笑话：

> 灌勿太肥，常以男女同浴之水，隔一宿而浇其根，则花之芳妍，较常加倍。此予既验之法，以无心偶试而得之。如其不信，请同觅二本，一植庭外，一植闺中，一浇肥水，一浇浴汤，验其孰盛孰衰，即知予言谬不谬矣。

我打电话问我弟毛夏云，他大学学果树，他听后笑着说，这是对树名的误解罢了。合欢树是一种很普通的树种，树名好听，萧山新街这边就有合欢树大道。如果李渔真的用夫妻洗澡水去浇，而且他家的合欢树也长得好，这也只是一种巧合，并没有必然关系。

6

康熙七年（1668）暮春，李渔建完南京芥子园，却没有钱装修和美化花园了，于是，他南下广州，借着编《资治新书》第二集的由头，去拜访平南王尚可喜、广东巡抚周有德，实际上是想"打秋风"再筹点银子。就是这一次南下途中，他开始了《闲情偶寄》的写作。

江水平缓，窄小的船舱里，李渔的文思如滔滔江水，他要写下这些年来的真实经历和体验，对写作，对生活，对表演，对美学，他实在有太多的东西想写，这些文字似乎都浸着他的血，一个个跳将出来，活灵活现了。

《闲情偶寄》的结尾，显现出李渔的极大自信：总之，此一书者，事所应有，不得不有；言所当无，不敢不无。"绝无仅有"之号，则不敢居；"虽有若无"之名，亦不任受。殆亦可存而不必尽废者也。

对于用生命和激情凝结成的文字，李渔有这个自信，他的《闲情偶寄》会久传天下。

━━柒━━

杭州层园

康熙元年（1662），52岁的李渔离开杭州去金陵，15年后，67岁的李渔卖掉芥子园又回到杭州，在云居山一带，建了新居，因房屋坐落在山坡上，阶梯而进，故他将别墅命名为"层园"。

为什么又搬回杭州？原因多方，身体一天天老起来，思乡情绪越来越浓，儿子们也要回原籍考试，经济状况也不是太好，虽然杭州不是他的出生地，但是他辉煌的起点，是浙江的中心。

幕转兰溪芥子园。

李渔像的右首，陈兴兵特意选了李渔的《多丽·过子陵钓台》词作主要展板。兴兵说，此词可以看作李渔一生的总结与反省，也可以看作他的内心独白。

李渔自50岁得一子后，后面的几个儿子接踵而来，共有七子，实存五子。他的儿子们要去金华考试，水路必须经过桐庐。上面的词，就是李渔陪着儿子将舒、将开去考试途中，拜谒严子陵所写：

> 过严陵，钓台咫尺难登。为舟师，计程遥发，不容先辈留行。仰高山，形容自愧；俯流水，面目堪憎。同执纶竿，共披蓑笠，君名何重我何轻！不自量，将身高比，才识敬先生。相去远，君辞厚禄，我钓虚名。
>
> 再批评，一生友道，高卑已隔千层。君全交，未攀衮冕；我累友，不恕簪缨。终日抽风，只愁戴月，司天谁奏客为星？羡尔足加帝腹，太史受虚惊。知他日，再过此地，有目羞瞪。

关于富春江，关于严子陵，我写过不少文字。在严光面前，许多人都会发出同样的感叹，李渔的感叹，李清照也发过，她不敢面对严先生，只能选择"黄昏过钓台"。和严先生相比，整个人都觉得不好了，我好名好利，面目实在可憎。但是，我没有办法呀，一家老小五十几口人跟着我，您让我怎么办？我难呀，太难了，我只有拼命地写，并厚着脸皮"终日抽风"。您是钓翁，我是笠翁，您高高在上，我低低在下，虽都是翁，我却是苦命翁、劳碌翁，我怎敢面对您这位将臭脚搁在皇帝肚皮上的世外高人呢？！下次我如果再经过您钓台这里，我依然会羞得无地自容。

李渔说完了吗？如果仅此表达，我们还是太小看李渔了，读书读皮，读诗读意，李渔为什么觉得咫尺钓台却难登上呢？他的深意在词意里藏着：严光那样的人，清高得虚伪，是圣人，是仙人，难怪朱元璋们不喜欢，而他李渔，是实实在在的普通人，要吃要喝，要求人，要养家，天下应该是由普通人撑起来的！您在天地间逍遥，我也在人间自由！

幕再转杭州层园。

杭州层园，依山临湖，却再也难让李渔回到那舒适的时光里了。不过，生命中最后两年的李渔，拖着病体，依然顽强地编书、出版、写作，《芥子园画谱》的序言，就是这个时候完成的。

康熙十九年（1680）年一月十三日，三九严寒季节的杭州城，层园的斜坡上，李渔种下的梅花还没有长盛，寒冷就将70岁李渔的病体冰冷地带走了。李渔的好朋友，钱塘知县梁允植来到层园，为李渔主持了葬仪，还在杭州郊外方家峪九曜山代购了一块墓地，并题"湖上笠翁之墓"碑。

关于李渔的埋骨地，清人梁绍壬的笔记《两般秋雨庵随笔》卷七有《李笠翁墓》这样记载：

> 笠翁晚年卜筑于杭州云居山东麓，缘山构屋，名曰"层园"。卒，葬于方家峪九曜山之阳。钱唐令梁允植题其碣曰："湖上笠翁之墓"。日久就圮。仁和赵宽夫（坦）命守冢人沈德昭修筑之，复树故碣，且俾为券藏于家，可谓风雅好事者矣。

李渔的粉丝还是不少的，赵宽夫不仅修了李渔的墓，还将梁知县的碑字拓印保存了起来。

兰溪的李彩标先生，退休前一直在兰溪图书馆工作，他是李渔的第11代裔孙，研究李渔多年，2011年还出版了《走近李渔》一书。

李彩标向我提供了一篇题目叫《李笠翁的故居和坟墓》的文章线索，我在我们报纸的系统内找到了，此文作者陈吟泉，发表于1957年6月15日的《杭州日报》第3版，现摘录部分如下：

> 我为好奇心所驱使，到方家峪九曜山寻找李渔的墓、碣。方家峪是在南屏、九曜、玉皇诸山环抱之中的一片平原，前面靠近西湖，就是现在西湖小学、海军疗养院进内直到莲花峰石料厂，据志书上说，昔为焚厝之场，目前到处还可以看到大大小小的"土馒头"，有的地段早已变作稻田、菜园与住宅了。在石料厂内食堂边的石砌水池中，我发现了一块青石墓碑。下截埋在土里，高120公分许，阔14公分，厚11公分，上边两角呈圆形，中刻大字"清故笠翁李公之墓"，右题小字两行，还可以辨认出"公讳渔，行九，海内知名士也"以及"梁公建碑，因重刊石以记"等等字迹。左边题款"乾隆丙戌年寒食日兰溪侄孙春芳同再侄孙泰生敬立"字样。

李彩标特意说明，陈吟泉先生当年找的那块碑，其实也不是原碑，应该是李渔去世80多年后，李渔的族人李春芳、李泰生等人寻找到李渔墓后重立的碑，至于李渔墓到底在哪，已经无从查考，但一定在九曜山这一带。

捌

尾声

兰溪夏李村，李渔祖居内的图板上，李渔小广场边的石雕上，依次写着李渔的多个头衔：思想家、戏剧家、戏剧理论家、小说家、史学家、诗人、词人、书画家、园林建筑设计师、出版家、美食家、旅行家等，数一数，多达24个以上。

清朝康熙年间至日本明治维新的200余年中，日本文学界对《李笠翁十种曲》表现出了极大的热情，著名戏曲家曲亭马琴（1767—1848），年轻时对李渔倾慕得五体投地，竟以"蓑笠翁"为号，他的歌舞伎剧本《曲亭传奇花钗儿》，便是由李渔的《玉搔头》改编而成。

李渔的舞台，戏如人生，人生也如戏。

舞台中央，灯光慢慢暗淡下来，李渔瘦高的影子越来越细长，《比目鱼》《风筝误》《闲情偶寄》等笠翁作品，泛着闪亮的星光。

大幕徐徐收起，幕外，乔王二姬的歌声轻悠而远扬。

壬卷——如鹤

壹

汪景祺的头颅

雍正三年（1725）夏日的某个傍晚，杭州城，一只吊睛白额大虎突然闯进了杭州将军年羹尧的府第，众家丁一阵混乱，终于将虎赶跑，年将军却自感不妙，心事重重。果然，年底十二月十一（公元1726年1月13日），身负92条罪状的年大将军，被他亲密而仁慈的皇上赐死于狱中。

七天后，曾做过年府幕僚的杭州人汪景祺，在京城菜市口身首分离。隆冬的北京城，雪漫阴空，汪景祺人头上的血凝结成了冰，士人们的心也冷到了极点，几篇文章，甚至几段文字，一句诗，就会要了写作者的命。

父亲乃户部侍郎，兄长为礼部主事，年轻时的汪景祺，嗜学苦读，才高八斗，却也豪迈不羁，心气高傲：悠悠斯世，无一人可为他友！可汪的运气极差，一直到42岁才中了举人，50岁仍然一事无成。几经周折，投到了如日中天的年羹尧门下，六首马屁诗一下子使年大将军脸上的笑容绽放开来，更有《读书堂西征随笔》一书，将年大将军吹成了"宇宙之第一伟人"，还有诸多非议康熙、雍正，讥讽时政之语句，这样的人怎么可能逃得掉清朝的文字狱呢？！雍正气极：让那颗人头挂着示众，看那帮文人还敢乱写！

汪景祺的人头，一直悬挂到十年后，乾隆登基上位，为显示德政，才命人取下掩埋。一颗文人的头颅被示众十年，空前绝后。

汪的人头早已风化成骷髅，可乾隆朝"文字狱"中的案犯却越来越多，不少人都丢了性命。几乎所有的文人都小心翼翼，生怕笔下哪一个字，某一天突然发出电光石火，引火烧向自己。

贰

12岁的秀才

雍正五年（1727）早春，杭州仁和县府学的考场上，一位纤瘦少年正坐在靠窗的位置上，埋头挥笔，小楷毛笔沾墨后，细掭一下砚边，一字一字落在纸上，字体稳健，笔画饱满。少年觉得，那些文思皆如泉涌来，清晰而透亮，阳光穿过密集的树叶，少年左侧脸上有些闪烁的碎影，偶尔，少年会用眼光瞟一下右前排的那位中年人，中年人也在专心疾书。今天是第二场，前一场，《论语》《大学》《中庸》，时文一篇，《孟子》一篇，试帖诗一首，少年自觉发挥不错，今天已写完一篇时文，一篇五经文，都顺手，接下来的八股文、史论、杂作、古近体诗，少年心里也有底。从七岁起，少年就跟着右前排那位中年人学习，四年多的系统学习，"四书五经"完整学过一遍，今年县里考秀才，12岁的少年，和42岁的老师，一起参加了考试。少年乃提前练手，心情放松，中年人则有些紧张，对他而言，最好的结果是老师学生同时考取；中等结果：老师考取，学生落榜；最坏结果：学生考取，老师落榜。

拖着残腿，艰难爬行到咸亨酒店柜台前喝酒的孔乙己，经常被人嘲笑为老童生，连秀才都不是。其实，秀才还真不是那么好考的，三年两考，县试要五场，正试，招复，再复，连复，后复，这样筛选出来的优秀者，才可能进入下一场府试，由知州主持；这一关过了，再进入下一场由省学政主持的院试，全部合格才可能成为一位秀才。

天佑少年学子和中年老师，在后面的府试、院试中，少年和中年，一路顺利，双双上榜。少年学子叫袁枚，袁子才，中年老师叫史玉瓒。少年乃少年得意，中年人则有些许欣慰，总算有点面子了。

清康熙五十五年（1716）三月初二，袁子才出生在杭州仁和县艮山门内的大树巷，此巷位于杭州东南，城郊接合部，聚居者大多为城市贫民、平民知识分子、菜农、机坊户。袁家的主心骨、袁子才的父亲袁滨，儿子出生时，他正在湖南衡阳知县那里做幕僚。师爷的角色，注定仰人鼻息讨生活，需要比别人更多的智慧和忍耐。袁家虽不富裕，但也不至于贫困，而世代从文的良好家风，使得袁子才从小就得到了诸多的人文教育，教育者有他的祖母、母亲、姑母，她们也都受过良好的教育，袁子才，日后也长成了文学大树。

12岁的少年秀才，成了整个杭州城的重大文化热点，人们一扫去年汪景祺案的阴影，茶余饭后，都在谈论袁师爷家这位天才少年的轶闻轶事，比如，八岁登城隍山时就吟出"眼前三两级，足下万千家"的诗，人们预言，西子湖畔，即将诞生一颗新的文曲星。

中了秀才，要举行入泮礼，还有一场出尽风头的巡街，让人们都看看，本次选拔了哪些优秀人才。

　　余以雍正丁未年入泮。今又丁未矣，戏仿重赴鹿鸣故事，

壬卷——如鹤

作《重赴泮宫诗》，云："记得垂髫泮水游，一时佳话遍杭州。青衿乍着心虽喜，红粉争看脸尚羞。梦里荣华如顷刻，人间花甲已重周。诸公可当同年看，替采芹香插白头。"杭州同入学者，只钱玙沙方伯一人。（袁枚《随园诗话》）

60年过去，小小少年早已成白须老翁，随园老人重游少年时读书的地方，一时感慨万千。当年的那场游行，观者如堵，作为最年少者，他还不知道是怎么回事，只觉得坐着轿子巡游好玩，在那些装扮入时争着挤着看风景的年轻姑娘眼里，这位青涩少年，身着青衿，腰束锦带，更显个子的细瘦，他白皙的脸庞上透着红晕，显然是有点害羞了。

叁

万松书院

西湖南山东侧的万松岭上，万松书院家喻户晓，院名来自杭州市老市长白居易的两句诗：万株松树青山上，十里沙堤明月中。梁山伯与祝英台两位同学在此读书三年，他们的故事成了人们津津乐道的爱情传奇。不过，他们的身影只活跃在中国戏剧舞台上，是传说。而18岁的袁子才，已经长成了一个高大的青年，他却在此真真实实地读了三年书。

有人形容袁子才，"身才鹤立，声如洪钟"，像鹤一样，表面上看，那就是腿比较长，移步应该轻盈；洪钟声，暗含着许多的自信。这显然只是表象，不过，从他后面的经历倒可看出他鹤的品性，他的后半生，像极了孤山边的林和靖，如鹤般的闲云悠游，只是林逋不娶而已。

考上秀才后的袁少年，随后就进了县学，又增补为廪生，但两次参加乡试及"博学鸿词科"，均未能爆出大新闻，延续他少年的传奇，有人说，这是杭州府学小圈子在作怪，再优秀的人才，进不了圈子，就不可能得到赏识。自18岁起，新任浙江学政程学章，很欣赏青年袁的才华，特别推荐他到敷文书院深造，这个书院，就是万松书院，因康熙题名"浙水敷院"而改为浙江敷文书院。

> 万松环一岭，书院建其巅。我昔来肄业，弱冠方童颜。
> 当时杨夫子，经史腹便便。门墙亦最盛，济济罗诸贤。
> 我每遇文战，彻夜穷钻研。至今咳唾处，心血犹红鲜。
> 何图目一瞬，垂垂五十年。先师墓木拱，诸贤尽云烟。
> 我来重过此，几席犹依然。思欲往学舍，执卷趋师前。
> 昔也离家远，廿里走仿仿。今也升讲堂，一步一扶肩。
> 昔为服子慎，绛帐时周旋。今为苏子训，摩挲铜狄仙。
> 逝者竟如斯，能无意自怜。羞杀丹桂花，无言但参天。
>
> （袁枚《小仓山房诗集》）

上诗为袁子才离开书院50年后重访所作，和前面的巡游一样，也是感慨良多，山顶上的书院啊，梦里时常出现。我读出了青年袁在敷文书院读书时，被两个问题困扰着。第一个是住宿，"昔也离家远，廿里走仿仿"，他家在大树巷，到万松岭读书，有20里地，而书院并不提供住宿，这样的路程，几天可以坚持，长期肯定不行，幸好他有两位湖州同学，性格相近，比较说得来，他就在他们租住的地方借住，放假日才回大树巷的家。第二个问题，"我每遇文战，彻夜穷钻研。至今咳唾处，心血犹红鲜"。什么是"文战"呢？应该是辩论式的课程，这样的课程，有利于学生对学问的进一步钻研，一个阶段学完，老师选题组队，双方展开辩论，而成绩则根据辩论的优劣来定。每逢辩论，袁子才都极为认真。那些同学中，因为师承的原因，有好多派别，而他则是平地起高楼，文名虽在外，但朋友并不多，遭围攻的可能性极大。不过，他不怕，他有底气，他14岁就写出了《高帝论》和《郭巨埋儿论》，老师的评语是"文如项羽用兵，所过无不残灭"，虽有点拔高，但自觉已经揣摩到了文章的要道。

万松岭上的青松，书院里的丹桂，空中的飞鸟，西子湖上空的流云，它们都是青年袁倾诉的对象，他不怕"飞言如雨攻"，他坚定并遵从自己的内心，他最伤心的，是入学第二年，史玉瓒老师的悲惨离去。这一年，史老师舌头突然患病，肿胀粗大，不能吞物，最后活活饿死。史老师临终前嘱袁学生为他写传。青年袁含泪葬师于葛岭，并写下了《溧阳史先生传》的墓志铭。

万松书院，袁子才修炼成钢。

一 肆 一

南下北上

21岁的袁才子，必须为自己的出路计划。

在杭州，袁才子的处境并不好，文人圈一直融不进去，科举考试也几次碰壁。现实贫困的家境，使袁师爷很快作了一个决定，让儿子南下，去广西桂林，投奔他的弟弟袁鸿。弟弟在广西巡抚衙门，也做幕僚，去那里谋一个差事，应该有希望。袁师爷只凑了二两银子，袁才子的好朋友柴耕南的兄长柴东升，极欣赏袁的才华，答应赞助12两，但银子在江西的高安，好在顺路。

乾隆元年（1736）正月，袁子才和柴东升从杭州南星桥码头登上航船，沿着钱塘江一路上行，过富阳，至桐庐。看着航船将富春江的清流划出一道道的白浪，袁子才若有所思，他的脑子，和桐君老人、吴均、范仲淹、黄公望，一一招呼过后，这就到了严子陵钓台，必须上去探望一下严光，历代几乎所有的文人到此，都要上钓台去拜望严光。那数千首诗词，将严子陵的钓台镶得流光溢彩，袁子才兴致所至，也留下了数首。我查《桐庐古诗词大集》（王樟松主编，浙江工商大学出版社2019年版），收有袁枚的13首诗，从诗意看，至少有《钓台》、《书子陵祠堂》、《严子陵像》、《桐江作》（四首）七首是此行所作，如《钓台》：

> 夜泊钓台旁，客星如月大。想见严子陵，投竿在此坐。
> 朝随渔翁嬉，暮陪至尊卧。为念故人重，转觉天子轻。
> 偶展榻上坐，乃惊天上星。

袁子才在钓台，显然不是短暂的停留，他至少住过两天，为严光先生所停，也为富春江瑰丽的景色所迷，虽是杭州人，但百里之外的钓台却第一次游览。严光那种视王侯利禄为粪土的隐士精神，不能说对他一点影响也没有，至少，他在富春山、富春江的青山绿水间，读出了些许隐含的深意，也可以这样说，这颗归隐的种子已经浅浅轻轻地埋下，只待经年后的沃土催发。

在高安取得柴家兄弟的赞助银后，袁子才独自一路南下，近四个月的劳顿旅途，除留下不少诗作之外，还有长满全身的疥癣。这一路的艰辛，有时甚至是历险，难以言说，要是银子足够，住好一点的旅店，经常换洗衣物和被褥，就不太可能染疥或生疮，马车太贵，坐船加步行，应该是袁子才行程的常态。担着行李的袁子才，步履越来越沉重，不过，他熟读四书五经，知道这是磨砺自己意志的好方法，必须坚持下去，沿途观察到百姓艰难的生活，更使他勇气倍增，必须出人头地，假如有做官的机会，一定要善待百姓。

八千里的生死之旅，端午节前，疲惫不堪的袁子才终于到达了坐落在桂林的广西府衙。

如果以鹤为喻，那么，跋山涉水，飞越了八千里的这只青年鹤，已经练就了远行的强有力翅膀，只待东风起。

广西巡抚金鉷，见师爷袁鸿推荐来的袁才子，如鹤般挺立在堂上，谈吐不凡，当下就欢喜不已。金长官交给袁才子一个任务，以他的口吻，替他写一篇序，书是桂林府学陆教授所著的《礼经解义》。这是一个展示才能的好机会，袁子才使出浑身解数，精心写完，陆教授读完，向金长官感谢不已，金长官并没有掠人之美，以实情相告，陆教授再夸：此古文老手，不似少年人所作也！（《袁枚全集》卷十五第"七三"则）

袁子才的机会果然来了。

乾隆登基初，立即颁诏，继续开设"博学鸿词科"考试，各省巡抚推荐人才，到京城参加考试，考试期间，吏部管吃住，考生还有一份工资可领。这个考试，并不是日常的科考，但要比科考的等级高多了，康熙十八年（1679）举行过一次，雍正十一年（1733）再次开始筹备，不想两年后因雍正驾崩搁下，乾隆接班，立即重启选拔工作。其实，袁子才在杭州的时候，已经参加过浙江的初选，但没被选上。金巡抚想推荐袁子才，但还不放心，便想再试一下袁的水平，于是，金要求，以府衙的镇衙之宝铜鼓为题，作一篇赋，当堂交卷。

听说金长官当堂选人才，这一天的广西府衙，里里外外看热闹的人很多，但袁子才不慌不乱，他沉浸在自己的文字世界里。多年来的阅读积累，敷文书院打下的坚实基础，每次"文战"的逻辑训练，一个多时辰后，一篇引经据典、辞藻华丽的四六文摆在了金长官的面前。立即读，边读边赞，等读完袁子才的《铜鼓赋》，金长官拍掌而大笑，随即写下一封推荐奏章：

　　本朝鸿词，停五十七年。廪生袁枚，才二十一岁，奇才应运，卓识冠时，臣所特荐，止此一人。

因为时间已经很紧，金长官要求袁子才立即出发，带上他赠给的120两银子作路费，另外，再派精干的吏员，专程护送袁子才到京城的吏部，一直到袁安全报到为止。对袁子才来说，浙江有心栽花花不发，无意广西却遇良友推荐来，这金巡抚无疑是他生命中的第一大贵人。

乾隆元年（1736）的九月二十八日，北京城秋阳高照，保和殿里一片安静，只有偶尔的咳嗽声传出，200多位考生，几乎是一片白发，都在奋力书写。21岁的袁子才，这一次真是鹤立，仅这样特

别的出场，就足以在京城引起轰动，年纪轻轻，这么有学问，不得了。两赋，策论，经解，史论，初生牛犊的袁才子，自以为发挥超好，每一场都在最佳处，他竟然，情不自禁发出呵呵的得意声，当监考官呵斥他时，他才有点尴尬，高手如云，这考的是博学和鸿词，人家可都是苦读几十年的名儒，一个小年轻，确实有点不知天高地厚。

果然，15人的录取结果，将袁子才内心刚刚升腾起来的仕途之火苗瞬间浇灭。看看这考试有多么的荣耀，一等五人，立即授翰林院编修；二等十人，立即授翰林院庶吉士。在乾隆看来，这都是国家一等一的人才，必须委以重任。

不过，上天还是眷顾袁子才的，乾隆三年（1738）八月，经过两年多的磨炼和准备，他在京城以国子监监生的资格参加顺天府的异地乡试，一举中榜。次年三月的会试，又一举成功。在四月份举行的殿试中，高中二甲第五名，这个成绩，全国排名第八呀！此鹤，终于立鸡群之上。下面这首诗，可以读出他当时的心情：

　　一声胪唱九天闻，最是三珠树出群。
　　我愧牧之名第五，也随太史看祥云。

　　　　　　　　　　　　　　　　（《袁枚诗集》卷二《胪唱》）

袁枚年谱24岁这一年这样写着：春闱中进士，名列第五，选庶吉士，入翰林院，习满文。冬乞假归娶王氏。27岁上这样写着：庶吉士三年期满，满文考试不及格，外放江南县令。

为什么满文学习不合格？这也许只有袁子才自己内心最清楚，以他的聪明程度，每日专门的学习，不至于学不好，我猜最有可能的是，他对这"蝌蚪"实在不喜欢，不愿意下苦功。他的思想已经成熟，他依然是中国传统的士人，儒家经典和思想已经深入他的骨髓，大不了不进满人政府的核心。而袁子才观察到的现实充分证明，你满文学好就能让你进入核心吗？显然是幻想。

伍

袁知县

乾隆七年（1742）仲秋时节，袁子才到达江宁府，等待安排职务。这江宁，自古以来繁华，可玩的地方不比杭州少，候任期间，他游玩和访友，忙得不亦乐乎。他知道，他是翰林下派，按大清官场制度应优先安排，不急，应该会有好地方。

数日后，袁子才接到了生平中第一个任命：溧水县令。这溧水，是江宁府的穷县，税赋都免几年了；不仅穷，还偏僻，一大堆乱事。虽有点意外，不过，对刚上任的新官来说，他依然有一份沉甸甸的责任在，他烧的三把火是：召集政府办公会议，明确责任，强调规矩；立即启动案件的审理，受理旧案积案；调查"刁民"。为什么要调查"刁民"呢？这一点，我在许多笔记里看到过，有头脑的地方长官，先摸清本地的危险因素，做到心中有数，等到事发，这些危险因素往往是调查的重点，就如现今的信用档案，一事错，永远的污点。

思路清晰，读书又多，精力旺盛，袁县令脑子也转得快，几天工夫，几项工作都非常有起色，这给了他极大的信心，当官就是要为民作主，他这位来自基层的官员，深知百姓生活的艰难。正当袁县令信心满满地推进各项工作时，突然，一个调令来了：去江浦做县令。唉，袁子才一边高兴，一边惋惜，高兴的是，江浦各项条件远远要好于溧水，在那里应该有更大的作为；惋惜的是，刚两个月，他才初识溧水。不过，离开溧水的情景，让袁子才终生难忘：他们一行正在溧水县衙门前搬行李，一下子聚集起了好多老百姓，有百姓送上一件签满名字的衣服给袁县令披上，子才鼻子一下子酸了，多善良的百姓呀，自己并没有做什么大事，却赢得了如此热爱。百姓的心是杆秤，有良知的官员，往往会将这当作镜子和动力。

江浦果然是个好地方，龙盘虎踞的钟山就在眼前，夫子庙、秦淮河近在咫尺，不过，袁县令依然忙他的政务，县大，事情也多，他得在所有事情上了轨道正常运行以后才有闲心去游玩。六月份到达江浦，接近年底，调令又来了，这回是去沭阳。对于如此频繁的调动，袁子才有点烦了，还让不让人工作呀，刚刚熟悉，又走！江浦任上，有一件事倒值得一说，这个时候开始，袁子才已经开始有意识收弟子了，对众多的粉丝来说，投到这样有才的老师门下，也是一种荣耀。

乾隆八年（1743）二月，28岁的袁县令到了沭阳。

沭阳也是穷县，且在淮河之北。前往沭阳的途中，袁子才的脑子里，经常闪现出700多年前、杭州同乡、宋朝名人沈括的形象。他记得，沈括第一次做官的地方，就是沭阳，不过不是县令，而是主簿；他知道，沈括很努力，也很辛苦，他治水留下了非常好的业绩。这一回，他要去看看沈括曾经率人修缮过的水利设施。

《随园诗话》卷十六云："乾隆癸亥，余宰沭阳。"《诗集》卷三有《捕蝗曲》："亟捕蝗，亟捕蝗，沭阳已作三年荒。水荒犹有稻，蝗荒将无粱。焚以桑柴火，买以柳叶筐。儿童敲竹枝，老叟围山冈。风吹县官面似漆，太阳赫赫烧衣裳。……尔今蠕蠕深触草，得毋邑宰非循良？击土鼓，祀神蝗，椒浆奠兮歌琅琅。……狠如狼，贪如羊，如虎而翼兮，如云之南翔。……蝗兮蝗兮去此乡，东海之外兮草茫茫，无尔仇兮尔乐何央？毋餐民之苗叶兮，宁食吾之肺肠。"

袁县令面对的，却是另一种情景，横扫一切的蝗虫大军正向他迅猛袭来。

沭阳已经遭遇饥荒三年，而造成饥荒的主要原因，是蝗虫。袁县令在沭阳的主要工作，变成率领百姓捕蝗灭蝗。6月23日，沭阳下了一场大雨，旱情大大得到缓解，稻刚成熟，粟株正迎风招展，收成有望，不料，蝗虫大军又来。百姓立即堆起大堆枯桑枝，点火烧蝗，火势冲天，空中传来连续不断的噼啪声，烧死的蝗虫纷纷跌落到田间地头。还有儿童，不停挥舞的竹枝下，大量蝗虫毙命，而健壮的老人们，则在小山岗上围蝗捕杀。骄阳似火，烈日将衣裳晒得都要烧起来，袁县令亲自指挥，高高的身材，如鹤一般灵活转动，白皙的面庞却晒得似涂上了黑漆。但显然，这还不是捕蝗诗的重点，袁子才首先反省，是不是自己官没有做好，才招致这么多的蝗来吃庄稼呢？你们不要再去吃百姓的粮食了，你们还是来吃我的肺吃我的肠吧，或者你们去东海以外吧，那里有茫茫无边的青草可以尽享！狠如狼，贪如羊，然而，人间又岂止是蝗？

沭阳任上，还有一件让袁县令骄傲的事情是赴江宁，任江南乡试的阅卷考官。这是一个重大的身份转变，以前都做考生，当了县令可以做县试的主考官，那是本职工作，但这是乡试，全省的，层次高，一般的人轮不到，卓越的学问，良好的政绩，高尚的品行，这些是考官的基本条件，否则谁做你的门生呢？当袁子才在考场上巡视时，一时思绪万千，百感交集："二十二人分幄坐，百千万卷乱云铺。平生两眼清如水，此后论文兴转孤。"（袁枚《分校》诗）

因为沭阳的政绩不俗，第三年的春天，30岁的袁子才又调到了江宁，第四次调动，这回真不错，三省首府，江苏最好的地方。

这里不说他在江宁的政绩，只说他的随园，自随园闯进了他的生活后，他那颗归隐的心就迅速破土而出。

江宁府的南面，有一座已经荒废了的名园。袁子才在《随园记》中有如下文字描写：

> 康熙时，织造隋公，当山之北巅，构堂皇，缭垣牖，树之荻千章，桂千畦，都人游者，翕然盛一时，号曰隋园，因其姓也。

《随园诗话》卷五云：

> 戊辰（乾隆十三年）秋，余初得织造隋园，改为"随园"。王孟亭太守，商宝意、陶西圃二太史，置酒相贺，各以诗见赠。

随园，原来是江宁织造隋赫德的私家园林。袁子才和随园结识，说来有缘。乾隆十二年（1747）的八月，他审理一个案子，有位秀才，到江宁府衙告状，由头是他父亲的棺材被寺僧毁坏。袁知县自然要去现场踏勘查明真相了。秀才父亲的棺木寄放在小仓山麓的一座破庙中。袁知县一行走进破庙，发现里面的棺木不止一具，只是秀才父亲的棺木已经腐烂不堪，袁知县一问，棺木已经放了30年，这是自然状况。为什么不下葬？秀才哭着答：没钱！这和尚有责任吗？秀才强词：有，他们为什么不告诉我棺木坏了呢？貌似有道理。袁知县判案向来皆大欢喜：和尚你去找块地，我出钱再购一具新棺，我们一起将这件事处理好吧。

等待结案的过程中，袁知县环顾四周，才发现，这一带风景真不错，这山，还有那边的园子，虽有点荒凉，却意韵无限。一个信息来了：这个园子叫隋园，周边的小山头都属于此园，现在正低价出售，只要300两银子。袁县令暗自一掂量，欢喜劲一下子涌上了心头，他索性爬上小仓山山顶，再四下眺望，一个决定从内心升起，买下隋园，长久居住。

买隋园，基于两个重要前提：一是资金，这时的袁子才，已经做了六年县令，而且，他还曾入股盐商的股份，钱不是问题；二是他有一颗越来越坚定的归隐心。看他这一时期的诗，已经明显流露：何不高歌归去来，也学先生种五柳（《袁枚诗集补遗》卷一《俗吏篇》）。他写给朋友的信中也这样表露：仆性懒散，于官无所宜，犹不宜县令。既已无可奈何，则拳鞴鞠踢，随行而趋。譬如深山之鹤，养之甚驯，其意未尝忘烟霄也，一旦得间则引去（程廷祚《青溪文集》卷九《与江宁袁简斋明府》后所附《袁明府复札》）。

终于，袁子才自己也说，他就是那深山里的野鹤，平时很温顺，但没有一刻忘记云霄，天上才是它双翅奋飞的地方，一有机会，它就会冲天而去。现在，机会来了，他要辞官归隐。他的志向在诗歌，在笔记，在阔大无垠的山水间。七年的知县生涯，对袁子才来说，既是一场极好的人生历练，也是一种归隐前的精心准备。

陆

随园

我在想一个问题，就如李渔的人生和他的芥子园连在一起，如果没有随园，是不是就没有人们印象中的袁枚？答案其实简单，袁子才肯定存在，但如果没有他人生后50年里的潇洒归隐，也就没有《随园诗话》《随园食单》《子不语》等佳作了。而且，袁子才和他的浙江老乡李渔，虽然都是少年成才，虽然都日后显名，但一个归隐后潇洒，一个始终困顿，他们走的人生道路实在大不同。

乾隆十三年（1748）冬，33岁的袁子才辞官归随园。这样的生活，才是他想要的：

> 满园都有山，满山都有书。——位置定，先生赋归欤。
>
> 儿童送我行，香烟满路隅。我乃顾之笑，浮名亦空虚。
>
> 只喜无愧怍，进退颇宽如。仰视天地间，飞鸟亦徐徐。
>
> （袁枚《解组归随园》其二）

知县只做了七年，官做得好好的，只要坚持下去，做个知州，或者更大一点，应该完全没问题。只是，他疲倦了，从考上秀才算起，他已经混社会20多年，这不算短了，然而，汪景祺的人头，他老师史玉瓒的死，他父亲和叔父的经历，翰林院三年学满文，以及他为官时频繁的调动和为官经历，一幕幕过往汇聚成层层桎梏，让他透不过气来。在官场，他只是一颗普普通通的棋子，即便你是天才，也只能任由人摆布，仰人鼻息，幸好他还有内心那些如泉的诗文，它们是他喘气的最好通道，而美好的诗文，都生长在山头上田野中，这随园，满园都是山，满山都是他的书。

南京城北门桥往西走二里地，就看见了小仓山，这山，其实是清凉山的支脉。清凉山，在南唐时就是李昪、李璟、李煜等人的避暑胜地。小仓山有二岭，一直逶迤至北门桥为止，山岭中间平坦处，有大片清池和水田。站在山顶，南面的雨花台，西南的莫愁湖，北面的钟山，东面的冶城，东北面的孝陵、鸡鸣寺，整个南京城的好景，都漂浮起来了，尽收眼底。

袁枚接手的随园，已经百卉芜谢，禽鸟厌之，春风也不能让这里复苏，必须全面改造。怎么建设随园呢？高处建起望江楼，低处建起观溪亭，山涧中架木桥，突起险峻的地方，稍加修饰，使险峻更突出，平坦且草木旺盛的地方，也稍加修饰，增加一些休闲设施，有些风景加强，有些风景抑制。总之，一个字：随，随山势、地势而设计，最大程度尊重山和水，子才笑着说：我也没多少钱，说实话，这样也省钱。

子才有些感慨：让我在这里做官，只能一个月来住一次，如果我居住在这里，那么，每天都可以登上小仓山山顶，两者不可得兼，我辞官要园子。而且，苏轼也说过：君子不一定非要做官，也不一定非不做官。但是，我做不做官，和住这个园子长久不长久，两者直接相关。我还是用官来换这个园子吧，我一百零一个愿意。

您是羁鸟，您是池鱼，方宅十余亩，草屋八九间，您性本爱丘山。好吧，这就当作您辞官的原因吧，这样，您可以住得更放心。

是的，我离不开随园，这园也离不开我。

前年离园，人劳园荒，今年来园，花密人康，我不离园，

离之者官。而今改过，永矢勿谖。（袁枚《随园后记》）

他要改过，永远不忘记什么呢？原来，他有一段曾经复出为官的行动，只是这短短的一年，经历实在太多，父亲也在这个时候去世，他甚至最后一面也没能见上。当他再回到随园时，他发誓，再也不去做那劳什子的官了。

我们读《随园记》，读《随园后记》，读《随园三记》，读《随园四记》，读《随园五记》，再读《随园六记》，一条脉络很清晰，自他买下随园后的差不多50年时间里，他一直不断建设着这个心爱的园。《五记》中，他甚至建了"小西湖"："余离西湖三十年，不能无首丘之思，每治园，戏仿其意，为堤为井，为里外湖，为花港，为六桥，为南峰北峰。"已经50多岁的袁子才，年纪越来越大，不断建设，有时也内心充满矛盾："当营构时，未尝不自计曰：以人工而仿天造，其难成乎？纵几于成，其果吾力之能支，吾年之能永否？"然而，内心深处对随园山水的喜爱，使他停不下建设的脚步，这几乎是他后半生全部的心血，那些山水，活成了他的筋骨，给了他太多，给了他诗话，给了他食单，给了他《子不语》，他似乎很满足。

《随园诗话》还有一条似乎不经意却又得意的记载："雪芹撰《红楼梦》一部，备记风月繁华之盛，中有所谓大观园者，即余之随园也。"呵，仅此一记，即可想象出当时随园的盛况。读书，写诗，著文，卖书，交友，旅游，银子哗哗流进随园，袁子才好不惬意！

南京清凉山麓，乌龙潭公园边，宁海路122号，南京师范大学随园校区，前身为金陵女子大学，这里就是袁子才随园的旧址。各

302　云中锦

式林木郁葱，绿茵铺地，配之以古朴的雕梁画栋，古意甚浓，它承接随园的古有风范，享"东方最美丽校园"之誉，但我看年纪最大的银杏，也只标记着150年，显然，袁子才的随园早已烟飞尘灭，了无痕迹，不过，学子们心中都记着一个袁枚，亦是幸事。

校园门口，宁海路与广州路交会口的绿地广场，高大的袁子才静静地伫立在那儿，全身墨色。他手握诗卷，面带微笑，目含温润，清灵隽雅。这是我心中的随园老人形象，瘦削而高挑，神韵里透着一股特别的清高仙气。

柒

袁枚访谈录

十几年前，我在写《实验文体》专栏的时候，袁子才先生接受了我的访问，现录如下。

著名诗人袁随园先生自出版《随园诗话》26卷之后，声名一时达到顶峰，采访媒体络绎不绝。近日，他在南京的别墅随园欣然接受了《钱塘娱乐报》记者陆布衣的采访。诗人袁随园先生简称袁，记者陆布衣简称陆。

陆：您好，随园先生，非常感谢您在百忙之中接受来自家乡钱塘的媒体采访。此前，我看了非常多的报道，关于您的创作实践和创作主张，关于您的收藏，关于"性灵说"，关于您的女弟子。您的《随园诗话》自出版后就成为畅销书，一版再版，洛阳纸贵，我更愿意把它看作是当代诗选刊，因为您提携了许多诗人及喜欢诗的人，因为您的诗话，许多无名的诗人才会为公众所知，才会长久地流传，诗才会空前被重视。

袁：当代诗选刊，你的这个说法很新鲜哎，此前从来没有研究者这样说过。确实如你所言，《随园诗话》收录了当代许许多多的诗，一首或几首，有的甚至是一两句，我是沙里淘金。本来我想用《最诗歌》作书名的，最好的诗歌！后来想想做人还是要低调。现在看来，人们还是比较看重诗的内容。有的时候，一卷就可以印上十几万册呢。我们这个社会需要诗，因为诗就是我们的生活，我们的生活就是诗。

陆：广大读者非常赞同您的"诗就是生活"，正因为您把诗当作生活，把生活当作诗，所以才会有那么多的读者喜欢。在您的书里，我们看到了许多鲜活的生活细节。有读者问，您有非常多的弟子，但女弟子也特别多，是不是这样呢？

袁：哈哈，食色性也。尽管外面在传我收了50多个女弟子，实际上，只有20个左右比较出色，比如席佩兰，你知道吧，她就是我的首席女弟子，还有陈淑兰，席、陈和她们先生都是我的弟子，因为喜欢诗，就收下她们了，不一一列举。为什么收这么多的女弟子？这个问题太简单了，她们有才，她们的诗写得好，她们人也漂亮。我的诗性灵主张，也可以通过她们去扩大影响。我收女弟子，又不是搞潜规则，我都70多岁了，有雄心没壮志，我只是教导她们写诗欣赏诗，提高生活品质，以后嫁人，也好增加品味。我自己喜不喜欢女人？那自然喜欢了。算命先生说我63岁还有儿子，果然是这样，所以，我为这个儿子取名阿迟，做爷爷的年纪还生儿子，确实有点迟了。有没有风流事？哈哈，有的有的，乾隆戊辰年，一个朋友寄信给我，说一王姓女子，因为牵连到官司，充在官中，可以赠给我做妾。我就兴致勃勃往扬州买渡过江，到那一看，女子19岁，绰有风致，嫣然可爱，就想娶了她，再细一看，又嫌她肤色稍微差了点，打住了。等解缆归来，到了苏州，又想起要她，重新派人去访，王姓女子已经被江东的一个小吏娶走了。于是只得作罢，作了首《满江红》，花被人摘走才觉得可惜呢。不过，声明一下，虽然我五次纳妾，但只是为了有个儿子，你知道的，不孝有三嘛，自从62岁娶了19岁的钟姬，有了阿迟，我就不再娶妾了。

陆：上面这个故事一定很吸引人，谢谢您的直率和坦诚。在您的诗选刊中，其实不仅仅是选诗，我还看到了许多有趣的轶事。我们知道，写诗一定离不开游历，您能举一下您游历生活中的有趣故事吗？

袁：啊呀，这个太多了。以前还没有人这么详细问呢。有一年春天，我到雁荡山去玩，途经缙云县，你知道，像我这样的著名作家，当地的官员一般都要隆重接待的。在那个县官的公堂上，我居然看见他在养猪。这个县官真是很勤勉，估计当地民风淳朴，老百姓都遵纪守法，不去麻烦他，就没有什么事情要他处理了，再加上朝廷给的工资奖金也确实不多，他也是为了改善生活吧。否则，就是再穷的地方，做个知县，过个日子应该绝对没问题的。由此可见，我们的廉政建设搞得非常不错，虽然山高皇帝远，官员依然自律。

再举一例。有一次我专门去考证李白"不及汪伦送我情"的桃花潭。当地人告诉我，这其实是汪伦搞的一个噱头。他听说李白要来玩，就写信引诱太白：我们这里有十里桃花，我们这里有万家酒店。太白是个超级玩家和嗜酒如命的人，于是欣然前往。到了那里，汪伦告诉李太白：桃花是潭水的名字，并没有真正的桃花；万家的店主姓万，并没有万家酒店。李白虽然上套，但并没有责怪汪伦，反而写下著名的桃花潭诗，估计是汪伦把老李招待得非常满意吧。

陆：您的游历故事真的很有趣。这也让我们看到您创作的另一方面。有读者说，您的诗选刊题材非常宽泛，有不少"打工文学"也被您收入？

袁：是的，我前面就强调了，诗既然是生活，那就没有什么深奥的东西，任何有诗情和诗才的人都可以写的，写景和言情到位了就是好诗，而不管他是干什么的。我的选刊中就收有不少这样的诗。有个人以卖面筋为业，他的一首《咏雪和东坡》有两句这样写：奇怪这六瓣花实在难以绣出，美人在什么地方下针尖呢？杭州有个裁缝姓郑，也写有两句好诗：竹床发出香味是因为有新的稻草，布衣不暖是因为棉花旧。我的驾驶员郑德基，他就有好几首诗被我选入。还有民间诗句如：叫船船夫没有答应，水回应了两三声。这样的例子有好多呢。我想这也是这个诗选刊比较畅销的原因之一吧。

陆：是的，您破除等级和门第观念，这对以后的各个选刊必定产生重大影响。诗三百，其实有很多是百姓的即兴之作。我还看到您的选刊涉及一些敏感话题，比如同性恋，您为什么会关注这样的题材呢？

袁：两个男子相见倾心，史书上也罕见。但罕见并不代表现实生活中不存在。

所以我认为，诗生活，其实是"私生活"。我不会让仆人打扫庭院落花的，只想等风来把花吹走；盐融于水，人们只知道盐的味道，但看不见盐的存在。我们只见传下来的生活诗，不见诗里的私生活。谢谢你问了我这么多的诗（私）生活，也感谢家乡的报纸对我的关注。

陆：谢谢您百忙之中接受家乡报纸的采访。最后我想请先生为我们广大青年读者寄个语，可以吗？

袁：完全可以。借今年某地的科考试题，有两句话赠钱塘的青年朋友们：一三五仰望星空，二四六脚踏实地，周日休息。

《子不语》我读

自然，要开始说袁子才的笔记大著《子不语》了，我已经通读过两次，十年前，我出 NEW 杂文系列《新子不语》，用的也是"怪力乱神"的结构，我想，我对袁子才的用心，还是有一些了解的。

整部《子不语》中，以鬼怪精灵报应等荒诞故事为主，不少故事，现在读来觉得无聊，但大部分依然有趣，如警醒人的各类寓言。

续卷二有则《子不语娘娘》，干脆用书名表达自己对现实尖锐批评的观点。刘瑞的妻子是个好妖怪，她将要离去时，给刘瑞留下了一个一寸多高的小木偶说：这人姓子，名不语，是服侍我的婢女，她能知过去未来。郎君打扫一个洁净的楼房，将她供养着，凡经营生意等事情，可以请教着行事。刘瑞很惊异：子不语不是个怪物吗？怪物也可以供养？女子笑道：我也是怪呀，郎君怎么与我做了夫妻？郎君应该知道，世间的万物，不是相同相等的，有的虽然是人类，却不如怪物，有的即使是怪物，德才却超过人类，不可一概而论的！

1

下面是一些警醒人的训诫。因为篇幅原因，我不引整个故事，只评说故事的结尾。

卷一《李通判》：

道士的尸体上有硫黄写的17个大字：妖道炼法易形，图财贪色，天条决斩，如律令。也就是说，邪恶道士施展法术掉包，占人钱财和女妾，犯了天条，判处死刑，现在立即执行。

《子不语》中有大量的道士，他们有好有恶，好的用学到的本领救死扶伤，恶的手法各不一样，但结果皆就如上。道士，只是故事发生、发展及结局的必要角色，但他们也是人，他们的善恶，其实大多来自环境和家庭的影响。道士，只是袁子才叙述故事的一个道具而已。

卷一《南昌士人》：

人的魂是善良的，而魄却是邪恶的；人的魂是聪明的，而魄却是愚笨的。灵魂在的时候，是个人，灵魂没有了，就不是人。人世间的那些行尸走肉，都是魄在指使，只有那些道德之人，才能控制住自己的魄。

人世间坏人，都是失魂者，我赞同。卷五《藏魂坛》如此描写：这是我那逆子的藏魂坛，他自知罪大恶极，在家时将自己的灵魂捉出来，修炼后藏在坛内，官府棒打刀砍他的，仅是他的血肉之躯，不是他的灵魂，靠他那久经修炼的灵魂，治疗新伤的身体，三天就可以康复。

只是冤枉了魄。许慎《说文解字》说，魄，阴神；《左传》也这样说魄：人生始化为魄，耳聪目明为魄。那么，魄和魂，都代表人的心灵和气质，它是神思和意念。李白梦游天姥山，被山的景色所倾倒，"忽魂悸以魄动"，它们是相连的，不可分割。

卷一《汉高祖弑义帝》：

有人问他，为何这个案子拖了2000年之久方才结案？卢宪观说：项羽因为当年在咸阳活埋了20万俘虏，所以触怒了上帝，被杀死在阴山，吃了无数的苦。现在，项羽死刑期满，才准许他申诉这起冤案。

刘邦暗地里派人杀了义帝，又把罪名嫁祸给了项羽，而且还虚伪地要与各路诸侯联合讨伐项羽。项羽自然不服，告状告到了上帝那儿，但一直得不到处理，因为上帝要证人，证人一直找不到，而那个卢宪观，他的前身就是项羽手下的九江王英布，他去阴间证明了这是陈平替刘邦策划的六大妙计之一，于是项羽的冤案才得以申诉。哈，一错成终身，不管何人，如果犯了大罪，转世为人要好几千年呢。

卷二《雷公被绐》：

他祖父知道，天上的雷公已经受了土匪的蒙蔽，于是随手将一个便壶向雷公投掷了过去，还骂道：雷公，雷公，我活了50岁，从未看见你击死过老虎，却常常看见耕牛被你击毙，欺负善良的，害怕凶恶的，你雷公为什么这么倒行逆施？你倘能回答我这个问题，我纵然屈死了也毫无怨恨！

质疑雷公的天问，雷公无法回答，雷公只是天神中的代表而已，天神也无法回答，许多时候，他们就是这么的善恶不分。普通老百姓，你想怎么样？你又能怎么样？听天由命吧！

这种天问，在卷五的《奉行初次盘古成案》中发挥得淋漓尽致：

方文木听不懂国王说的话，国王说：我要问你，人间的祸福善恶，为什么有的遭报应，有的却不报呢？求天地、拜鬼神，为什么有的灵验，有的不灵验呢？修仙道、学佛法，为什么有的成功，有的不成功呢？虽说红颜女子多薄命，为什么有的命却不薄呢？虽说才子命穷，为什么才子中命不薄的也多着呢？有的生物喝水，有的生物啄吃，为什么都是一生出就预定好的呢？日蚀、山崩，为什么都应着劫难才出现呢？那些善于算命的人，为什么能算出别人的命，自己却不能免于一死呢？那些怨恨上天、责怪上天的人，上天为什么不处罚他们呢？方文木听了，一个问题也回答不上来。

方文木，因航海被吹到50万里路以外的一个神秘岛上国家，袁子才通过那国王的口，发出了他自己的人生疑问。老实说，这些疑问，现在依然很难全面回答。

卷二《董贤为神》：

弓韬问囚犯手里捧的是什么书，大郎神笑着说：王莽这贼一生信奉《周礼》，虽然死了还是抱着不放，每当挨铁鞭时，就用《周礼》挡护他的脊背。弓韬走近一看，果然是《周礼》，书上还有"臣刘歆恭校"等字，禁不住大笑起来，于是就醒了。

子才暗讽的方法同上，那些四书五经之类，害不少人从黑发读到白发，依然还是老童生，功名利禄真是害苦人，但它们是最好的敲门砖、富贵书，甚至都可以成为罪行的挡箭牌、免死符。这就是袁子才的高明之处，他自己显然是四书五经的受益者，但他看到太多的范进中举式的悲剧，布满整个社会，出于人性的温暖和关怀，一下子就让他憎恨起来，世上没有十全十美的东西，嘲笑一下，总是可以的吧。

卷三《赌钱神号迷龙》：

家里人信以为真，照他的话烧了纸钱一万，可李某还是闭目死去，并未还阳。有人说，李某骗到了这一大笔赌本后，大概又放心狂赌，不肯还阳了。

这个缙云县令李某，因赌博被革了职，却一直不改，直到生命快要终结，他依然在床上拍打、作出种种赌姿，嘴里还吆五喝六地叫着。他以骗家人还阴间赌债为由，让家里烧纸钱，其实是想赚一笔阴间的赌资。这个活灵活现的李某，我们还要看怎样的赌鬼呢?

2

大量有意义的生活故事，充满着智慧的哲理。举两则和棺材有关的笔记。

卷八《命该薄棺》:

台州张姓富人家里，有个60多岁的老仆人，没有儿子，他替自己备了一口薄棺，但他脑子比较机灵，打听到哪户穷家办丧事来不及准备棺材，就将自己的薄棺借给他们，条件是，还棺时，要将棺板加厚一寸，以此作为利息。好几年过去，老仆人的棺材居然有九寸厚了，他就将棺材寄放在主人家的厢房里。某天晚上，张富人家的邻居突然失火，火势快而猛，张家的正屋安好无事，只有厢房被烧着，老仆人急忙跑进屋扛出棺材，这时棺材已经着火，他连忙将棺材丢进屋子边上的水塘里。余火扑灭，老仆人将棺材拖上岸，然后请木匠整修，刨去烧焦的地方，仍然可以用，只是，棺木的尺寸，却薄得和当初一样了。

棺材的薄厚，象征着人的贫富。老仆人没有更多的钱，只能打下薄棺，但可以通过周转的方式加厚，既可以救急，利息也合情合理，而几年后老仆人的棺加厚到九寸的事实充分表明，这是一种不错的经营方式，看似新鲜，其实就是古老的利滚利，只是棺材具有它的特殊性而已，老仆人的方式，相信对开棺材铺子的店主有启发。悲剧在于那种突如其来的大火，偏偏大火没有将棺材全部烧掉，那么，这恰恰就印证了古代笔记里常见的命中注定的概念了。命中注定，并不全是迷信，有好多时候是一种告诫，如"掠剩使"，就告诫你命中注定的财产是恒定的，多了，它就会以各种方式掠走，比如疾病，比如灾祸，其实，言外之意就是要你取财有道。从另一个角度说，上天公道，只是人们的一厢情愿，这个老仆，就是希望自己死后能舒服体面一点（只有天晓得），然而，这点点小愿望，上天都不能够满足他，而那些家里堆满了不义之财的主，有好多却一直活得很滋润。

卷十二《棺床》：

陆秀才遐龄，赴闽中幕馆。路过江山县，天大雨，赶店不及，日已夕矣。望前村树木浓密，瓦屋数间，奔往叩门，求借一宿。主人出迎，颇清雅，自言沈姓，亦系江山秀才，家无余屋延宾。陆再三求，沈不得已，指东厢一间曰："此可草榻也。"持烛送入。陆见左停一棺，意颇恶之，又自念平素胆壮，且舍此亦无他宿处，乃唯唯作谢。其房中原有木榻，即将行李铺上，辞主人出，而心不能无悸，取所带《易经》一部灯下观。至二鼓，不敢熄烛，和衣而寝。

少顷，闻棺中有声，注目视之，棺前盖已掀起矣，有翁白须朱履，伸两腿而出。陆大骇，紧扣其帐，而于帐缝窥之。翁至陆坐处，翻其《易经》，了无惧色，袖出烟袋，就烛上吃烟。陆更惊，以为鬼不畏《易经》，又能吃烟，真恶鬼矣。恐其走至榻前，愈益谛视，浑身冷颤，榻为之动。白须翁视榻微笑，竟不至前，仍袖烟袋入棺，自覆其盖。陆终夜不眠。

迨早，主人出问："客昨夜安否？"强应曰："安，但不知屋左所停棺内何人？"曰："家父也。"陆曰："既系尊公，何以久不安葬？"主人曰："家君现存，壮健无恙，并未死也。家君平日一切达观，以为自古皆有死，何不先为演习，故庆七十后即作寿棺，厚糊其里，置被褥焉，每晚必卧其中，当作床帐。"

言毕，拉赴棺前，请老翁起，行宾主之礼，果灯下所见翁，笑曰："客受惊耶！"

三人拍手大剧。视其棺：四围杉木，中空，其盖用黑漆绵纱为之，故能透气，且甚轻。

这几乎是一部惊险的喜剧，剧中藏有不少趣味。

胆大陆秀才，并不惧怕鬼。他有诗书相伴，他相信，那随身携带的《易经》，应该可以挡住一般的鬼神，只是，这"鬼"太特别了，他自棺材而出，他也会看《易经》，他还点着烛火抽上了烟，一直神态轻松，偶尔还微笑，抽完了烟，将烟袋放好，又回到了棺材中，还自己将盖盖上。碰到这么一幕，没有惊叫，没有吓晕，已经算吃豹子胆了，但这一晚的陆秀才，一定吓得不轻。

主人第二天的问话，陆秀才答得实在有点勉强，主人解释，将棺材当床，是他70多岁老父的一种作息方式，而他父亲也微笑着向他抱歉时，三人大笑不已。这真是一个挺特别的休息场所，这杉木棺，里面放着被褥，盖是用黑漆涂过的棉纱做成，所以能透气，也轻。

主人父亲提前睡棺材的理由是，自古皆有死，总有一天要睡

的, 先练习练习。一般人对死都忌讳, 主人父亲却看得很开, 他的
豁达, 源于一种对生和死的透彻理解, 有生就有死, 看透了死, 会
更加珍惜生。这是袁子才的生死观吗?!

3

许多篇章中, 袁子才都将写作的目标瞄准底层人物, 底层官
吏, 底层百姓, 看卷二十的《雷打扒手》:

乌程彭某, 妻病子幼, 卖丝度日。一日负一捆丝赴行求
售, 因估价不合, 置之柜上。时出入卖丝者甚众, 行家以其货
少, 他顾生理。彭转瞬, 丝即失去, 因牵行主鸣官。行主云:
"我数万金开行, 肯骗此数千文丝乎?"官以为有理, 不究。
卖丝者闷闷回家。适其子嬉戏门外, 见父卖丝归, 以为必
带果饵, 迎上索取。彭正失丝怀怨, 任脚踢之。儿登时死。彭
悔急自投河亦死, 其妻不知也。邻人见其子卧于门, 扶之, 方
知气已绝, 连呼病妇, 告以儿亡。妇痛子情急, 登时坠楼死。
官验后, 嘱邻人为之埋葬。
越三日, 雷雨大作, 震死三人于卖丝者之门。少顷, 一
剃头者复苏, 据云: "前扒手孙某在某行扒出一捆丝, 对门谢
姓见之, 欲与分价, 方免出首。丝在我店卖出, 派分我得钱
三百, 彼二人各得二千。旋闻卖丝者投河, 官验后无事矣。不
料今日同遭雷击, 彼等均已击死, 我则打伤一腿。"验之果然。

湖州是蚕桑之乡, 产丝季节, 丝行老板顾不上彭某的这一捆

丝，也在情理之中，然而，正是这一忽略，才酿成了这出人间悲剧。彭某失丝怪罪丝店老板，老板没有拿他的丝，有充足的理由：我用几万两银子开店，生意都忙不过来，用得着偷你数千文价值的丝吗？丝弄丢了，心情肯定不好，也许，平时的彭某有习惯，卖完东西回家，会顺便给儿子带点吃的玩的，这一回，儿子迎上前来，也是常理，他并没有观察父亲难看的脸色，他更不知道父亲会愤怒到用脚踢他。彭某是典型的迁怒，外面受气，回来将气撒到家人头上，然而，世上没有后悔药，又失丝，又踢死了儿子，老婆还病在床上，对彭某来说，这几乎是没有生路了，索性投河去。当彭某的病妻得知儿子的死讯时，想法几乎和彭某一样，跳楼，死是最轻松的。

官府的审理，表面上看完全合法，儿子被父误踢而死，夫妻皆死于自杀，但他们没有想到去破失窃案，底层百姓，无权无势，死了如草芥，众人闻听这样的惨事，也只有怜悯而已。

让雷公来主持公道，这就是笔记小说让人过瘾的地方。如果没有雷击，这几乎是个无头案了，如果三人都被雷打死，那也会成无头案，而雷公是公正无私的神明，他将人间的罪恶看得一清二楚，剃头匠分得三百钱，又是在他店里完成的肮脏交易，属于轻罪，打折他一条腿。扒手孙某必须死。而同样分赃的谢某，不仅知情不报，还提议均等分赃并要挟，自然也要死。

借助于各类神明来彰显公道，《子不语》中常见的手法，虽然荒诞，却合乎人们的道德期待。

4

《子不语》的写作素材，大致有五类：文献资料，道听途说，朋友闲谈，亲身经历，杜撰。有意思的是三、四类，给人以真实在现场的感觉，但显然，他自己的心灵深处，并不怎么相信，好多时候是反问，甚至戏弄。

在卷十七《随园琐记》中，袁子才写到了姨妈王氏去世前对他补廪生的预测，父亲侍妾朱氏去世前的举动，他家仆人朱明死后又苏醒讨纸钱，他自己中年病危时的幻象，他祖父的梦兆，他姐夫王贡南祈梦，他自己小时候做的把数百万支笔捆成一个筏子坐在上面的梦，立春日遇见关帝的梦，清晨关于科试的梦，一系列的不解现象，他发问：为什么补廪、科试取中这些小事都先有梦，而他登进士、入翰林、改任知县，却一点梦也没有？

卷十九《观音作别》，袁子才又讲了自己家里的事：

我有一个方姓妾，她供奉着一尊四寸高的檀香木雕成的观音菩萨。我对这尊观音菩萨，既不礼敬，也不禁止，但我家的佣人张妈却信得很，每天早晨起来的第一件事，先烧香磕头，再打扫屋子。某天清晨，我起床后，几次呼唤张妈打洗脸漱口水，只见她对着观音菩萨拜个不停，毫无反应，我非常恼火，拿起观音菩萨就往地上摔，又恨恨地踩上几脚。

方氏知道后，哭着对我说：昨天夜里，她梦见观音菩萨来告别，观音说：明天她有一场小小的灾难，她只能离开到别处去了。现在，果然被您踩了，这岂不是定数吗？于是，方氏就将这尊观音菩萨送到准提庵去供奉。我想，佛教教义讲一切皆空，观音菩萨怎么会做托梦显灵这种狡猾的事，必定有妖怪附在她身上，以此盗享人间烟火。从此后，我就不许家人供奉佛像了。

我们不用去费心猜测此事的真假，但故事中，也透露出袁子才的立场，在他的故事中，那个观音，显然只是个小神，不能对他这样的文曲星怎么样，只能避开为上，如果法力无边，相信可以对袁施以任何处罚，是信则灵，不信则不灵吗？

同卷有一则《金刚作闹》也挺有意思，故事的核心是：某尚书死了，而他笃信神佛、熟读《金刚经》的亲戚徐某，每天诵念《金刚经》800多遍为尚书做功德。某天，徐某病危，原来是被阎王叫去责骂了：我在审理尚书的案子，却闯进一个金刚神阻拦，并且将人也强行带走，我一查，是因为你常年念《金刚经》所致，你真是多管闲事，无端招来金刚神，减去你阳寿12年！故事的结尾，借吴西林的评论说：金刚神是个四肢发达头脑简单的神，不讲原则，有请必到，有求必应，全然不顾是非曲直。所以，佛家都把金刚神摆在佛殿门外，用来壮门面、抵御暴力的，诵念《金刚经》的人，应当小心慎重！在《子不语》的许多故事里，都看得到作者顺手拈来的针砭，看似随意，其实用心。

而现实中的袁子才，确实不拜佛，他进寺庙，手里都捏着一柄折扇，见到要他礼佛的和尚，他就双手作个揖，再将折扇打开，和尚一看扇子上的四句诗也就作罢：逢僧我必揖，见佛我不拜。拜佛佛无知，礼僧见我在。

5

《子不语》的写作过程，前后差不多有40多年的时间，只要他到过的地方，基本都留下了故事，而以他长期生活的南京和杭州为故事源发地的也有不少，江浙一带，《子不语》故事相当集中。

袁子才如那来去自由、随时鸣叫的野鹤，双翅振飞万里空中，鹤眼底下，尽是别样的多彩世界。我不知道他的诗文中究竟有多少篇章写到了鹤，《子不语》中，我数了一下，却只有三处。

卷七有两则，《千年仙鹤》和《仙鹤扛车》，前者的千年鹤，化成了一位叫陈芝田的草衣翁，是个手段比较高明、替人捉怪的好道士；后者写给峨眉山神秘大王驾车的两只仙鹤。卷十五有《黄陵玄鹤》，陕西黄帝陵有两只上古时期的鹤，每逢初一、十五便飞翔鸣叫，人们只能远远看着它们。乾隆初年，又多了两只黑色小鹤。有一天，空中突然飞来一只大雕，用翅膀拍打小鹤，老鹤急忙飞来格斗，天空中一时云涌雷鸣，最后，大雕被鹤啄死在了崖石上。雕有多大？人们取雕羽当屋瓦，足够数百户人家用。

鹤故事虽少，皆为正面、正义形象。

玖

大树巷

我从单位杭州日报社出发，沿体育场路直行，行不到几公里，一个转弯，就到了潮鸣街道，为什么叫潮鸣？原来，南宋时候，这里有个归德院，一路奔走的赵构，曾在此住过一夜，院外呼呼声不断传来，赵构以为金兵将至，后来才发现是钱塘江的涛声，于是赐名潮鸣寺。寺现在早就没有了，潮鸣却依旧存在，不过，这里，已经成了城市的中心，再也听不到钱塘江的涛声了。

潮鸣街道东园社区的大树路，原来叫大树巷，630米长，由南大树巷和北大树巷两条路在大樟树下会合而成。大树路和刀茅巷的三岔路口，东园幼儿园的围墙外，袁子才就在路边眺望着，边上几株桂花，背后一丛竹子，他右手捋须，左手靠背，对襟布衫，显然在思考。虽然没有南京师大随园校区门口那个袁子才逼真，但这也是一个成熟文人的晚年形象，"袁枚故里"四个字，楷体字古色不张扬。哈，这袁子才，老早就是个城市书生呢，只是，18世纪的杭州，早就失去了十二三世纪南宋都城的繁华。

曾住东园的洪昇《东园》怀旧诗云：

故苑景全非，闲游趣不稀。鸠贪桑实醉，鼠恋豆根肥。
日落机丝急，风回梵磬微。潮鸣留古寺，辇路草霏霏。

袁枚《余生东园大树巷中，今六十五矣，重过其地》诗云：

六十衰翁此处生，重来屋宇变柴荆。
想同买得寻邻叟，谁复婆留唤乳名？
蓬矢挂时桑已尽。儿裙澜处水犹清。
斜阳影里千回步，老泪淋浪独自倾。

晚年的随园老人，应该多次到过他的出生地，或许，更多的时候是在梦里。阳春的五月，他共情于洪昇的诗意，东逛西游，儿时玩过水的池塘依旧清澈，鸠鸟在吃桑树上的桑葚，老鼠在咬田埂上的黄豆根哩。傍晚回程，太阳已经落山，不少屋子里传出急促的机杼声，暖暖的晚风中，潮鸣寺里传出的木鱼声久久回荡，但是，没人会注意街巷中行走着的一位陌生老人，他脸上挂着两行老泪，沧海已成桑田，徒留无限感慨。

繁星满天，白发袁子才徜徉在故园，身子有些佝偻，他努力想将背挺得直一些，老屋旁的那棵大樟树呢？噢，前面就是，那树上有他童年的梦。忽然，大樟树梢传来几声清冽的鹤鸣声，他知道，那极有可能是《子不语》中远比他年纪大许多的老鹤呀，这鹤，说不定就是从隐居在西湖孤山的林和靖那里飞来的，一只性灵自由的鹤。

1798年1月3日，此鹤仙去，他留下了诸多闪亮到后世的诗文。他追随着19世纪的初光，冉冉升腾。

后记　寻人记

　　我发了九张寻人启事，一一寻找，从一千多岁，到几百岁，他们都是年岁不一的古人。

　　他们基本只活在文字里。正史里都有长短不一、详略不等的传文，各种笔记也有不少趣味记录，荒野，杂草，残碑，断文，有的还有冷冷的圆冢，烛台上的残香残烛，除此外，大多数时候，我都只在内心和他们对话，但在我眼里，他们都是活灵灵的人，烟火味十足。

　　也许太久远了，段成式的形象，始终不那么清晰。但一部《酉阳杂俎》，足以奠定他在中国笔记历史上的盟主地位。《酉阳杂俎》的博大精深，许多领域都可以各取所需。他也向我提供了《笔记中的动物》的数则材料，我要感谢他。我去丽水寻找他任职五年的遗迹，好溪哗哗的清流，似乎就是他回答我的心声。

　　近年各地走访，每每看见造纸或者活字印刷之类的展馆，我就会看见笑眯眯的沈括向我走来，说他的《梦溪笔谈》关于活字印刷的记载。我每次去加油站加油时，看到油汩汩流进油箱，也会想起沈括，他书中对石油的记载，世界最早。我觉得，能和我们现代生活这么紧密相连，无论古今，他一定会被人们记着的。我去祭扫沈括墓，心情其实有点复杂，因为还有很多人对他有误解。一位伟大的博学家，一个科学坐标，如今静静地躺在杭州市公安局安康医院靠山的墙脚边，来这地方瞻仰的人肯定不多，因为有颇严厉的门岗，实在不太方便。不过，和其他几位笔记作家相比，沈括已经成"星"，永远活在了天上。

在绍兴的叶家山顶住了一夜，就是为了写叶梦得。为了找叶梦得的湖州弁山石林精舍，我和沈文泉及两位当地村民几乎爬了一上午的山，还东南西北地联系研究者和他的后人，感觉他950多岁的身影，似乎无处不在。在我心里，叶梦得永远是一个坐在林深处响泉旁打着瞌睡听着侍者读书的智慧老人，侍者读着读着，睡意也满上来了，老人突然睁开眼睛：怎么不读下去了呢？！

洪迈我就更熟了，几十年前开始读笔记，就从他的《容斋随笔》开始，这一回，索性将他的前世今生全面梳理了一遍，几次动了念头，想去鄱阳看看，当地文友说，就两个土坟，实在没什么东西可看，我只好去西溪洪园，以解惦念之情，不管怎么说，那里的主人总是他亲兄弟的后人，洪园中他也有一席之地。写洪迈时，我将六大卷本的《夷坚志》摆在书架的显眼处，抱着还不会说话的孙女小瑞瑞，在两个书房里转来转去，我教她：夷坚志，夷坚志！她也感兴趣，每次都能指出来哪些是《夷坚志》。一个叫夷坚的人写的书，夷坚就是洪迈。以后慢慢和她说。

周密出生的富阳县衙（现为富阳区政府），周密隐居四十年的癸辛街，我都去过多次，而我一直到寻周密的身世和经历时，才注意到它们，距离忽然一下子拉近了许多。所谓熟悉的地方，其实不是真熟悉，几千年来，发生过太多的事，都被时间的尘土掩盖了，当尘归尘土归土的时候，我们一定不会感觉到，脚下原来掩藏着一个巨大而有趣的故事。

陶宗仪对陶侃、陶渊明，有一种发自内心深处的血缘式的崇敬。这种感觉我也早就有，我对陆游和陆秀夫的崇敬，也和陶宗仪颇为类似。虽然桐江陆氏宗谱上有一些和他们俩有关系的记载，虽然我不能还原800多年前的真相，但心里和两陆亲近，也的确因为他们是名人——宗亲中有名人不是好事吗？无论怎么说，他们都是励志的好目标，有了这样的思想基础，我很快走进陶宗仪的内心世界，交流顺畅。

小时候的阅读记忆里，除了水浒、三国、西游里的诸多英雄外，神人刘伯温是听得最多的，夜晚乘凉时，大人们都会煞有介事地讲几个刘伯温的故事，更奇怪的是，走到哪里，都能听到刘伯温。我相信，你那个地方，说不定也有刘伯温，武阳书院，刘伯温故居，刘伯温庙，刘伯温墓，一一看过之后，生发出颇多感慨，神人就在我们身边，神人也有那么多的无奈事和艰难事，谁能真正理解刘神人呢？朱元璋肯定没有，看看他对刘伯温多变的态度就知道了。刘伯温的神话还在继续，因为人们需要机智和美好。

全能型的李渔，他的戏剧、文学、出版、美学、建筑设计成就也让许多人望尘莫及，他就是一个自学成才、自强不息的典型。他处处时时都在和社会、和命运抗争，他的才能和他的本真，都让人佩服，凭自己的真本事立足，靠自己的双手打造自己想要的生活，我造我的园，我写我的戏，我演我的剧，我编我的书，我娶我要的女人，你给钱我就要，凭什么不要？这是我的辛苦钱、创意费，让一切流言蜚语见鬼去吧！《闲情偶寄》就是一部百科全书，读一遍远远不够。南京，兰溪，两个芥子园都有戏台子，站在戏台边，你内心的戏曲种子就要开始萌芽了。

数十年前，我写《实验文体》专栏时，就"采访"过袁子才，本次写作《云中锦》，自然又好好地重温了和他的关系，特别是重读《子不语》，感触更深。全文用"鹤"来比喻他，也是一种灵光再现，西湖边，是产名鹤的地方，林和靖和袁枚，他们之间应该有某种联系。

有科学家言，还有百分之九十五的未知世界没有发现，我相信的，但笔记作家中的诸多鬼怪神，还是让人难以全部接受。世上哪有这么多的鬼怪神，荒唐事，稀奇事，古怪事！有现实的影子，更多的却是作家们的想象和观点表达，目的很简单，利用这些想象，昭示自己对社会的一些看法。所以，在阅读他们的笔记作品时，那些人和事，看着有点假，指向现实的意义却真得很，似乎都是亲身经历，有鼻子有眼，不由得你不信。

人无完人，这些笔记作家的缺点和不足，我在序言里都用一种调皮的方式表达了，这样反而更真实。我们不能苛求1000多年前的作品还有那么深刻的贴近性，那不客观，我只是努力寻找这些笔记作家生平经历中的某些大事、趣事，试图还原一些人物和作品记录的真相，读出一些自己的见识。

段成式等人，以及他们的作品，都是可以成为镜子的。无论哪个时代，都太需要镜子了。

辛丑桃月

桐庐富春庄